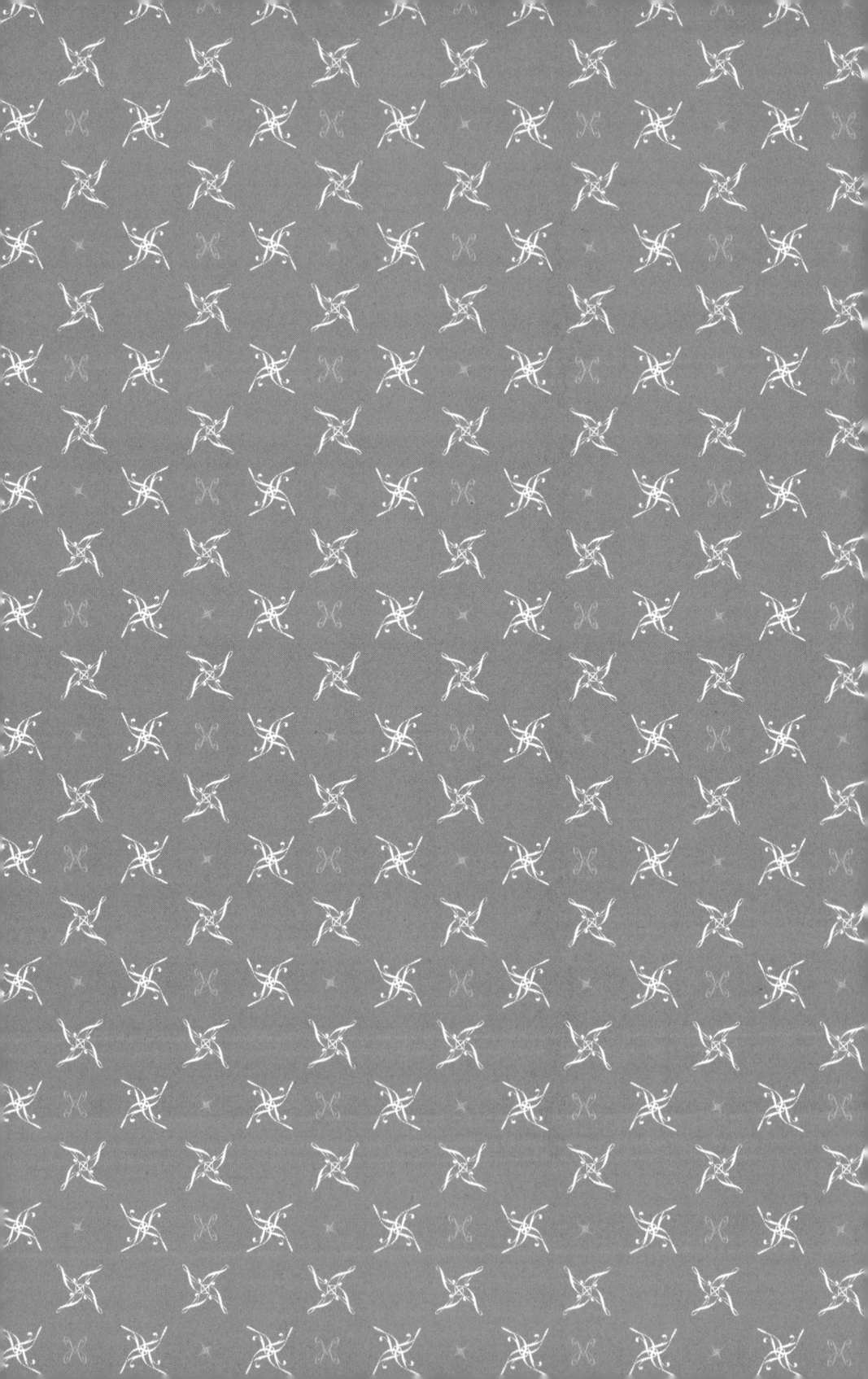

안개 속에 지다
1
김성종
남도

이 책은 1983년 도서출판 明知社에서
최초 발행되었습니다.

안개 속에 지다

1

김성종

장편추리소설

도서출판 남도

안개 속에 지다

1

—차 례—

밤 안 개

거리에 어둠이 내리고 있었다.

어둠과 함께 짙은 안개가 흐르고 있었다. 안개는 순식간에 모든 것을 집어삼켜 버리고 시야를 뿌옇게 흐려 놓고 있었다.

대공황을 예고하는 듯 밤거리는 그 어느 때보다도 쓸쓸해 보였다. 밤이면 불야성을 이루던 번화가도 대부분의 가게들이 문을 아예 닫아 버리거나 전기를 절약하느라고 네온사인을 꺼 버리는 바람에 몹시 을씨년스러워 보였다.

짙은 안개와 함께 이상한 냄새가 흐르고 있었다. 그것은 침몰하는 도시가 내뿜는 악취였다. 도시의 침몰은 대공황과 함께 시작되고 있었다.

대공황의 차가운 바람이 불어 닥치자 대도시의 기능은 일순간에 마비되고 거리에는 실업자들이 들끓기 시작했다. 그와 함께 화려한 커튼에 가려져 있던 대도시의 치부가 악취를 내뿜으며 서서히 그 모습을 드러내고 있었다.

그 치부의 단면을 보여 주고 있는 것이 바로 범죄였다. 범죄는 제철을 만난 듯 활개치고 있었다.

"놀다 가요."

큰 길까지 진출한 창부가 네거리 건널목에 서 있는 한 사나이를 건드렸다. 시선은 엉뚱한 데를 향한 채 작은 소리로 계속 속삭였다.

"싸게 해 드릴게요. 서비스 잘해 드릴게 쉬시다 가세요. 안개도 끼고 했는데……."

사나이는 무표정한 눈으로 창부를 바라보았다. 서른은 훨씬 넘었을 성싶은, 몸을 파는 여자치고는 꽤 늙어 보이는 창부였다. 분가루를 뒤집어쓴 듯 짙은 화장기로 얼굴이 하얘 보였다.

"미안하군. 난 좀 바쁜 일이 있어서……."

그는 목례를 하고 길을 건너갔다. 천천히 걸음을 옮기는 것이 바쁜 사람 같지는 않았다.

중키에 걸음걸이가 단정했고 나이는 마흔 가까운 중년으로 보였다. 회색 바바리 차림이었고, 왼손에는 007가방을 들고 있었다.

길을 건넌 그는 조용해 보이는 일식집으로 들어가 식사를 시켰다.

불빛에 드러난 그의 얼굴은 조금 마른 편이어서 매우 단정해 보였다. 그리고 대단한 미남이었다. 반듯한 이마 밑에서는 쌍꺼풀진 두 눈이 선량한 빛을 띤 채 부드럽게 빛나고 있었다. 머리칼은 한 올 흐트러짐이 없이 단정하게 빗질되어 있었고 턱 주변에는 면도 자국이 푸르스름하게 나 있었다. 목을 감싸고 있는 체크 무늬의 와이셔츠 칼라와 검은 빛이 도는 자주색 넥타이가 세련된 멋을 풍겨 주고 있었다.

전체적으로 부드럽고 선량한 인상의 멋진 미남 신사 스타일이었다. 단지 하나, 가는 입술의 선이 일말의 냉기를 띠고 있었는데, 부드러운 눈빛이 그것을 커버하고 있어서 눈에 띌 정도는 아니었다.

그는 아주 천천히 장어 요리를 먹었다. 그것은 하루의 일을 끝내고 난 미식가가 음식점에 들러 한가롭게 구미에 당기는 요리를 먹는 것 같은 그런 모습이었다.

거의 한 시간에 걸쳐 천천히 식사를 하고 난 그는 카운터로 걸어가 계산을 치렀다. 카운터에 앉아 있던 처녀가 눈부신 듯 그를 바라보았지만, 그의 눈은 맞은편 벽 위에 걸려 있는 벽시계로 향하고 있었다.

벽시계가 정각 7시를 가리키고 있었다.

밖으로 나온 사나이는 안개 속을 15분쯤 걸어가 어느 빌딩 앞에 도착했다. 15층짜리 백색 빌딩으로 지은 지 1년밖에 안 된 종합병원이었다.

그는 마당을 가로질러 가 회전식 도어를 밀고 빌딩 안으로 들어섰다.

"어디 가십니까?"

수위가 일어서며 물었다.

"환자 면회 좀 하러 왔습니다."

그는 부드럽게 말했다.

"몇 호실 환자인가요?"

"815호실 환자입니다."

"면회 시간은 여덟시까지입니다."

"네, 알고 있습니다."

그는 고개를 끄덕인 다음 엘리베이터 쪽으로 천천히 걸어갔다. 잠시 후 그는 8층이 아닌 5층에서 엘리베이터를 내렸다.

복도는 조용했다. 환자복을 입은 여자 하나가 창가에 서서 밖을 내다보고 있다가 고개를 돌려 그를 바라보았다.

얼굴이 부은 듯한 젊은 여자였다.

그는 여자의 시선을 묵살한 채 왼쪽으로 꺾어 돌았다. 복도의 양쪽으로 입원실이 나란히 붙어 있었다. 복도의 조명은 약한 편이었다.

그는 간호사실 앞을 거들떠보지도 않고 똑바로 걸어갔다. 간호사실 안에는 두 명의 간호사가 앉아 있었는데 한 명은 전화를 받고 있었고 다른 한 명은 주간지를 들여다보고 있었다.

이미 와 본 적이 있었던 듯 그는 조금도 머뭇거리지 않고 똑바로 걸어갔다.

도중에 그는 남자 화장실로 들어갔다. 화장실 안에는 아무도 없었다.

그는 대변실로 들어가 문을 걸어 잠그고 그대로 변기 위에 걸터 앉았다.

가방을 무릎 위에 올려놓고 뚜껑을 열었다.

먼저 안경을 꺼내 끼었다. 가는 금테 안경이었다. 다음에는 흰 가운을 꺼내 입었다. 청진기는 눈에 띄도록 가운의 오른쪽 주머니에 찔러 넣고 고무장갑은 왼쪽 주머니에 깊이 집어넣었다.

가방을 변기 뒤쪽에다 숨겨 둔 채 밖으로 나와 문에다 미리 준비해 온 종이쪽지를 압정으로 찔러 놓았다. 종이쪽지에는 붉은 매직펜으로 '고장' 이라는 글자가 적혀 있었다.

잠시 후 그가 멈춰선 곳은 501호실 앞이었다. 501호실은 복도의 맨 끝 쪽에 위치해 있었다. 1인용 특실이었다. 이윽고 그는 노크도 하지 않고 방문을 열었다. 방 안에는 두 사람만이 있었다. 한 사람은 침대 위에 누워 있었고, 또 한 사람은 소파에 앉아 있었다. 소파에 앉아 책을 읽고 있던 여자가 고개를 돌려 그를 쳐다보았다.

풍성한 검은 머리채가 어깨 위에서 물결쳤다. 눈처럼 흰 갸름한 얼굴에서 두 개의 큰 눈이 신선한 빛을 발하고 있었다. 서글프도록 아름다운 눈이었다. 그녀는 읽던 책을 든 채 가만히 미소하면서 일어섰다.

"좀 어떠신가요?"

그가 여자를 바라보면서 물었다. 억양이 없는 조용한 목소리였다.

금테 안경 너머에서 동그란 두 눈이 유리알처럼 움직이지 않고 그녀를 응시하고 있었다.

여자가 소름이 끼치는지 순간적으로 몸을 떨었다. 그러나 이내 상대가 의사라는 사실에 안심하는 눈치였다.

"계속 주무시기만 해요."

일상의 대화에 익숙하지 못한 투로 여자가 조심스럽게 대답했다.

"좀 나가 주시겠습니까? 잠깐이면 됩니다."

그가 고개를 끄덕이며 청진기를 꺼내 들었다.

여자가 이상하다는 듯 그를 쳐다보았다. 그럴 필요가 뭐 있느냐는 듯한 그런 표정이었다. 그러나 상대의 움직이지 않는 눈동자와 의사의 지시라는 사실에 굴복한 듯 그녀는 곧 시선을 떨어뜨리면서 병실 밖으로 조용히 나갔다.

여자가 나가는 것과 동시에 사나이는 재빨리 안으로 문을 잠근 다음 고무장갑을 꺼내 끼었다. 그리고 침대 곁으로 다가섰다. 침대 위에는 남자가 한 사람 누워 있었다. 잿빛 머리에 역시 잿빛 콧수염을 기른 남자로 마른 얼굴은 온통 주름으로 덮여 있었고 병색이 완연한 검은 빛이었다. 눈은 움푹 꺼져 있었고 죽음 사람처럼 눈꺼풀이 무겁게 덮여 있었다. 눈썹이 유난히 짙은 것이 특징이라면 특징이었다.

사나이는 청진기와 양 갈래 줄을 모아 쥐더니 그것으로 갑자기 환자의 가는 목을 휘어 감았다. 놀랍도록 빠르고 억센 솜씨였다. 두 번 그렇게 휘어 감자 환자의 눈이 튀어나올 듯 부릅떠지고 입이 쩍 벌어졌다. 환자는 두 손을 허우적거리며 필사적으로 저항했지만 워낙 중환자라 힘이 없었다.

"우우우……."

입에서는 겨우 숨넘어가는 소리만이 가늘게 흘러나오고 있을 뿐이었다.

사나이의 왼손이 청진기 줄을 움켜쥐고 있는 동안 오른손이 품속에서 칼을 뽑아 들었다. 섬뜩하도록 날카롭게 생긴 칼이었다. 칼날이 불빛에 번쩍거렸다.

담요를 걷어 내자 환자의 앙상한 가슴이 옷 사이로 드러나 보였다. 뼈만 남은 가슴이 격렬하게 뛰고 있었다.

사나이는 그 가슴에 거침없이 칼을 꽂았다. 칼은 우스울 정도로 쉽게 가슴을 후비고 쑥 들어갔다. 사나이는 손잡이만 남을 때까지 칼을 깊이 박았다. 환자는 부르르 떨었다.

그 떨림이 차츰 둔화되는 것과 함께 환자의 몸에서 스르르 힘이 빠져 나갔다. 벌어진 입에서는 침이 흘러내리고 있었고 눈은 허공을 향해 초점 없이 부릅떠져 있었다.

그는 환자를 벽 쪽으로 향하게 돌아 눕힌 다음 목에서 청진기를 풀어내고 담요를 머리 위까지 덮어 씌웠다. 그때까지 걸린 시간은 5분도 채 못 되었다.

그가 밖으로 나왔을 때 여자는 창가에 기대서서 창밖을 바라보고 있었다. 문 여닫은 소리에 그녀가 몸을 돌렸다. 두 사람의 시선이 마주쳤다. 여자가 가까이 다가왔다. 어떠냐고 눈으로 묻고 있었다.

"되도록 옆으로 누워 있게 하십시오. 지금 주무시고 있으니까 깨우지 마십시오."

"고맙습니다."

"따님이신가요?"

사나이의 눈이 여자의 몸을 훑었다.

"네."

여자가 수줍은 듯 고개를 끄덕였다.

그녀는 처음 보는 의사가 화장실로 들어갈 때까지 병실 앞에 있었었다.

잠시 후 사나이는 007가방을 들고 화장실에서 나왔다. 가운을 걸친 의사의 모습이 아니었다. 안경도 끼고 있지 않았다.

그가 복도의 커브를 막 돌아섰을 때 찢어질 듯한 비명이 복도를 울렸다. 그는 잠시 섰다가 엘리베이터 속으로 들어갔다.

엘리베이터가 내려가는 동안 그는 석고처럼 굳어져 있던 표정을 부드럽게 풀었다. 놀라운 의지력이었다.

엘리베이터에서 내려 출구로 다가갈 때 아까의 그 수위가 그를 쳐다보았다. 그는 미소하면서 회전식 도어를 밀고 밖으로 나갔다.

밖은 여전히 짙은 안개에 싸여 있었다. 그는 안개를 헤치며 급히 길을 건너갔다.

이윽고 그의 모습은 안개 속으로 흡수되듯 사라져 갔다.

병원의 비상벨이 요란스럽게 울린 것은 그 사나이가 이미 안개 속으로 사라지고 난 뒤였다.

경비 전화로 사태를 보고받은 수위장은 수위들을 모두 요소요소에 배치시킨 다음 조금 전에 밖으로 나간 사나이를 뒤쫓아 갔다. 그러나 깊은 안개가 시야를 가로막는 바람에 아무 것도 볼 수가 없었다.

도로 헐레벌떡 병원으로 뛰어 들어온 수위장은 버럭 고함을 질렀다.

"뭣들 하는 거야! 출입문을 모두 잠가!"

경찰에 연락하는 등 모두가 법석을 떨고 있을 때 501호실의 환자를 돌보던 여인은 간호사들의 부축을 받으며 공포와 전율에 사로잡혀 오들오들 떨고 있었다. 너무 충격을 받은 나머지 미처 울음도 나오지 않는 모양이었다.

인근 파출소에서 신고를 받고 경찰관이 달려온 것은 15분쯤 지나서였다.

파출소 순경들은 현장 보존에만 신경을 썼지 수사에는 손도 못 대고 있었다.

정작 수사 요원들이 도착한 것은 한 시간 후였다.

"원, 무슨 놈의 안개가 이렇게 심한지…… 지독한 안개야."

"이런 안개는 50년 만에 처음이라고 하지 않아."

그들은 출동이 늦은 것을 안개 탓으로 돌리고 있었다.

그들이 501호실 문을 열었을 때 실내는 피비린내로 가득 차 있었다. 그러나 그들은 그런 것에 익숙한 듯 얼굴 하나 찌푸리지 않고 침대를 에워쌌다.

대머리에 두꺼비같이 생긴 중년의 사나이가 담요를 휙 걷어 냈다. 그 바람에 피비린내가 확 끼쳐 왔다.

침대는 온통 검붉은 피로 흥건히 젖어 있었다. 피살자의 몸도 피로 범벅이 되어 있었다. 가슴에는 그때까지도 칼이 깊이 박혀 있었다.

"확인했습니까?"

두꺼비가 곁눈질로 당직 의사를 째려보면서 물었다.

"네, 해…… 했습니다. 제가 달려왔을 때는 이, 이미 숨져 있었습니다."

당직 의사는 너무 당황한 나머지 혀가 굳어서 잘 안 돌아가는지 말을 더듬거렸다.

두꺼비는 능숙하게 일을 처리해 나갔다. 수사관들에게 빈틈없이 지시를 내리고 나서, 그는 의사를 앞세우고 간호사실로 들어갔다. 그리고 몸을 떨고 있는 여자를 턱으로 가리켰다.

"바로 이 여잔가?"

"네, 그렇습니다. 501호실에 입원한 환자를 간호하고 있었습니다."

누가 대답하고 있는지, 그런 것에 관심도 없다는 듯 수사 책임자는 여자를 똑바로 응시했다.

세모진 눈초리가 매서운 인상을 풍기고 있었다.

"죽은 사람하고는 어떤 관계인가요?"

"……."

여자는 대답을 못하고 비틀거렸다. 보다 못한 간호사 하나가 대신

"바로 그 분 따님이세요!"

하고 말해 주었다.

"아, 그래요? 안됐습니다. 에 또……."

두꺼비는 지금 질문을 퍼부어 대야 할지 어떨지 망설이는 눈치였다.

"좋습니다. 우선 좀 진정하도록 하십시오. 피살자, 아니 환자 카드를 좀 봅시다."

간호사가 카드를 내주자 그는 유심히 그것을 들여다보았다. 거기에는 다음과 같은 인적 사항이 적혀 있었다.

▲ 성명= 유한백(柳漢白)

▲ 나이= 66세

▲ 주소= 부산시 ○○

▲ 직업= 무

▲ 병명= 간경화

두꺼비는 수첩에 메모한 다음 카드를 간호사에게 돌려주었다. 그 때 의사가 묻지도 않은 말을 했다.

"그 분은 세균학의 권위자이십니다. 지금은 강단에서 물러나셨지만……."

"네? 뭐라고요?"

수사 책임자의 눈이 치켜 올라갔다. 의사가 조금 더 큰 소리로 말했다.

"돌아가신 분은 유명한 세균학 박사이십니다. 우리나라에서는 그 방면의 최고 권위자이십니다. 외국에도 잘 알려지신 분입니다. 그런 유명한 분이 왜 이 같은 죽음을 당해야 하는지 저는 도무지……."

의사는 울먹이며 말끝을 흐렸다. 두꺼비는 차갑게 의사를 쳐다보았다.

"피살자하고는 생전에 잘 아는 사이였나요?"

"대학 다닐 때 스승이었습니다. 지금은 정년 퇴직하셨지만, 제가 학교 다닐 때만 해도 의대에서 강의를 맡으셨습니다."

두꺼비는 얼굴을 찌푸리며 담배를 피워 물었다. 그리고 수첩에 몇 가지 더 메모했다.

"어디 가시면 안 됩니다. 여기서 기다리십시오."

피살자의 딸에게 주의를 주고 나서 그는 머리를 식히기 위해 밖으로 나왔다. 침을 뱉고 싶었지만 복도가 너무 깨끗해서 그럴 수가 없었다.

그는 복도의 끝으로 걸어갔다. 복도의 끝에는 비상계단으로 통하는 출입문이 있었다. 무심코 비상 출입문 창밖을 내다본 그는 멈칫했다.

창밖 베란다에는 그보다 먼저 한 사나이가 난간에 기대서서 담배를 피우고 있었던 것이다. 바로 그가 지휘하는 살인과 소속의 형사였다.

"조 형사, 거기서 뭣하고 있는 거야?"

그는 문을 밀고 밖으로 나갔다.

"아, 네, 안개를 보고 있습니다."

"안개를 보고 있다니. 지금 그럴 시간인가?"

"범인이 시간을 아주 잘 택했다고 생각했습니다. 밤안개를 이용한 살인 사건 아닙니까?"

그는 형사 같지 않은 초라한 모습의 사나이였다. 중키에 부쩍 마른 몸이었고, 얼굴빛이 핏기 하나 없이 창백했다. 넓은 이마 밑에서 큰 눈이 침울한 빛을 띠고 있었다.

"담배 하나 줘."

"네, 저도 담배가 피우고 싶어서 나온 것입니다."

"구역질나나 보지?"

"피비린내가 심하더군요. 그렇지만 그것 때문에 구역질을 느낀 건 아닙니다."

"그럼 뭣 때문에……."

두꺼비는 담배에 불을 붙이면서 개성이 너무 뚜렷해 보이는 상대를 힐끗 쳐다보았다. 젊은 형사는 조용히 말했다.

"인간의 사악함에 대해 구역질을 느꼈습니다. 끊임없이 일어나는 범죄, 그것을 해결하려고 사냥개처럼 뛰어다니는 형사들의 모습…… 이런 모든 것들에 구역질을 느꼈습니다. 범죄는 영원히 종식되지 않을 것이고 형사들도 영원히 쉬는 날이 없을 겁니다. 결코 끝나지 않을 이 싸움이 역겨워졌습니다. 인간의 어리석음에 분노를 느끼고 있고요."

뚱뚱한 사나이는 고개를 끄덕거렸다.

"자넨 그래도 그런 걸 느낄 여유라도 있군. 아직 타락하지 않았다는 증거겠지. 우린 타락해서 그런 거 느끼지도 못해. 그저 그러려니 하고 뛰어다니는 거지."

두꺼비는 그 젊은 형사를 좀 어려워하고 있었다. 다른 부하 형사들과는 달리 그에게는 함부로 대할 수 없는 어떤 무게 같은 것이 있었다.

"그저 아무 생각 말고 사냥개처럼 뛰어다니는 수밖에 없어. 타고난 운명이거니 하고 말이야. 그렇지 않고는 미쳐 버리고 말 거야. 이 나이에 배운 거라곤 쫓아다니는 것뿐이니 하는 수 없지. 자넨 살인과 형사로는 어울리지가 않아."

"저는 제일 잘 어울린다고 생각하고 있습니다."

"그런가."

그들은 어깨를 웅크리고 웃었다. 뚱뚱한 사나이는 추운지 두 손을 비벼 댔다.

"이게 뭔가? 마지막 날에 망년회도 못 하고 말이야. 년 초에 어디 좀 다녀오려고 했는데 다 틀렸어. 제기랄……."

"빨리 해결될 것 같습니까?"

"그걸 내가 어떻게 알아. 아무튼 빨리 해결하지 않으면 안 되겠지. 피살자가 유명한 사람이라 신문에서도 크게 다룰 거란 말이야. 세균학의 권위자라고 하더군."

"네, 그렇더군요."

"벌써 알아봤나?"

"네, 대강……."

"빠르군. 그 여자 봤나?"

"네, 봤습니다."

"굉장한 미인이던데……. 늦게 둔 딸인가 봐."

"충격이 컸던 모양입니다. 너무 놀라서 말을 못 하더군요. 도대체 그런 학자를 왜 죽이죠? 더구나 병원에 입원해 있는 환자를 말입니다."

분노를 씹듯이 하며 젊은 형사가 말했다.

"병원까지 찾아와서 죽인 걸 보니까 처음부터 죽이려고 작정한 거야. 계획적인 살인이야. 무지막지한 놈 같으니……."

그들은 한동안 입을 다문 채 어둠 속을 바라보았다.

"안개가 이렇게 짙게 끼어서야 어디 움직일 수가 있나."

"정말 지독한데요."

안개는 모든 것들을 흡수하고 있었다. 눈에 보이는 모든 것들이 마치 안개 속에 용해되어 사라지는 것 같았다.

"범인은 멀리 못 갔을 거야. 안개 때문에 교통이 거의 마비된 상태인데…… 제깟 놈이 도망치면 어디까지 가겠어."

"눈앞에 두고도 못 잡는 수가 있지 않습니까?"

"그건 특별한 경우지. 비상망을 폈으니까 잘만 되면 걸려들 거야."

"글쎄요. 그렇게 쉽게 걸려들까요?"

"자넨 언제나 비관적인데…… 난 그 점이 안 좋아. 자네 나이 때 난 그러지 않았어. 모든 일에 자신을 가지고 일했지. 아무리 어려운 일도 자신을 가지고 덤벼들면 해결할 수가 있어."

"전 모든 일에 자신이 없습니다."

그의 말은 지나친 겸손 같기도 하고 빈정거리는 것 같기도 했다. 두 사람은 갑자기 거북한 분위기를 느꼈다.

"난 그 말이 자신만만하다는 뜻으로 들리는군. 자네가 그 아가씨를 만나 봐. 빠를수록 좋아. 시간이 흐르면 범인의 인상착의가 흐려질지도 모르니까."

두꺼비는 거북한 감정을 씻으려는 듯 젊은 형사의 어깨를 툭 친 다음 먼저 안으로 들어갔다.

유보화(柳寶禾)는 침착을 되찾았는지 더 이상 눈물을 흘리지 않았다.

방 안에는 두 사람만이 남아 있었다.

조문기(曺文碁)는 세 대째의 담배에 불을 붙였다. 그때까지 여자는 입을 열지 않고 있었다. 그녀는 줄곧 어두운 창문만 바라보고 있었다.

여자가 빨리 입을 열수록 수사에 도움이 된다는 것을 잘 알고 있었지만 그는 여자를 다그치지 않았다. 그녀의 조용한 기품과 아름다움이 그를 압도하고 있었기 때문이다.

목에서 흘러내린 흰 머플러가 그렇지 않아도 하얀 그녀의 얼굴빛을 더욱 청초하게 돋보이게 해 주고 있었다. 그녀는 감색 바바리코트를 풀어헤친 채 앉아 있었다.

그녀가 입을 연 것은 조 형사가 네 대째의 담배에 불을 붙였을 때였다.

"저는…… 의사인 줄 알았어요. 정말 의사인 줄 알았어요. 정말…… 의사 같았어요."

그녀는 허망한 듯 중얼거렸다. 아름다운 목소리였지만 어렵게 말하고 있었다.

"……의사처럼 가운을 입고…… 금테 안경을 쓰고…… 청진기를 가지고 있었어요. 처음 보는 의사였지만…… 전혀 의심하지는 않았어요. 의심할 수가 없었고…… 그럴 필요도 없었으니까요. 아빠 같은 분을 누가 살해하리라고는…… 꿈에도 생각지 않았으니까요."

그녀는 형사와 시선이 마주치는 것을 애써 피하고 있었다. 반면 조 형사는 그녀의 조그만 움직임 하나 놓치지 않고 바라보고 있었다.

"몇 살쯤 된 사람이었습니까?"

"젊은 사람이었어요. 그렇게 젊지는 않고…… 40세 전후로 보였어요. 깨끗한 인상에…… 잘 생긴 미남이었어요. 그리고 남자치고는 아름다운 눈을 가지고 있었어요. 아름다운 눈이었지만…… 왠지 무서웠어요. 그렇게 무서운 느낌을 받기는 처음이었어요."

머리를 흔드는 바람에 풍성한 머리칼이 흐트러졌다.

"병실에 들어와서 뭐라고 하던가요?"

"저에게 잠깐만 비켜 달라고 했어요. 다른 의사들은 그러지 않았기 때문에 좀 이상하다고 생각하면서도 시키는 대로 밖으로 나왔어요."

"다음에는 어떻게 했나요?"

"전 복도 끝에 가서 창밖을 바라보고 있었어요. 조금 후에…… 아마 5분쯤 지났을 거예요. 그 사람이 밖으로 나오는 소리가 났어요. 제가 다가가자 그 사람 말이 아빠를 깨우지 말라고 그랬어요. 옆으로 누워 계시는 게 좋다고 하면서 주무시게 놔두라고 그랬어요. 그 사람이 화장실로 들어가는 것을 보고 저도 방으로 들어갔어요."

거기서부터 그녀는 차마 말하기가 어려운 듯 눈을 깊이 감았다. 긴 속눈썹이 가늘게 떨고 있는 것으로 보아 터지려는 감정을 억제하려고 무진 애를 쓰고 있는 듯했다.

조 형사는 참을성 있게 기다렸다.

"아빠는 창문 쪽을 향해 옆으로 누워 계셨어요. 그 사람이 시킨 대로 저는 아빠를 깨우려고 하지 않았어요. 그런데 방으로 들어서자마자 소름이 쭉 끼쳤어요. 그리고 피비린내가 확 풍겼어요. 그래서……."

그녀는 두 손으로 얼굴을 가렸다. 금방이라도 울음이 터질 것 같았지만 그렇지는 않았다.

"설명을 해야 되나요?"

"됐습니다."

"그 다음에는 제 정신이 아니었을 거예요. 저는 무서워서 막 소리를 질렀어요."

"알겠습니다. 그 사람 키는 얼마나 되던가요?"

"보통 키였어요."

"뚱뚱하던가요, 아니면 마른 편이던가요?"

"뚱뚱하지도 마르지도 않았어요."

"무슨 옷을 입었던가요?"

"제가 본 것은 흰 가운뿐이었어요."

"그러실 테죠."

그는 고개를 끄덕였다. 수첩에는 필요한 것들이 메모되고 있었다.

"가족 관계를 좀 말씀해 주시겠습니까?"

"가족은 없어요. 이제 저 혼자 남았어요."

고독의 빛이 그녀의 얼굴에 서리고 있었다. 그는 묻기가 싫었지만 계속해서 질문을 던졌다.

"아버님은 최근에 무슨 일을 하셨나요?"

"거의 외출을 삼가시고 집에만 계셨어요. 병이 악화되고 있었기 때문에 활동 같은 것은 생각할 수도 없었어요."

처음과는 달리 그녀는 점점 뚜렷한 음성으로 묻는 말에 대답하고 있었다.

"댁에서는 아무 것도 안 하셨나요?"

"틈틈이 연구하시는 것 같았어요."

"무슨 연구인가요?"

"아빠는 자신의 전공 분야 외에는 아무것에도 관심이 없는 분이셨어요."

"세균학 말씀입니까?"

"네, 그래요."

조 형사는 한숨을 내쉬었다. 보화의 말이 사실이라면 유한백 박사는 오직 의학자로서 외길만을 걸어온 사람이었다. 그런 사람이 왜 참혹하게 살해당했을까?

"아버님의 죽음에 대해 혹시 마음에 짚이는 것이라도 없습니까? 수사에 도움이 될 만한 것이면 아무 거라도 좋습니다."

"없어요. 아빠는 누구한테 원망을 사거나 그럴 분이 아니에요. 다른 분들한테 물어 보시면 알겠지만 아빠는 온후하신 분이셨어요."

조 형사는 가만히 여자를 바라보다가 조심스럽게 물었다.

"실례지만…… 유보화 씨는 지금 몇 살이신가요?"

"스물 다섯이에요."

"물론 미혼이시겠죠?"

"네……."

"무슨 일을 하고 계십니까?"

" 아무 것도 하는 일 없어요."

"대학에서는 무얼 전공하셨나요?"

"서양화 전공했어요."

이제 물어볼 것은 대강 물어본 셈이었다. 그러나 좀 더 자세히 알고 싶은 것이 있었다. 그녀의 가족 관계였다.

"유 박사께서 금년에 예순 여섯이고 아가씨가 스물다섯이라면…… 유 박사께서는 마흔이 넘어서 외동딸을 얻었다는 계산이 나오는데…… 그 사이에 자식이 하나도 없었나요? 오빠나 언니 말입니다."

"없어요. 저 혼자예요."

그녀는 좀 단호한 태도로 말했다.

"어머님은 안 계신가요?"

"네, 안 계셔요."

"돌아가셨나요?"

"……."

그녀는 대답하지 않았다. 갑자기 얼어붙은 표정으로 창문만 바라보았다. 한참 후 그녀는 이렇게 되물어 왔다.

"그런 것도 꼭 대답해야 되나요?"

"아, 아닙니다. 싫으시면 대답하지 않으셔도 됩니다."

조 형사는 일어섰다. 몹시 피로했지만 일은 이제부터 시작되려 하고 있었다.

철도를 제외하고는 모든 교통편이 두절된 상태였다. 안개 때문이었다.

선박 · 비행기 · 자동차편으로 여행하려던 사람들은 발이 묶이자 모두 부산역으로 몰려들었다. 그 바람에 역 광장은 사람들로 큰 혼잡을 빚고 있었다. 한 해를 떠나보내는 마지막 날 밤이라 여행하는 사람들이 여느 때보다 많았다. 그들은 한결같이 안개의 도시를 벗어나려고 아우성치고 있었다. 그것은 마치 전쟁을 피해 몰려가는 피난민들의 소리 같았다.

007가방을 든 그는 표 나지 않게 줄 속에 섞여 차례를 기다리고 있었다. 결코 서두르거나 초조해 하지 않고 조용히 서 있었다. 한 시간 후 그는 23시 10분에 출발하는 경부선 상행 열차에 탑승했다.

곳곳에 사복 경찰들이 깔려 있었지만 그는 한 번도 검색을 당하지 않고 여행할 수가 있었다.

그의 옆자리에는 젊은 여자가 앉아 있었는데 그녀는 자주 졸다가 깨어나곤 하면서 그 때마다 그를 놀랜 듯이 바라보곤 하는 것이었다. 그도 그럴 것이 그는 여자를 거들떠보지도 않고 독서에만 열중하고 있었기 때문이다. 장거리 여행에 모든 승객들이 지쳐서 졸고 있었지만 유독 그만이 끄떡없이 앉아서 책을 보고 있었다. 옆자리의 여자는 그 사나이에게 강한 호기심을 느끼는 듯 했다. 그와 함께 졸음이 싹 가시는 모양이었다.

자주 남자를 곁눈질해 보다가 그가 읽고 있는 책이 무슨 책인지 궁금한 눈치를 보였다.

마침내 무슨 책인지 알아볼 수 있는 기회가 왔다. 남자가 화장실에 가려는지 책을 놓아두고 자리를 뜬 것이다.

그 사나이가 출입구 저쪽으로 사라지는 것과 동시에 그녀는 재빨리 책을 집어 들었다. 그리고 책 표지를 들여다보았다. '파브르의 昆蟲記' 라는 제목이 눈에 들어왔다. 그러나 한자에 익숙하지 못한 그녀는 그것이 무엇을 뜻하는지 잘 알 수가 없었다. 책장을 넘기면서 보니 갖가지 곤충들의 그림이 들어 있었다.

영리한 그녀는 비로소 그것이 곤충에 관한 책이라는 것을 알아차렸다. 그러자 코웃음이 나왔다.

그녀의 머릿속에는 금방 어느 중고등 학교 교단에서 생물을 가르치고 있는 그 사나이의 모습이 떠올랐다.

"흥, 그 주제에 데데하기는……."

학교 교사 따위가 자신의 적수가 될 수 없다는 것이 그녀의 생각이었다. 현재 신랑감을 물색하고 있는 29세의 그녀는 자신의 미모를 과신한 나머지 콧대가 높을 대로 높아 학교 교사 정도는 안중에도 없었다.

책을 처음에 놓아둔대로 그 자리에 엎어 놓고 그녀는 눈을 스르르 감았다. 옆자리의 남자가 문을 밀고 객실로 막 들어서는 것이 보였다.

자리에 돌아와 앉은 그 사나이는 아까처럼 책을 펴 들고 거기에 눈을 박았다.

열차가 서울역에 닿을 때까지 그는 계속해서 그 자세를 견지했다. 그리고 마침내 열차가 멈춰 서자 선반에서 007가방을 내려 한 손에 들고 옆자리 여자는 거들떠보지도 않고 먼저 휑하니 걸어가 버렸다.

"뭐, 저런 남자가 있어."

여자는 철저히 무시당했다는 생각에 심한 모욕감을 느끼면서 남자의 뒤통수를 노려보았다.

그 사나이는 결코 뒤돌아본다거나 곁눈질하는 법 없이 곧장 출구를 향해 걸어갔다. 단정한 걸음이었다.

서울역 광장에 서 있는 탑시계가 새벽 5시 10분을 가리키고 있었다. 거리는 아직 어둠에 싸여 있었다. 부산처럼 안개가 끼여 있지는 않았지만 죽음 같은 정적이 감돌고 있었다.

광장으로 쏟아져 나온 사람들은 흡사 어둠 속에 녹아 버리기라도 하듯 재빨리 사라져 갔다.

그는 잠시 광장에 서서 새해 첫날의 새벽 공기를 가슴 깊이 들이마셨다. 공기는 코가 시리도록 차가웠다.

가로등 불빛이 반으로 줄어드는 바람에 여느 때와는 달리 광장은 어두웠다. 공황은 먼저 어둠을 몰고 오고 있었다. 정부가 석

유 위기를 극복하기 위한 조치의 하나로서 에너지 백서를 발표한 것은 1개월 전이었다. 결론은 다분히 추상적인 것으로, 참고 견디며 절약하라는 것이었다.

사실 따지고 보면 절약할 것도 없었다. 모든 것이 바닥이 난 상황에서의 절약이란 아무 의미도 없는 것이었다.

금방이라도 꺼져 버릴 것 같은 희미한 가로등 불빛을 한동안 바라보고 있다가 그는 공중전화가 늘어서 있는 곳으로 뚜벅뚜벅 걸어갔다.

잠시 후 그는 한 곳으로 전화를 걸었다. 신호가 따르르 하고 가다가 찰칵 하고 끊어지면서

"네, R 호텔입니다."

하는 여자 교환수의 목소리가 들려왔다.

"509호실을 부탁합니다."

그는 조용히 기다렸다.

"네……."

잠에 취한 남자의 목소리가 아슴푸레하게 들려왔다. 그는 침묵으로 상대방의 반응을 기다렸다.

"아, 여보세요."

목소리가 조금 크게 들려왔다. 일본말이었다. 그제서야 그는 낮은 목소리로 응했다. 그 역시 일본말로 대답했다.

"밤안개……."

"아…… 다이아몬드……."

"끝냈습니다."

"수고 많았습니다. 잔금은 확인과 동시에 선생의 계좌 번호에 입금시키겠습니다."

"알겠습니다. 3일까지는 연휴라 은행이 문을 열지 않습니다. 4일 정오까지 입금시켜 주십시오."

그는 수화기를 놓고 전화 부스에서 나와 주차장 쪽으로 걸어갔다.

그의 크림색 포니는 한쪽에 이틀 전 그가 주차한 그대로 세워져 있었다.

이틀 분 주차비를 치른 다음 그는 차를 몰고 거리로 나왔다. 거리에는 차들이 하나 둘씩 나타나고 있었다.

라디오 버튼을 눌렀지만 아직 뉴스는 나오지 않고 있었다.

그는 능숙하게 차를 몰았다. 차는 새벽의 냉기를 가르며 쾌적하게 달려갔다. 반시간 후 그는 야산 밑에 자리 잡은 어느 아파트 앞에서 차를 멈추었다. 그는 라이트를 끄고 라디오 버튼을 눌렀다. 6시 첫 뉴스가 흘러나오고 있었다. 그는 어둠 속에 가만히 앉아 뉴스에 귀를 기울였다.

> "새해 아침이 밝아 왔습니다. 첫 뉴스를 알려 드리겠습니다. 어젯밤 8시경에 부산 S병원 501호실에 입원해 있던 유한백 씨가 신원 미상의 괴한의 습격을 받고 살해되었습니다. 사망한 유한백 씨는 저명한 세균 학자로서 간경화증을 치료하기 위해 입원해 있다가 변을 당했습니다. 현장에 있었던 유 박사의 딸 유보화 씨의 말에 의하면……."

그는 라디오를 끄고 차 밖으로 나와 아파트 안으로 들어갔다.

5층까지 단숨에 올라간 그는 508호 앞에서 멈춰 섰다. 그리고 주머니에서 열쇠를 꺼내 문을 열었다.

그것은 20평짜리 아파트로 혼자 살기에는 좀 넓은 편이었지만 그는 거기서 혼자 거주하고 있었다.

아파트 내부는 눈에 거슬리는 것 하나 없이 깨끗이 정돈되어 있었다. 그는 욕실로 들어가 샤워부터 했다. 그의 육체는 대중목욕탕에서 흔히 볼 수 있는 좀 마른 듯한 평범한 몸이었다.

샤워를 끝내고 난 그는 곧 침대 속으로 들어가 창문으로 뿌옇게 흘러 들어오는 새벽빛을 받으며 잠이 들었다.

잠자는 그의 모습은 매우 평화스러우면서도 고독해 보였다.

안방 침실에는 침대 하나만이 덩그러니 놓여 있었다. 옷장 같은 것은 없었고 장식 하나도 없었다. 옷들은 구석에 세워진 옷걸이에 걸려 있었다. 고독한 사나이의 체취가 물씬 풍기는 단조롭고 건조한 방 안 풍경이었다.

거실에는 낡은 소파와 탁자가 한 세트 놓여 있었다. 거실 역시 아무런 장식도 없었다. 너무도 단조로워 숨 막히는 적막감이 느껴질 정도였다.

안방과 마주보고 있는 건넌방은 그가 서재로 쓰고 있는 방이었는데 다른 곳과는 사뭇 다른 모습이었다. 어둠이 걷히면서 방 안의 모습이 차츰 드러나기 시작했다. 매우 큰 책상이 창문 쪽으로 놓여 있었고 책상 위에는 수십 권의 책들이 쌓여 있었다. 책들은 하나같이 곤충에 관한 것들이었다.

한쪽 벽에는 액자들이 빈틈없이 걸려 있었는데 액자 속에는 온통 나비들이 들어 있었다. 벽에 가득 찬 그 나비들의 주검이 방 안에 기묘한 분위기를 이루어 놓고 있었다. 그것은 일말의 전율 같은 것이었다.

방 안이 밝아지면서 나비들의 표본이 더욱 뚜렷한 모습을 드러내기 시작했다. 그것은 호화롭고 찬란한 채색화 같았다. 나비들은 금방이라도 날개를 파닥이며 날아다닐 것만 같았다. 거기에는 채집가의 집념이 서려 있는 듯했다. 나비마다 크기와 색깔과 모양이 달랐다.

아파트 주인은 이상한 사나이였고 묘한 취미를 가지고 있는 듯했다.

남향받이 아파트 창문에 햇빛이 가득 비쳤을 때 전화벨이 요란스럽게 울렸다. 깊은 잠에 빠져 있던 그는 천천히 침대에서 일어나 거실로 나갔다.

전화를 걸어온 사람은 여자였다. 그는 아주 부드럽게 여자에게 응대했다.

"저, 민자예요."

"아, 난 누구라고……."

"뭐 하고 계세요?"

"자고 있었지."

"어머, 지금 몇 신데 아직까지 주무시고 계세요? 새해 복 많이 받으세요."

"복 많이 받아요."

"연휴에 뭐 하실 거예요?"

"글쎄 뭐…… 아직 아무런 계획 없어요. 밀린 잠이나 잘까 하는데……."

"어머머머, 그런 법이 어딨어요."

"할 수 없지 뭐."

"아이, 시시해. 그러지 말고 어디 가요."

"어디?"

"겨울 바다나 등산이요. 안 가실 거예요?"

"글쎄 나야 괜찮지만 민자가 갈 수 있을까?"

"갈 수 있어요!"

여자는 안달이 나 있는 것 같았다.

그는 부드러움을 잊지 않고 여자를 어르듯이 말했다.

"남자하고 여행 갔다는 걸 가족들이 알면 집에서 쫓겨나지 않을까?"

"괜찮아요. 쫓겨나면 쫓겨나라지요 뭐, 가실 거예요, 안 가실 거예요?"

"글쎄…… 난 괜찮지만……."

"그럼 됐어요. 우리 거기 가요."

"어디?"

"설악산에 가요. 설악산에 눈이 많이 내렸대요. 백설에 덮인 산에 가야 진짜 등산하는 맛이 나요."

"그렇긴 그렇지."

"그럼 가시는 거죠?"

"좋아, 갑시다."

"야, 신나!"

여자는 탄성을 질렀다. 그러나 그는 웃지 않았다.

"떠나는 방법을 생각해야겠군."

"고속버스 타고 가는 게 빠르지 않아요?"

"그건 좀 싱겁지. 열차 타고 가는 게 좋아."

"그건 시간이 너무 오래 걸리지 않아요?"

"그러니까 침대칸을 이용해야지. 청량리역에서 강릉행 밤차를 타는 거야. 침대 속에 드러누워 한잠 늘어지게 자고 나면 새벽에 강릉에 도착할 거란 말이야. 강릉에 내려 해장국 한 그릇씩 사 먹고 버스로 설악산에 들어가면 돼."

"어머, 그게 좋겠네요!"

"아주 멋진 여행이 될 거야. 야간 열차의 침대칸에 드러누워 달을 쳐다보고 가는 기분이란 정말 기막힌 거지. 지루하지도 않고 말이야."

"정말 멋있겠어요. 우리 몇 시에 만나죠?"

"오늘 밤 9시에 청량리역 대합실에서 만나."

"알았어요. 시간 지키셔야 해요?"

"아, 염려 마."

"먹을 것은 제가 다 준비해 갈게요."

"나머지는 내가 다 준비하지."

전화를 끊고 나서 그는 다시 침대 속으로 들어갔다.

천정을 바라보면서 담배를 피운다. 여자와 통화할 때의 그 부드러움은 사라지고 석고처럼 굳은 표정이었다. 담배를 연거푸 두 대나 피우고 나서 그는 다시 침대에서 일어났다.

부엌으로 가서 가스 불에 커피를 끓였다. 계란 두 개로 프라이를 만들고 식빵을 구웠다.

식탁에 앉아 손수 만든 것을 천천히 먹기 시작했다. 매우 고독한 모습이었고, 그 고독을 즐기고 있는 듯이 보였다.

식사를 끝내고 난 그는 거실 소파에 앉아서 기타를 치기 시작했다. 기타와 함께 낮고 음울한 목소리로 노래를 불렀다. 그러나 그의 표정은 여전히 석고처럼 굳어 있었다. 기타와 노래 솜씨가 아주 뛰어나 보였다. 노래는 주로 느리고 우울한 것들로 외국 것들이 많았다.

한 시간 가까이 기타를 치고 나서 그는 서재로 들어갔다. 거기서 그는 한참 동안 나비 표본들을 바라보았다. 그리고 책을 한권 들고 나와 소파에 비스듬히 앉아 그것을 읽기 시작했다.

두 시간 후 그는 한쪽 구석에 놓여 있는 텔레비전을 켰다. 마침 뉴스 해설자가 부산 S병원에서 일어난 살인 사건을 보도하고 있었다.

그는 뚫어지게 화면을 응시했다.

"……정말 애석하기가 짝이 없습니다. 세균학의 권위자가 괴한의 칼에 맞아 살해되었다는 것은 미개 사회에서나 있을 수 있는 일로 수치스러운 일이 아닐 수 없습니다. 경찰은 하루 빨리 범인을 체포해서 다시는 우리 사회에 이와 같은 비극이 일어나지 않도록 엄단해야 할 것입니다. 시청자 여러분은 범인의 몽타주를 보시고 경찰의 수사에 적극 협조해 주시리라 믿습니다."

그는 화면 가득히 나타난 범인의 몽타주를 바라보았다. 안경을 끼고 있는 모습이 자신과는 아주 딴판으로 보였다.

그 시간에 유보화는 창가에 앉아 바다를 바라보고 있었다.

그녀의 집은 높은 언덕바지에 있어서 전망이 아주 좋은 편이었다.

밤에 짙게 끼었던 안개는 걷히고, 바다 위에는 햇빛이 쏟아지고 있었다.

식음을 전폐한 채 방 안에 틀어박혀 있는 그녀는 반쯤 넋이 나간 듯 보였다. 옷차림은 제멋대로였고 얼굴은 초췌했다. 아름다운 두 눈은 신선한 빛을 잃고 있었다.

그녀는 바다 위에 떠돌고 있는 갈매기 한 마리를 눈으로 쫓고 있었다. 그 갈매기는 외로워 보였다. 그 갈매기가 자신이라면 좋겠다고 생각했다.

그녀의 방은 2층에 자리 잡고 있었다. 방 옆에는 넓은 거실이 있었고 거기서 그녀는 그림을 그리곤 했다. 거실이 곧 그녀의 아틀리에였다.

그 집은 주위에서 아주 뛰어나 보였다. 대지 3백 평 위에 건평 60평 규모로 지은 그 집은 2층 양옥으로 그녀의 아버지가 평생 살기 위해 지은 것이다. 집채며 담장이 모두 특별히 구워 만든 푸른 벽돌로 지어져 있어서 멀리서도 눈에 잘 띄었고 사람들은 그

집을 '파란집'이라고 불렀다.

갈매기가 사라지자 그녀는 몸을 돌렸다.

그녀의 눈이 허공을 더듬었다. 허공에 뜬 그녀의 눈에 한 사나이의 얼굴이 보였다. 낯익은 얼굴, 결코 잊을 수 없는 얼굴, 저주스런 얼굴, 무서운 얼굴이 거기에 있었다. 그것은 아버지의 가슴에 칼을 박은 사나이의 얼굴이었다.

그녀는 범인의 얼굴을 알고 있는 유일한 목격자였다. 시간이 흐를수록 그 얼굴은 더욱 뚜렷한 모습으로 머릿속에 자리 잡고 있었다. 범인은 미남이었다. 움직이지 않던 그 동그란 두 눈을 그녀는 결코 잊을 수가 없었다. 처음 그 사나이를 보았을 때 받았던 그 섬뜩한 느낌은 아직도 가슴 속에 뚜렷이 남아 있었다.

그녀는 잠을 이룰 수가 없었다. 눈만 감으면 그 눈이 자기를 응시하곤 했다. 그렇게 무서운 눈은 처음이었다.

"저 무서운 눈을 이겨 내지 못하면 나도 죽을 거야. 지금 내가 쓰러지면 모든 것이 파멸이다."

그녀는 꽃병을 집어 들고 그 무서운 얼굴을 향해 힘껏 던졌다. 꽃병은 산산조각이 나면서 사방으로 유리 조각이 튀었다.

문이 열리고 사람이 들어왔다. 아는 얼굴도 있었고 처음 보는 얼굴도 있었다. 그녀는 눈을 부릅뜬 채 부들부들 떨었다.

"무서워! 무서워! 무서워!"

그녀는 두 손으로 얼굴을 가린 채 흐느껴 울었다.

"입원시켜야겠네. 벌써 세 번째야. 발작이 심해."
하고 누군가가 말했다.

사람들 사이에는 조문기 형사도 끼어 있었다. 그는 우울한 눈으로 여자를 바라보고 있었다.

"잠도 안자고 아무 것도 먹지를 않아요."

그렇게 말하는 사람은 유보화의 삼촌이 된다는 사람이었다. 대머리의 그는 동의를 구한다는 듯 사람들을 둘러보았다. 거기에 모인 친척들은 정 그렇다면 할 수 없지 않느냐는 듯한 표정들을 지었다.

그들 중의 한 사람이 곧 정신병원으로 전화를 거는 것을 조 형사는 묵묵히 지켜보기만 했다.

한 시간쯤 지나 앰뷸런스가 도착하고 남자 간호사 두 명이 안내를 받고 집 안으로 들어왔다. 그들을 보자 보화의 눈이 공포로 굳어졌다.

"싫어! 싫어! 싫어!"

그녀는 닥치는 대로 아무거나 집어 던졌다. 간호사들이 날쌔게 달려들어 양쪽에서 팔을 움켜잡자 그녀는 몸부림쳤다.

"이 악마들! 악마들! 이거 놔! 이거 놓으라구!"

그녀가 몸부림치며 울부짖는 바람에 집 안은 한동안 수라장이 되고 있었다.

모두가 눈시울을 붉히며 그녀가 끌려가는 것을 지켜보고만 있었다.

조형사 역시 속수무책이었다. 그가 보기에는 그녀는 당분간 정상적인 생활을 하기는 어려울 것 같았다. 무방비 상태의 그녀가 감당하기에는 충격이 너무 컸음이 틀림없었다. 행복했던 한 가정이 하루아침에 쑥밭이 되는 것을 그는 괴로운 마음으로 지켜보고 있었다. 그것은 이어서 범인에 대한 증오심을 바뀌고 있었다. 그는 악마라고밖에 표현할 길이 없는 범인을 증오하고 저주했다.

"저 좀 살려 주세요! 살려 줘요! 이 사람이 저를 죽이려고 해요! 제발 살려 줘요!"

여자의 눈이 조 형사를 애타게 바라보고 있었다. 뜨거운 것이 뭉클하고 가슴 속에 치미는 것을 느끼면서 그는 여자를 외면했다. 너무 측은해서 바라보고 있을 수가 없었다.

잠시 후 그녀의 울부짖음도 사라지고 집 안은 주검같이 정적 속에 싸였다.

조 형사는 사람들의 눈총을 받으며 그 곳에 남아 있는 것이 숨막힐 정도로 답답했지만 그 특유의 끈질긴 근성을 발휘하면서 가까스로 버티고 있었다. 범인을 추적할 수 있는 아무런 단서도 없는 지금 그로서는 피살자의 집에서부터 수사의 첫 발을 내디딜 수밖에 없었다.

대부분의 수사관들이 이번 살인 사건을 원한 관계에서 빚어진 것으로 보고 그 방향에다 수사의 초점을 맞추고 있었다. 병원에까지 찾아가 살해했다는 사실이 그것을 강하게 뒷받침해 주고 있었다.

수사관들에게 있어서 수사 방향을 잡는다는 것은 매우 중요한 일에 속한다. 일단 수사 방향을 잡고 나면 사건 해결의 가능성은 매우 높아지는 것이다. 그것은 사건을 반쯤 해결했다고 보아도 지나친 말은 아니다. 그러나 한편으로 그것은 수사관들이 흔히 빠지기 쉬운 함정일 수도 있다. 그 함정에 빠지고 나면 수사는 겉돌기 마련이고, 수사관들은 기진맥진한 몸으로 도로 원점으로 되돌아와서 다시 수사를 시작해야 하는 것이다.

조 형사는 그 함정에 빠지는 것을 극도로 조심하고 있었다. 그래서 섣불리 수사 방향을 잡지 못한 채 전전긍긍하고 있었다.

그가 현재 범인에 대해서 짐작할 수 있는 것이라고는 그 자가 매우 대담무쌍하다는 것, 그리고 치밀한 두뇌의 소유자라는 점뿐이었다.

용기와 두뇌를 고루 갖춘 범인이란 거의 드물다. 용기가 있으면 으레 미련하기 마련이고, 머리가 영리하면 겁이 많은 것이 보통이다.

그런데 유한백 박사를 살해한 범인은 드물게도 용기와 두뇌를 다 갖추고 있는 듯하다. 놈은 대담하게 병원으로 찾아가 미리 계획했던 대로 시계처럼 정확하게 유 박사의 가슴에 칼을 박아 놓고 사라진 것이다. 놈은 틀림없이 사전에 현장을 답사하고 계획을 세웠을 것이다.

이 살인 사건의 가장 절묘한 클라이맥스라고 한다면 범인의 도주에 있다. 범인은 유보화가 아버지의 죽음을 발견하기까지의 불과 몇 분 사이에 서두르지 않고 유유히 사라져 버린 것이다. 그러니까 놈은 그 몇 분 동안을 충분히 계산에 넣고 그 엄청난 범행을 실천에 옮긴 것이다. 생각할수록 그야말로 대담무쌍하고 치밀한 놈이다.

"아마추어 솜씨가 아니야. 프로급 킬러가 아니고는 그와 같은 짓을 할 수 없어."

그는 유보화의 아틀리에를 거닐면서 혼자 중얼거리고 생각에 잠겼다.

"전문적인 킬러만이 용기와 두뇌를 소유하고 있지. 만일 그 자가 전문가라면…… 사건은 쉽게 해결되지 않을 거야."

사실 전문가답게 범인은 지문 하나 남겨 놓지 않고 있었다. 그 밖에 추적의 실마리가 될 만한 그 어떤 것도 거기에는 남아 있지 않았다. 놈은 아주 안전하게 일을 처리하고 안개 속으로 사라진 것이다.

조 형사는 이젤 앞에서 걸음을 멈추었다. 거기에는 그리다 만 그림이 세워져 있었다. 남자의 나체 그림이었다. 근육이 잘 발달된 늘씬한 몸이 옆으로 비스듬히 서 있었는데 아직 색칠이 덜 되어 있었다.

그 밖에도 실내에는 젊은 남자들의 육체를 모델로 해서 그런 그림들이 많이 있었다. 그것들은 하나같이 사실적으로 묘사되어 있었다. 굵고 대담한 터치로 그려져 있으면서도 전체적인 윤곽이 섬세한 편이었다. 비구상 계열의 작품은 보이지 않고, 모두가 인간을 주제로 한 사실적인 그림들이었다. 특히 남자의 나체 그림들에서는 그녀의 탐미적인 의지가 원색으로 뚜렷이 드러나 있었다. 노골적인 성기 묘사를 보자 그는 얼굴이 붉어졌다. 남자의 나체에서 아름다움을 찾으려는 여자. 그녀는 과연 어떤 여자일까? 그는 저절로 고개가 갸우뚱해졌다.

유 박사의 시신은 아래층 빈소에 안치되어 있었다.

가까운 친척들은 비교적 능숙하게 일을 처리해 나가고 있었다. 고인이 세균학의 권위자이었던 만큼 그의 죽음을 애도하는 문상객들이 줄을 잇고 있었다.

조 형사는 아래층으로 내려가 빈소에 놓여 있는 고인의 영정을 다시 바라보았다. 그것은 딸이 그린 것으로 여느 초상화와는 달리 회화적인 면이 강하게 드러나 있었다. 얼른 보기에도 아주 훌륭한 그림이었다.

잿빛 머리에 잿빛 콧수염의 유 박사는 조금 마른 모습이었다. 가는 테의 안경 너머에서 가는 두 눈이 부드럽게 웃고 있었다. 인자한 모습의 노신사임을 첫눈에도 알아볼 수가 있었다.

저 인자한 모습의 뒤에 그가 꼭 살해되어야 할 비밀이 있을 것 같지는 않다. 혹시 범인이 상대를 잘못 짚은 게 아닐까. 아니다. 그럴 리가 없다. 그렇게 치밀한 사나이가 상대를 잘못 알고 죽였을 리가 없다. 그렇다면 유 박사의 미소 뒤에 어떤 흑막이 있었다는 말인가.

조 형사는 유 박사에 대한 강한 호기심을 느꼈다. 그가 지나온 발자취에 대해 자세히 조사해 둘 필요가 있을 것 같았다. 수사의 첫 발걸음은 유 박사라는 인물에서부터 내디뎌야 할 것 같았다. 그가 하루 동안에 수집한 유 박사에 대한 인적 사항은 대강 다음과 같았다.

▲ 유한백(柳漢白) = 1914년 5월 10일 서울 종로구에서

출생, 당대의 거상(巨商) 유치업(柳致業)의 2남 1녀 중 장남으로 태어나 1936년 미국으로 유학, 프린스톤 대학 의학부에서 세균학을 전공, 6년 후인 42년 세균학 박사 학위를 획득하고 귀국. 이어서 동경 제대 의학부에서 연구 생활을 계속하다가 이듬해인 43년 일본군 소위로 임관되어 전선에 투입됨. 45년 해방과 함께 귀국하여 S대 의대 교수로 부임. 수년간 침묵을 지키다가 세균에 관한 각종 논문을 발표하여 국내는 물론 세계 학계에서 파문을 일으킴. 60세 되던 해인 74년 강단을 떠나 부산에 거주를 확정하고 칩거함. 초혼에 실패하고 40세 되던 해에 재혼하여 슬하에 1녀를 둠. 최근에 「세균(細菌)과 세균전(細菌戰)」이라는 책을 발간하여 국내 학자로는 처음으로 세균전에 대한 관심을 보임.

조 형사는 유 박사의 서재로 들어갔다. 10여 평쯤 되는 서재에는 의학 관계의 전문 서적들이 가득 들어차 있었다. 그 중 대부분이 세균에 관한 것들이었다.

서재의 한편 구석에는 조그만 금고가 하나 놓여 있었다. 손잡이를 비틀어 보았지만 열리지 않았다. 번호를 맞추지 않고는 열 수가 없을 것 같았다. 조 형사는 보화의 삼촌인 유한배(柳漢培) 씨를 불렀다.

그는 부산에서 선박 회사를 운영하다가 망하는 바람에 지금은 일정한 직업도 없이 놀고 있는 사람이었다. 같은 피를 나눈 형제이면서도 유 박사와는 전혀 다른 방향으로 풀린, 얼핏 보기에도 측흥적인 인상을 풍기는 50대의 뚱뚱한 사나이였다.

"이 금고를 좀 열어볼 수 없을까요?"

"전 잘 모르겠는데요. 그렇지 않아도 열어보고 싶었는데 열 수가 있어야지요."

"이걸 열 수 있는 사람은 누굽니까?"

"아무래도 그 애뿐이겠지요. 하지만 제 정신이 아니라 아무리 물어도 대답을 해야지요. 그 애밖에 번호를 알고 있는 사람은 없을 겁니다."

유씨는 금고문을 손바닥으로 툭툭 치면서 매우 궁금한 눈치를 보였다.

"유 박사님께서는 이 집 외에 유산이 또 있습니까?"

"글쎄요. 저는 생전에 형님하고 별로 가까이 지내지를 못해서 잘 모르겠는데요."

"대학을 떠나고서도 이 정도의 집에서 여유 있게 지내신 것을 보면 재산이 어느 정도 있는 게 아닐까요?"

"글쎄요. 이런 집에서 살면 묵고 살 만큼 있기는 있겠지요만, 잘 모르겠는데요."

유씨가 회피하는 것 같아 조 형사는 그 문제를 굳이 캐묻지는 않았다.

유씨와 헤어져 그는 고인의 연구실쪽으로 가 보았다. 연구실은 정원 한편에 세워진 조그만 별채에 마련되어 있었다. 그것은 창문도 없이 조그만 환기 구멍만 하나 있어서 마치 창고처럼 보였다.

출입구는 육중한 철문으로 막혀 있었고 문에는 큰 자물통이 채워져 있었다.

얼른 보기에도 그것은 외부 사람의 접근을 강하게 거부하고 있는 듯이 보였다. 조 형사는 강한 호기심을 느꼈다. 연구실을 그렇게 철벽처럼 만들어 놓은 것을 보기는 처음인 것이다. 도대체 안에 무엇이 있기에 이렇게 만들어 놓았을까?

철문 위에는 '위험'이라고 쓴 붉은 표지판까지 붙어 있었다. 마침 가정부가 보였기 때문에 조 형사는 그녀를 불렀다. 젊은 가정부는 눈물을 찍으며 다가왔는데 시골 출신답게 순박해 보이는 인상이었다. 아기를 낳지 못해 결혼 9년 만에 시댁에서 쫓겨난 그녀는 돌아갈 친정도 없어서 도시로 흘러와 식모살이를 하고 있다고 했다. 보화네 집에 들어오기는 1년 전쯤이었다.

"이 속에 도대체 뭐가 있나요?"

"글쎄, 잘 모르겠는데요."

작은 눈을 깜박이며 겁먹은 표정으로 대답한다.

"한 번도 안 들어가 봤나요?"

"네, 주인어른이 얼씬도 못하게 해서 아예 여기는 오려고 하지도 않았어요."

"박사님은 여기서 연구를 하셨나요?"

"네, 그러셨어요."

"무슨 연구를……?"

"모르겠어요."

"보화 양은 들어가 봤겠죠?"

"아니에요. 아무도 못 들어가게 했어요. 허락 없이 들어가다가는 큰일 난다고 그러셨기 때문에 아씨도 여기에는 얼씬도 하지 않았어요."

"열쇠는 어디 있나요?"

"모르겠어요. 주인어른이 보관하고 계셨더랬어요."

"그것 참……."

조 형사는 입맛을 쩍 다셨다.

날이 어두워져서야 그는 그 집을 나섰다.

춥고 암울한 새해 첫날이었다.

상가는 거의 철시하고 있었고 거리에는 어둠과 함께 또 안개가 퍼지고 있었다.

그는 안개 속으로 뚜벅뚜벅 걸어갔다. 정초인데도 그는 전혀 휴식을 취하지 못하고 있었다. 그런 것은 아무래도 좋았다. 그는 돌봐 주어야 할 가족도 없는 홀몸으로 남들 처럼 연휴를 즐기고 싶지도 않았다.

밤거리는 더없이 쓸쓸해 보였다. 사람들은 집 안에 웅크리고 앉아 음울한 눈빛으로 새해를 맞이하고 있었다.

멀리서 뱃고동 소리가 들려왔다. 그는 갑자기 안개 속에서 방향 감각을 잃었다. 짙은 안개로 방향을 잡을 수가 없었다. 뱃고동 소리가 들려오는 쪽으로 무턱대고 걸어가는데 여자 목소리가 그를 붙들었다.

"놀다 가세요."

여자가 안개 속에 서서 웃고 있었다. 안개 덕분에 그녀는 도심에까지 진출할 수가 있었던 모양이다.

"따뜻한 방 있어요. 쉬다 가세요."

스카프로 얼굴을 감싸고 있었지만 나이 든 것을 감출 수는 없었다. 40대의 늙은 창부였다. 그는 무슨 말인가 하려다가 그만 두었다. 마음에도 없는 말을 할 것 같았기 때문이다. 거리에 여자가 있다는 것, 그것은 썩어 가는 도시가 안고 있는 어쩔 수 없는 운명 같은 것이 아닐까 하고 그는 생각했다.

"담배 한 대만 주세요."

그가 가려고 하자 여자가 소매를 붙들었다. 그는 잠자코 담배를 꺼내 여자에게 주고 자신도 한 대 입에 물었다.

"고마워요."

여자가 불을 받으며 말했다. 손끝이 떨리고 있었고 눈에는 눈물이 맺혀 있었다.

"당신, 주사 맞고 왔나 보군……"

"……."

창부는 잠자코 담배만 빨았다. 절망적인 모습이었다. 여자는 족친다고 해서 불지는 않을 것이다. 아니 이 여자는 마약 조직에 대해서 아무 것도 아는 것이 없을 것이다. 측은하기에 앞서 분노가 일었다.

"당신…… 그러다가는 빨리 죽어."

"빨리 죽고 싶어요. 누가 죽여 줬으면 좋겠어요."

그는 말문이 막혔다.

창부가 대신 말했다.

"이왕 담배 주신 김에 좀 더 인심 베푸세요. 천 원만 빌릴 수 없을까요?"

그는 아무 말하지 않고 여자에게 바지 주머니 속에서 구겨진 천 원짜리 지폐를 꺼내 주었다. 그녀는 스스럼없이 그것을 받아 들었다.

"이거면 떡국 한 그릇하고 담배 한 갑 살 수 있어요. 정말 고마워요. 다음에 갚아 드릴게요."

그가 뭐라고 할 사이도 없이 그녀는 안개 속으로 재빨리 사라져 버렸다.

떡국을 사 먹기 위해 그렇게 빨리 가 버린 것 같았다.

한참 후 그가 수사 본부에 도착했을 때 수사 요원들은 난롯가에 둘러앉아 술잔을 기울이고 있었다. 하나같이 기분이 좋지 않은 표정들이었다. 신년 정초에 집에도 못 들어가고 있으니 그럴 만도 했다.

"어때? 뭐 좀 찾았어?"

두꺼비가 벌건 눈으로 그를 쳐다보며 물었다. 조 형사는 고개를 저었다.

"자, 한 잔 들으라구."

"그만두겠습니다."

"추운데 한 잔 들으라구."

"속이 좋지 않아서……."

"속이 좋지 않을 때는 술을 마셔야 한다구. 자, 들어."

그는 마지못해 두꺼비가 주는 술잔을 들었다. 술이 들어가자 뱃속이 뒤틀리는 것 같았다. 그는 위가 좋지 않아 항상 고통을 느끼고 있었다.

"라디오 뉴스 들어 봤나?"

"못 들었는데요."

"연말연시 비상이 펴진 가운데 그런 사건이 일어났다고 매스컴이 일제히 포문을 열었어. 도대체 경찰은 뭣들 하고 있는 거냐고 성토가 대단해. 우리는 당하고 있는 수밖에 별수가 없지. 사실은 사실이니까 말이야. 상부에서도 불호령이 내려졌어. 이렇게 앉아서 술 마시고 있다는 거 알면 펄펄 뛸걸."

모두가 쓰디쓴 표정들을 지었다. 조 형사는 생선회를 입에 한 점 넣고 질겅질겅 씹었다. 그리고 그들을 둘러보면서,

"수확이 좀 있습니까?"

하고 물었다.

"있긴 뭐가 있어. 모두가 공치고 왔어."

"원한을 살 만한 이유도 발견되지 않았습니다. 생전에 대인관계도 원만한 편이었고 후배들과 제자들로부터는 존경을 받아 왔다고 합니다."

나이 어린 형사의 말이었다. 조 형사는 창문을 가리고 있는 안개를 바라보았다.

"조 형사는 느낀 거 없나?"

"제가 보기에는…… 어디까지나 추측입니다만…… 전문적인

킬러의 짓 같습니다. 전문가가 아니고는 그런 짓을 할 수 없을 겁니다."

그의 말은 신선한 바람 같았다. 모두가 입을 다문 채 그를 바라보고 있었다. 그의 입에서 다음 말을 기다리는 눈치들이었지만 그는 더 이상 말하지 않았다. 할 말이 없었던 것이다.

열차는 비탈길을 숨 가쁘게 오르고 있었다. 하늘과 맞닿은 산의 능선이 어둠 속에서도 뚜렷이 드러나 보이고 있었다. 능선은 끊임없이 이어지고 있었다. 그만큼 산맥은 길고도 길었다. 능선은 멀어지다가도 갑자기 가까워졌고, 어느 때는 능선이 창문을 넘어 하늘로 날아오르는 듯이 보이기도 했다. 그런 다음에는 차창으로 산이 밀려들어오는 것만 같았다. 그런 상태가 아주 오래도록 계속될 때가 있었다. 그럴 때는 마치 열차가 산 속에 갇혀 헤어나지 못하는 것 같았다.

능선을 따라 둥근 달이 달리고 있었다. 그는 여자를 품에 안은 채 달을 바라보고 있었다. 여자는 그의 일부분이 된 것처럼 움직이지 않고 있었다.

달빛이 차츰 스러지더니 이윽고 구름이 달을 집어삼켜 버렸다. 열차는 긴 터널을 지나 계속 달려갔다.

"아, 눈 내려요!"

여자가 그의 품속에서 말했다. 머리 냄새가 강렬했다.

눈발이 창문에 부딪히고 있었다. 멋진 밤이었다.

그들은 침대칸의 2층에 누워 있었다.

차가 흔들릴 때마다 그들도 흔들리고 있었다.

그는 결코 서두르지 않았다. 여느 남자들처럼 강압적으로 여자를 누르려고 하지도 않았다. 여자가 믿고 따를 수 있도록 부드럽게 행동하고 있었다.

모든 여자들이 애무에 약하다는 것을 그는 잘 알고 있었다. 그것은 많은 경험에서 터득한 것이었다.

그의 부지런하고 섬세한 손놀림에 여자는 거의 정신을 잃고 있었다. 그의 손이 마침내 허벅지 사이의 농밀한 곳을 쓰다듬기 시작하자 그녀는 허리를 틀어 대면서 신음했다.

"안, 안 돼요. 안 돼요."

"쉬, 조용히."

여자의 몸은 이제 활짝 열려 있었다. 그녀가 입으로 저항하는 것은 무의미한 발성에 지나지 않았다.

여자가 극도로 흥분한 나머지 자신을 억제하지 못하고 몸을 그의 손에 완전히 내맡길 때까지 그는 애무를 계속했다. 여자는 팔다리를 허우적대면서 몸부림쳤다. 그러한 그녀를 그는 차가운 눈으로 내려다보고 있었다.

"아, 그만! 그만!"

여자가 숨넘어가는 소리로 말했지만 그는 조금도 손길을 늦추지 않았다 이미 그녀는 벌거벗겨져 있었다. 그는 자신의 옷도 벗었다. 팽팽한 그것이 여자의 엉덩이를 찔렀다. 뒤에서 여자를 끌어안고 한 손으로는 젖가슴을 움켜쥐고 다른 한 손으로는 밀림을 헤쳐 나갔다. 여자가 다리를 힘껏 벌렸다. 소나기가 내린 듯 밀림은 질펀하게 젖어 있었다. 시트까지 젖어 미끈거리고 있었다. 여자가 드디어 참을 수 없다는 듯 말했다.

"아, 맘대로 하세요! 맘대로……아, 맘대로 하세요!"

"후회하지 않겠지?"

"후회하지 않아요!"

"난 사실 관계를 맺고 싶지 않아."

"싫어요! 싫어요!"

"미련 같은 것 없어야 해."

여자가 급하다는 듯 끄덕였다. 뜨겁게 달아오른 두 눈이 어서 자기를 안아 달라고 호소하고 있었다.

그는 여자의 배 위로 올라갔다. 달리는 열차의 흔들림이 자극을 더해 주고 있었다. 보다 깊이 교접할 수 있도록 그는 여자의 양 다리를 위로 치켜 올렸다. 그런 다음 열차가 가는 방향으로 그녀를 힘차게 밀어붙였다.

여자의 머리가 벽에 쿵 하고 부딪쳤다. 희열과 고통으로 표정이 일그러지고 있었다. 그는 여자의 머리가 벽에 부딪치지 않도록 그녀를 뒤로 끌어당긴 다음 다시 일을 벌였다.

여자는 입을 반쯤 벌린 채 눈을 감고 있었다. 그리고 격렬하게 그를 빨아들이고 있었다. 거기에는 남자와 오래도록 관계를 맺어 오지 못한 여자의 굶주린 야욕이 노골적으로 드러나 있었다. 그 굶주림을 단숨에 채우려는 듯 그녀는 허덕거리고 있었다.

웬만한 신음 소리 정도는 레일 위에 부딪치는 열차 바퀴의 둔중한 음향이 흡수해 버리고 있었다. 그의 힘과 기교는 여자의 굶주림을 충분히 채워 주고도 남았다.

그는 여자의 땀에 젖은 얼굴을 내려다보았다. 헝클어진 머리칼이 땀에 젖어 얼굴에 찰싹 달라붙어 있었다. 뜨거운 입김이 확 풍겨 왔다. 불결한 냄새가 느껴졌다. 29세 노처녀의 몸이 처치 곤란한 고깃덩어리가 되어 죽은 듯이 축 늘어져 있었다.

그는 후회했다. 그러나 이미 치러진 일이었다. 언제나처럼 허탈감과 씁쓸한 기분을 느끼면서 그는 옆으로 몸을 눕혔다. 그리고 담배를 집어 입에 물었다.

어느새 눈이 창문에 두껍게 달라붙어 있었다. 그래서 밖이 잘 보이지가 않았다.

그는 차갑게 가라앉은 얼굴로 말없이 담배를 피웠다. 여자의 흐느끼는 소리가 귓가를 간질이고 있었지만 그는 부러 못 들은 체하고 있었다. 왜 우는 것일까? 많은 여자들이 그와 처음 육체관계를 맺고 나면 으레 울곤 했다. 그는 그 이유를 도무지 알 수가 없었다. 여자들은 일부러 눈물을 보이려고 애쓰는 것 같았다. 그 눈물을 볼 때마다 그는 여자들이 자신에게 억지로 무거운 책임을 지우게 하는 것 같아 언짢아지곤 했었다. 이 여자도 눈물어린 눈으로 나를 바라보며

"미워요."

라든가

"저를 버리지 말아요!"

라고 말하겠지.

그가 모른 체하자 하민자(河珉子)는 들으라는 듯이 좀 더 크

게 흐느꼈다. 이젠 손을 뻗어 달래야 할 차례라고 생각하면서 그는 옆으로 돌아누웠다.

"울지 마."

"아, 몰라요!"

여자는 몸을 홱 돌리더니 그의 품으로 뛰어들었다. 그리고 그의 가슴이 축축해지도록 울었다. 그는 그녀의 등과 허리와 엉덩이를 쓰다듬어 주면서 부드럽고 달콤하게 속삭였다.

"바보같이 울기는……. 후회하지 않기로 했잖아. 얼마나 멋진 여행이야. 열차를 타고 가면서 섹스를 즐기다니, 아마 좋은 추억이 될 거야."

여자가 얼굴을 쳐들었다. 눈물로 지저분해진 얼굴이 역겹게 느껴졌다.

"선생님……."

그녀가 그를 선생님이라고 부른 것은 처음이었다. 그는 또 구토를 느꼈다.

"선생님, 저…… 버리지 말아 주세요."

마치 이별을 눈앞에 둔 여자처럼 격하게 흐느낀다.

"버리다니, 그게 무슨 말이야."

시든 육체를 그는 형식적으로 애무했다.

"절 사랑하세요?"

여자의 눈이 절박하게 바라본다.

"물론 사랑 하구 말구."

그는 끄덕이면서 젖꼭지를 비틀었다. 조그마한 볼품없는 젖이었다. 벗겨 놓고서야 형편없다는 것을 알았다.

"내가 아까 말했지? 미련을 가져서는 안 된다구 말이야."

"싫어요! 그런 말 싫어요!"

여자는 막무가내였다. 그는 입을 다물어 버렸다.

두 개의 얼굴

소비의 시대는 지났다. 앞으로 그런 시대는 영원히 오지 않을 것이다. 절약과 내핍이 강조되고 있었다.

사양길에 접어들던 다방들은 득실거리는 실업자들 덕분에 활기를 되찾고 있었다. 일거리를 찾아 아침부터 거리로 나온 사람들은 결국 갈 곳이 없어 다방을 찾기 마련이었다.

조문기 형사는 아침도 거른 채 커피만 마셨다. 뱃속에 또 통증이 오고 있었다. 병원에 가 봐야겠다고 별러 오면서도 아직까지 차일피일 미뤄 오고 있었다.

그는 조그만 아파트에서 여동생과 함께 노모를 모시고 살고 있었다. 그의 노모는 노총각인 아들을 장가보내고 죽는 것이 소원이었지만 정작 본인은 장가 갈 생각조차 하지 않고 있었다.

이제 서른아홉 살이 된 그의 입장에서는 꼭 결혼해야 할 이유가 없다고 생각하기 때문에 아직까지 혼자 지내고 있는 것뿐이었다. 나이가 차면 결혼해야 한다는 고정 관념을 그는 몹시 싫어하고 있었다.

하기야 그라고 외롭지 않을 리가 없었다. 그렇지만 그 외로움을 채워 줄, 항상 곁에 두고 싶은 사랑하는 여인이 그에게는 아직 없었다. 그런 여인이 있다면야 벌써 결혼했을 것이다.

아마 어쩌면 그런 여자가 영영 나타나지 않을지도 모른다는 것이 그의 생각이기도 했다. 자기 자신에 대해서 그는 항상 겸손한 생각을 품고 있었다. 노총각에다 별로 겉으로 보기에 볼품도 없고 거기다 인상도 별로 좋지 않은 형사 나부랭이한테 뭐가 아쉬워서 아름다운 여성이 시집을 오겠는가. 그렇다면 좋다. 마음에도 없는 여자를 단지 여자라는 이유만으로 아내랍시고 데리고 살면서 고생하느니, 차라리 외롭기는 하지만 혼자 자유롭게 살겠다. 세월이 흐르면서 이러한 생각은 퇴적층처럼 오래도록 쌓이고 굳어져서 이제는 자신도 어쩔 수 없을 만큼 가슴 밑바닥에 자리하고 있었다.

그는 찻산에 가라앉은 식은 커피를 내려다보았다. 거기에 문득 떠오르는 얼굴이 하나 있었다. 유보화였다.

'아, 유보화.'

그녀를 생각하자 가슴이 저려 왔다. 그늘진 까만 두 눈이 그를 호소하듯 바라보고 있었다. 병원에 끌려가면서 살려 달라고 호소하던 그녀의 외침이 다시 들려오고 있었다.

유보화에 대한 그의 첫 느낌은 하얗다는 것이었다. 얼굴도 목도 손도 우윳빛처럼 하얗다. 길고 풍성한 머리칼에 감싸인 하얀 얼굴과 그늘진 검은 눈은 두 번 다시 이루어질 수 없는 조화의 미를 지니고 있었다. 검은 눈은 너무 투명해서 비애를 느낄 정도였다. 그녀를 처음 보았을 때 그는 새벽의 산길 오솔길에서 차가운 공기에 부딪힌 것 같은 신선함과 알 수 없는 서글픔을 동시에 맛보았다. 그 느낌은 지금도 지워지지 않은 채 그의 가슴 속에 남아 있었다.

그는 찻값을 치르고 밖으로 나왔다.

유보화를 만나야 한다는 생각이 그의 발걸음을 재촉하고 있었다.

거리는 신정 연휴도 끝난 참이라 많은 사람들로 혼잡을 이루고 있었다. 한참 만에 겨우 택시를 잡은 그는 곧장 정신병원으로 향했다.

보화가 입원해 있는 정신병원은 시 중심에서 30분 거리에 있는 비교적 시설이 좋은 병원이었다.

야산을 등지고 있는데 앞은 탁 트인 바다여서 주변 환경과 전망도 좋은 편이었다.

병원 앞에서 차를 내린 그는 먼저 바다를 바라보았다.

바다 위로 눈부신 햇빛이 쏟아지고 있었다. 오랜만에 보는 맑은 날씨였다. 밤이면 찾아드는 안개도 아침이 되면 어둠과 함께 어디론가 사라지곤 했다.

그는 갈매기 한 마리를 눈으로 쫓다가 몸을 돌려 병원 정문 쪽으로 걸어갔다.

병원 주위에는 이중으로 높은 철망이 처져 있었다.

정문에서 수위가 그를 막았다. 신분증을 제시한 다음 그는 안으로 들어갔다.

널따란 정원을 가로질러 백색 건물 앞에 당도했다. 건물 창문에는 온통 쇠창살이 붙어 있었다.

그는 한동안 얼어붙은 듯 그 자리에 서서 창문들을 바라보고 있었다. 창문마다 안쪽에는 환자의 얼굴들이 유리창에 달라붙어 있었다. 바깥세상을 한없이 그리워하는 그런 얼굴들이었다. 저 속에 그 서글프도록 아름다운 처녀가 있다고 생각하니 믿어지지가 않았다.

문을 밀고 안으로 들어가자 안내실 안에 있던 청년이 그를 불렀다.

"어떻게 오셨나요?"

"환자 면회를 좀 왔습니다."

"이름이 뭡니까?"

"유보화……."

그는 느리게 대답했다.

"어떻게 되시는가요?"

"나, 오빠 되는 사람이요. 그보다 먼저 담당 의사를 만나고 싶은데……."

어느 병원에서나 그런 것처럼 그 청년 역시 불쾌감을 안겨 주고 있었다. 턱짓으로 앞쪽 방향을 가리키면서 허 박사를 만나 보라고 한다.

긴 복도를 걸어가다 그는 허진욱(許鎭旭) 박사라고 쓴 명패 앞에서 걸음을 멈추었다. 박사라는 칭호가 어쩐지 거부 반응을

일으킨다. 그가 노크하자

"네."

하는 퉁명스러운 목소리가 들려왔다.

그는 고개를 숙이고 안으로 들어가 얼굴을 쳐들었다.

그보다 젊어 보이는, 검은 테의 안경을 낀 조그마한 사나이가 책상 앞에 앉은 채로 고개를 끄덕였다. 눈도 얼굴도 동그란 사나이였다. 툭 튀어나온 이마를 숱이 적은 머리칼로 비스듬히 가리고 있었다.

"허 박사님이신가요?"

"네, 그렇습니다."

읽고 있던 두꺼운 책을 한쪽으로 밀어 놓고 가느스름한 눈으로 그를 바라본다.

"다름이 아니라, 여기 입원한 환자에 대해서 좀 물어 볼까 해서 왔는데요."

"어떤 환잔가요?"

"유보화라고 합니다."

"아, 그 유 박사 따님 말이군요. 앉으시죠."

책상 옆에 놓여 있는 조그만 의자에 그는 조심스럽게 걸터앉았다.

"실례지만 어떤 관계이신가요?"

"오빠 되는 사람입니다."

"아, 그러세요. 가만 있자. 오빠가 없다고 하던데……."

의사의 눈이 의심스럽다는 듯 그를 더듬었다. 조 형사는 미소했다.

"아, 친오빠가 아니고 사촌 됩니다."

"그러시겠죠. 에또, 저도 대강 신문도 보고 이야기도 듣고 해서 알고 있습니다만…… 정말 안됐더군요. 세상에 그런 일이 일어나다니, 사건 아직 해결 못 했죠?"

"네, 아직……."

"도대체 한국 경찰은 기대할 게 못 된다니까요."

조 문기는 의사의 말에 동의한다는 듯 고개를 끄덕였다. 의사는 자못 열을 내어 말했다.

"병원에까지 찾아가 사람을 죽이는 판인데도 속수무책이니 도대체 누구를 믿고 살 수 있다는 겁니까? 이래 가지고 사람이 안심하고 살 수 있겠습니까?"

"그렇지요. 참 큰 일입니다."

"치안이 이대로 나가다가는 안 될 거예요. 경찰이 무력하면 국민 각자가 무기를 휴대하고 자기 자신을 방어하는 수밖에 없을 거예요."

"그렇군요."

"이 병원에는 현재 8백여 명의 정신병 환자가 입원해 있습니다. 환자는 날로 늘어나고 있는 형편이어서 미처 다 수용을 못해요. 정신병 환자가 늘어나고 있다는 건 그만큼 사회가 흉악해지고 있다는 증거지요."

"보화 양에 대해서 좀……."

조 형사는 참다못해 말했다. 의사는 안경을 벗었다가 도로 끼었다.

"그 아가씨한테는 과제가 좀 있습니다. 지금 세밀히 관찰하고 있는 중인데…… 충격이 너무 컸던 것 같아요. 독실에 혼자 넣어 두었는데 공포감이 대단해서 무엇보다도 그것부터 없애야 할 것 같아요. 그대로 두면 폐인이 될 우려가 있습니다."

"치료는 가능합니까?"

"네, 가능합니다."

"얼마 동안 입원해 있어야 합니까?"

"그건 지금 뭐라고 말할 수 없습니다. 장기 치료를 받아야 한다는 것만 알아주십시오. 사실 그런 격심한 충격에서 헤어나려면 고립된 생활이 제일 좋은 방법이죠."

"지금 좀 만나 볼 수 없을까요?"

"당분간 면회를 하지 않는 게 좋습니다."

"얼굴만이라도 좀 보고 싶습니다."

"나중에 오십시오."

"부탁합니다."

의사는 입맛을 쩍 다셨다. 그리고 조 형사의 얼굴을 한 번 바라보고 나서 구내 전화 수화기를 집어 들었다.

10분쯤 지나자 문이 열리면서 유보화가 남자 간호사의 안내를 받고 나타났다. 안으로 들어서는 그녀를 보는 순간 조 형사는 가슴이 뭉클했다.

유보화는 푸른 환자복을 입고 있었는데 옷이 커서 헐렁해 보였다. 머리를 빗다 나왔는지 머리에는 노란 빗이 꽂혀 있었다. 크고 까만 두 눈이 서글픈 빛을 띤 채 잠시 그를 바라보았다. 이어서 거의 알아차리지 못할 정도로 목례를 던져 왔다. 조 형사는 목이 잠겨 말이 잘 나오지 않았다. 내가 왜 이럴까 하고 생각했지만 가슴은 얼른 가라앉지가 않았다.

"오빠도 못 알아보나?"

두 사람이 말없이 바라보기만 하자 의사가 보화에게 반말로 물었다. 그녀의 눈이 한 번 반짝이는 것 같았다. 눈치를 챘는지 그녀가 먼저 입을 열었다.

"오빠가 웬일이세요?"

조 형사는 머뭇거릴 필요가 없었다.

"음, 어떻게 지내는가 해서 왔지. 좀 어때?"

"많이 좋아졌어요. 아빠는 어떻게 됐어요?"

"음, 무사히 장례를 치렀지."

조 형사는 그녀의 시선을 받기가 힘들었다.

"어, 어니나 모셨어요?"

"공원묘지에다 모셨어. 모두 무사히 치렀으니까 염려하지 않아도 돼."

"고마워요."

조 형사는 의사를 바라보았다.

"저기 밖에 데리고 나가 바람 좀 쏘이면 안 될까요?"

"너무 오래 있으면 안 됩니다. 데리고 나가세요."

정색을 하고 퉁명스럽게 말한다. 의사는 갑자기 권위를 찾으려는 듯한 표정을 지었다.

조 형사와 유보화는 정원으로 나갔다. 찬바람에 그녀의 머리칼이 흐트러졌다. 머리칼을 쓸어 올릴 때 보니 귀 밑 목 부분이 눈부실 정도로 하얗다. 그들의 뒤를 남자 간호사 하나가 멀찍이 멀어져 따라왔다.

갑자기 찬바람을 쏘이자 보화는 추운지 몸을 웅크렸다. 그들은 잔디 위에 녹지 않은 채 쌓여 있는 잔설을 밟으며 연못 쪽으로 걸어갔다.

연못은 꽁꽁 얼어 있었고 그 위에도 눈이 하얗게 덮여 있었다. 연못 둘레로는 벤치들이 놓여 있었지만 그들은 앉으려고 하지 않았다.

"춥죠?"

조 형사는 입고 있던 코트를 벗어 그녀의 어깨 위에 걸쳐 주었다. 그것은 겨울에 입기에는 적당치 않은 낡은 바바리코트였다. 보화의 눈이 가만히 그를 바라보았다. 너무 아름답다, 하고 그는 생각했다.

"저를 기억하십니까?"

"……."

그녀는 말없이 고개를 끄덕였다.

"신분을 밝히기가 뭣해서 사촌오빠 된다고 그랬죠."

"……."

"좀 어떻습니까?"

"……."

그녀의 눈이 바다로 향했다. 조 형사는 그녀의 정신 상태를 감지할 수가 없어서 답답했다. 조용히 있다가 느닷없이 발작한다는 것을 그도 잘 알고 있었다.

"아까 말씀드린 대로 장례는 무사히 치렀습니다. 시간을 내서 장지까지 따라갔었습니다."

"……."

역시 반응이 없었다. 석고처럼 굳은 표정이 바다를 향하고 있다. 조 형사는 담배에 불을 붙였다. 고개를 돌리면서 보니 어느 새 그녀의 볼 위로 눈물이 흐르고 있었다.

"경찰의 입장에서 고개를 들 수가 없습니다. 조만간 범인을 체포해 드리겠습니다."

"……."

그녀는 눈물을 닦으려고도 하지 않은 채 그대로 내버려 두고 있었다. 그는 잔설을 구두 끝으로 비볐다.

"하루 빨리 완쾌해서 퇴원하시기 바랍니다."

그녀가 고개를 저었다. 비로소 반응을 보인 것이다.

"저를 내보내 주세요. 전 이제 아무렇지도 않아요."

그는 적이 당황했다. 어떻게 해야 할지 몰라 망설이다가 그는 이렇게 말했다.

"담당 의사가 제게 말하기로는 당분간 입원해 있어야 한다고 하던데요?"

"전 아무렇지도 않아요. 정말이에요."

"그래도 의사 지시를 따라야지요. 고생스럽겠지만 좀 참으십시오."

"그 의사는 엉터리예요. 저를 마치 동물원의 원숭이처럼 쳐다봐요. 붙들어 놓고 관찰하고 싶겠지요. 정신병처럼 막연한 게 어디 있겠어요. 생사람을 한없이 가둬 놓을 수도 있는 게 그 병이에요. 하루 종일 울부짖는 환자들 때문에 오히려 병을 더 얻으러 온 기분이에요. 이러다가는 정말로 미쳐 버리겠어요."

억양 없이 조용한 목소리로 그녀는 단숨에 말했다.

그렇게 말하는 그녀의 어느 구석에도 이상한 점은 발견되지 않았다. 의사가 말한 것처럼 아직 충격에서 벗어나지 못한 것 같지도 않았고 공포에 사로잡혀 있는 것 같지도 않았다.

"정말 아무렇지도 않은가요?"

그는 걱정스러워 하며 물었다. 그녀의 투명한 눈이 호소하듯 그를 바라본다.

"형사님은 저를 이해하실 줄 알았는데……."

"이해하고 싶습니다."

"아마 모든 여자가 그와 같은 경우를 당하면 한동안 정신을 차리지 못할 거예요."

"그럴 테죠."

"저를 데리고 나가 주세요. 부탁이에요."

그녀의 말에 조 형사는 피할 수 없음을 깨달았다. 그녀를 도와주고 싶었다.

"여길 나가려면 절차를 밟아야 하지 않습니까?"

"네, 저 혼자서는 나갈 수가 없어요. 보호자가 와서 데리고 나가야 해요. 오빠라고 그랬으니까 막지는 않을 거예요."

"그럼 그렇게 합시다."

"고마워요."

그녀의 눈에 생기가 도는 듯했다.

"아마 강력히 주장해야 할 거예요."

"네, 알았습니다."

문득 그는 공모자가 된 듯한 기분이 들었다. 동시에 혹시 자기가 크게 잘못하고 있지나 않나 하는 생각도 들었다.

퇴원을 요구하자 예상했던 대로 담당 의사는 유보화를 놓아주지 않으려고 했다.

"그건 안 됩니다. 퇴원시키겠다니 도대체 무슨 말씀을 하시는 겁니까? 안 됩니다. 돌아가 주세요!"

"제가 보기엔 유 양은 아무렇지도 않습니다. 여기 있다가는 정말 이상해질 것 같습니다."

"뭐라구요? 댁이 의사라도 됩니까? 어떻게 그런 말을 할 수가 있습니까?"

얼굴이 시뻘개져서 삿대질까지 한다. 조 형사는 웃었다.

"의사는 아니지만 보면 알 수 있지 않습니까? 그리고 본인의 의사도 존중해야지요."

"환자의 의사는 일고의 가치도 없습니다. 판단은 의사가 내려야 합니다!"

"그건 그렇지만, 퇴원시키고 안 시키고는 보호자가 결정해야 할 일이 아닌가요?"

그 말에 의사는 입을 다물었다. 반격할 수 있는 자료를 찾는 듯 눈을 굴리다가 갑자기 책상 위에서 서류 같은 것을 집어 들더니 그것을 손으로 탁 쳤다.

“댁은 보호자가 아닙니다. 사촌오빠라고 해서 보호자라고는 할 수 없습니다. 이 서류에는 엄연히 삼촌 되는 유한배 씨가 보호자로 되어 있습니다.”

“그 분의 허락을 받고 왔습니다.”

“어떻게 그걸 믿을 수가 있죠? 그 분이 직접 오셔서 데리고 가라고 하십시오. 그러기 전에는 퇴원시킬 수 없습니다.”

조 형사는 눈썹이 꿈틀했다. 더 이상 이야기하다가는 시끄러워질 것 같았다. 하는 수 없이 그는 신분증을 꺼내 보였다.

“경찰입니다.”

의사는 기겁하고 놀라는 것 같았다.

“아니, 그럼 오빠가 아니고……?”

“네, 이번 사건을 수사하고 있는 조문기 형사라고 합니다. 아까 경찰에 대한 비판, 잘 들었습니다.”

“그건 뭐…… 본심에서 한 말은 아니었습니다.”

의사의 얼굴이 창백해지고 있었다.

“그러시겠죠. 유 양은 제가 책임지고 데려가겠습니다.”

“네네, 그렇게 하십시오.”

유보화를 병원에서 데리고 나오면서도 조 형사는 혹시 크게 잘못하고 있지나 않나 해서 몹시 조심스러웠다.

“고마워요. 이렇게 도와주셔서…….”

차를 기다리고 있는 동안 보화가 말했다.

"고맙기는요. 어디로 가시겠습니까?"

"저기…… 아버님 산소에 먼저 가 보고 싶어요. 위치를 좀 가르쳐 주세요."

"그럴 게 아니라 같이 갑시다."

"바쁘실 텐데……."

"괜찮아요."

병원으로 들어오는 택시를 잡아타고 그들은 곧장 공원묘지로 향했다.

조 형사는 보화에게 여러 가지 물어보고 싶은 것이 많았지만 그녀가 어느 정도 안정될 때까지 기다릴 생각이었다. 이 여자가 나를 믿고 모든 것을 털어놓을 때까지 기다려야 한다고 그는 생각했다.

차는 도심을 지나 다시 변두리께로 나갔다.

한 시간 후 그들은 공원묘지가 있는 어느 벌거벗은 야산 앞에서 차를 내렸다.

밋밋하게 경사진 산비탈에 군데군데 봉분들이 들어서 있는 것이 보였다. 을씨년스럽고 초라한 광경이었다. 명색이 공원묘지이지 시설이나 관리가 제대로 되어 있지 않아 어설프기 짝이 없었다. 그나마 이제 막 만들어 놓은 유 박사의 봉분은 잔디 하나 없이 붉은 흙이 그대로 드러나 있어서 다른 무덤들보다도 더욱 초라해 보였다.

보화는 아버지의 무덤에 두 번 절하고 나서 봉분 위에 덮인 눈을 손으로 쓸어 내다가 끝내 울음을 터뜨렸다. 소리를 내지 않으려고 손으로 입을 틀어막는 바람에 가냘픈 어깨가 한층 격렬하게 떨리고 있었다.

조 형사는 차마 볼 수가 없어 고개를 돌려 버렸다. 그녀의 흐느끼는 소리가 폐부를 찌르고 있었다. 그는 흐느낌이 들리지 않을 때까지 멀리 걸어갔다.

한참 후 돌아보니 보화가 이쪽을 바라보고 있었다.

추운지 떨고 있었다. 그는 그쪽으로 급히 걸어갔다. 공원묘지를 벗어나 경사진 길을 내려갈 때 그녀가 넘어질 듯 비틀거렸다. 그는 얼른 손을 뻗어 그녀를 잡아 주었다. 그녀가 기다렸다는 듯이 그의 팔을 붙들었다. 그들은 자연스럽게 팔짱을 끼고 비탈길을 내려갔다. 남이 볼 때 그들의 그러한 모습은 마치 연인을 방불케 했다.

"저는 아무래도…… 이해할 수가 없어요."

차도에 닿았을 때 그녀가 말했다.

"왜 아빠가 그렇게 살해당하셔야 했는지…… 이해할 수가 없어요. 어떻게 해서 그런 일이 일어날 수가 있죠?"

그녀의 눈이 호소하듯 그를 바라보았다. 그는 아무 말도 할 수 없었다.

"범인을…… 꼭 잡아 주세요. 만일 경찰에서 잡지 못한다면…… 제가 제 손으로 직접 복수하겠어요. 몇 년이 걸려서라도 범인을 찾아내고 말 거예요. 저는 범인의 얼굴을 알고 있어요. 경찰에서 만든 몽타주는 엉터리예요. 그런 것으로는 범인을 잡을 수 없을 거예요."

그는 손을 밑으로 떨어뜨렸다. 그리고 그녀의 손을 가만히 잡아 주었다. 마치 달래는 듯이. 그녀의 손은 길면서 부드러웠다. 섬세한 느낌이 드는 따뜻한 손이었다. 달콤한 감정이 가슴을 스치고 지나갔다.

"범인을 반드시 체포하고야 말겠습니다. 기다려 주십시오. 우리 경찰은 그렇게 무능하지 않습니다."

"제발 그렇게 해 주세요."

시외버스가 도착했기 때문에 그들의 대화는 중단되었다. 그들은 함께 버스에 올랐다.

29세의 노처녀 하민자는 소파의 등받이에 상체를 기대면서 눈을 스르르 감았다. 그 사나이의 섹스 장면이 하나하나 머리를 스치고 지나갔다. 지난 이틀 동안의 일들이 마치 꿈같이 생각되었다. 생각만 해도 흥분으로 가슴이 떨리고 있었다. 그 사나이의 섹스 능력은 거의 완벽에 가까워서 그녀의 가슴을 완전히 채워 주고도 남았다. 그의 섹스라면 더 이상 바랄 것이 없었다. 지난 이틀 동안 그 사나이는 끊임없이 그녀를 열차의 침대 속에서, 여관방 아랫목에서, 그리고 눈 쌓인 산 속에서 완전히 헤쳐 놓았고 유린했다. 그녀는 그 사나이에게 짓밟히고 유린당한 그 순간순간들을 결코 잊을 수가 없었다. 그것은 그야말로 황홀한 순간들이었다. 29년간 살아오는 동안 그녀는 그렇게 황홀한 순간들을 경험해 본 적이 없었다. 아무리 짓밟히고 유린당한다 해도 그가 버리지 않고 계속 자기의 육체를 탐해 준다면 더 이상 바랄 것이 없을 것 같았다.

이 소원을 이룰 수 있는 방법은 그와 결혼하는 길밖에 없겠지. 스물아홉이나 먹은 내 처지에 더 이상 방황한다는 것은 이제 삼가야겠지. 나이가 좀 많다는 것이 흠이긴 하지만 그만한 남자를 만나기도 쉬운 일이 아니다. 미남에다 직장도 괜찮고 거기다 나를 까무러치게 할 수 있는 섹스 능력도 가지고 있으니 더 이상 무엇을 바라겠는가.

그녀는 흘러간 20대 시절을 생각해 보았다. 그녀가 남자와 첫 경험을 가져 본 것은 열아홉 살 때였다. 그 때 이 후 그녀를 거쳐 간 남자는 스물 남짓 되었다. 그들과 몸을 섞고 그들과 데이트를 즐기는 동안 그녀는 어느 새 스물아홉이나 되어 버린 자신을 발견했다. 그때는 이미 그녀의 주위에 남아 있는 남자가 없었다. 하긴 그녀가 관계한 남자들 중 그녀가 붙잡고 싶을 만큼 흡인력이 강한 남자는 하나도 없었다.

지금 생각하면 그 사람들은 하나같이 남자다운 데라곤 없는 병신들 같았다. 그들에 비하면 이 사나이는 신사였고 야수였다. 밝은 데서는 신사의 모습을 갖추고, 어두운 데서는 야수처럼 욕망을 불태우는 그런 사나이였다. 그녀는 야수처럼 자신의 육체를 유린하는 그 사나이의 야성이 마음에 들었다. 이 남자를 결코 놓치지 말아야 한다. 그녀는 자기도 모르게 주먹을 꼭 쥐었다. 언제쯤 프러포즈를 해 올까? 서두를 필요는 없겠지. 서두르다가는 일을 그르칠 염려가 있다. 프러포즈를 해 오도록 기회를 주고 그를 유도해야 한다.

스쳐 가는 하나의 장면에 그녀의 숨이 컥 막혔다. 설악산에 오르고 있을 때였다. 눈이 많이 쌓인 데다 눈이 계속 내리고 있어서 등산객들이 모두 발길을 돌리고 있었다. 그들도 하산하기로 했는데 내려가다 말고 그가 길을 벗어나 엉뚱한 곳으로 그녀를 잡아끌었다.

그들은 숲 속으로 들어가 바위 뒤로 돌아갔다. 무릎까지 빠질 정도의 눈이 쌓여 있었다. 그가 갑자기 뒤에서 그녀를 끌어안았다. 안 된다고 했지만 소용이 없었다. 그의 손이 그녀의 하의를 밑으로 끌어내렸다. 하체가 드러나자 그녀는 추위에 오들오들 떨었다. 잠깐이면 된다고 그가 속삭였다. 시키는 대로 그녀는 두 손으로 바위를 짚고 허리를 구부렸다. 허리가 활처럼 휘어지면서 둥근 엉덩이가 솟아올랐다. 그는 눈을 한 주먹 움켜쥐더니 그녀의 성기에다 그것을 비벼 대기 시작했다. 눈이 녹으면서 성기 주위가 물기로 질펀하게 젖었다. 마침내 그의 하체가 불덩이처럼 그녀를 유린하기 시작했다.

그녀는 바위에 덮인 눈가루를 손으로 헤집었다. 충격이 가해졌을 때마다 그녀는 몸이 산산이 부서지는 것 같은 격렬한 환희를 맛보면서 신음하고 몸부림쳤다. 그런 환희를 맛보기는 처음이었다. 따뜻한 아랫목이 아닌 눈 쌓인 숲 속에서의 기묘한 교합이기에 환희가 더욱 클 수밖에 없었다. 둥글고 탐스러운 엉덩이 위에 내려와 덮인 눈가루는 사나이의 뜨거운 입김에 금방 흩어져 버리곤 했다. 그의 손이 끊임없이 그녀의 둥근 엉덩이를 쓰다듬고 어루만지고 있었다. 마침내 그의 그것이 찢어질 듯이 팽팽한 나머지 그녀의 몸속에서 화려하게 폭발했을 때 그녀는 더 이상 버티지 못하고 무릎을 꿇고 말았다. 그리고 가쁜 숨을 몰아쉬며 얼굴을 눈 속에 파묻었다.

실내에는 거의 사람이 없었다. 공황 바람이 부는 바람에 손님이 급격히 줄어들고 있었다. 그녀의 눈이 재빨리 카운터 쪽을 훑었다. 종업원 두 명이 아까부터 머리를 맞대고 열심히 주간지를 들여다보고 있었다. 그 밖에 저쪽 구석진 곳에 남녀 한 쌍이 껴안듯이 하고 앉아 있었다.

그녀가 '도스토예프스키의 집'이라는 이름의 경양식집을 차린 것은 1년 전이었다. 도스토예프스키의 작품 '죄와 벌'을 읽고 감동한 나머지 가게 이름을 그렇게 붙인 것이다. '죄와 벌'은 도스토예프스키의 작품 중 그녀가 읽은 유일한 것이었다. 그 밖의 작품, 이를테면 '백치'나 '카라마조프 가의 형제' 같은 작품들은 읽다가 내던져 버렸다.

그러나 가게 이름을 그렇게 붙인 것은 아주 좋은 착상이었다. 실내 벽 여기저기에 도스토예프스키의 사진들을 걸어 놓고 하루 종일 장중한 클래식 음악을 틀어 놓자 제법 수준이 높은 손님들이 모여들기 시작했다. 가게를 차릴 때는 겨우 현상 유지나 하면 다행이다 싶었는데 그것은 정말 뜻밖이었다. 그러나 곧 공황이 불어 닥치는 바람에 요즘은 하루가 다르게 수입이 줄어들고 있었다. 가게를 차린 것은 독립생활을 하기 위해서였다. 그 전에는 대학을 졸업하고 내내 어느 무역 회사의 비서실에 근무했었다. 그러던 중 은행에 다니던 아버지가 고혈압으로 세상을 떠나는 바람에 집안이 갑자기 흔들리기 시작했다. 뒤이어 오빠가 결혼하자 그녀는 오빠한테 얹혀사는 것 같은 기분이 들었고 자기보다 나이 어린 올케와 사이좋게 지낼 수가 없었다.

어머니와 올케 사이도 별로 좋지가 않았다. 결국 그녀는 오빠 내외와 심하게 충돌한 끝에 아버지의 유산 중 일부분을 떼어 가지고 집을 나왔다. 동시에 직장도 때려치우고 지금의 경양식집을 차렸다. 그 때부터 누구의 간섭도 받지 않고 자유롭게 생활할 수 있게 된 것이다.

이제 그녀가 바라는 것은 단 한가지였다. 공황이라 모든 장사가 움츠러들고 있는 판에 자기 가게가 안 된다고 안절부절 할 필요는 없다는 것이 그녀의 생각이었다. 가게야 어떻게 되든 큰 손해 볼 것까지야 없을 테니 아무래도 좋았다. 일 년쯤 먹고 마시는 장사라는 것을 해 보니 별로 크게 남는 것도 없었고 오히려 귀찮기만 했다. 이젠 거기에 대한 흥미도 잃고 있었다.

자기를 사랑해 주고 어루만져 줄 든든한 남편감을 고르는 것, 그것이야말로 현재 그녀가 가장 바라는 것이었다. 그리고 그녀는 지난 이틀 동안의 여행 끝에 그 사나이를 자기에게 가장 어울리는 남편감으로 점찍은 것이다.

그 사나이는 '도스토예프스키의 집'에 출입하는 수준 높은 사람들 중의 하나였다. 그는 언제나 점심 때 혼자 나타나 식사와 커피를 든 다음 조용히 사라지곤 했다. 말이 없고 신사적인 그 태도에 그녀는 마음이 끌렸다. 한동안 주목하고 관찰했지만 그 사나이의 태도에는 변함이 없었다.

그 사나이는 가끔 저녁 때 혼자 나타나 술을 마시고 갈 때도 있었다. 그런 그의 모습에는 언제나 고독의 그림자가 따라다니고 있었다.

그를 한동안 관찰한 끝에 그녀는 마침내 괜찮다는 판정을 내렸다. 그리고 그때부터 자연스럽게 그에게 접근하기 시작했다. 그 사나이 역시 기다렸다는 듯이 그녀의 접근을 받아들였다. 그러나 두 사람이 따로 만나 데이트를 즐긴다거나 하지는 않았다. 사나이가 그런 것을 요청하지 않았기 때문이다. 그래서 그녀는 점점 달아오르고 있었다. 자기 가게에서 몇 마디 주고받는 것만으로는 만족할 수가 없었다. 그녀가 그 사나이에 대해서 알아낸 것은 다음과 같은 사실 몇 가지였다.

① 이름 = 주일우(朱一右)

② 나이 = 40 전후

③ 직업 = 일본 상사에 근무

④ 결혼 여부 = 미혼

한 번 이끌리기 시작한 마음은 갈수록 타오르기 마련이다. 그것을 꿰뚫어 보기나 하듯이 사나이는 서두르지 않고 기회가 오기를 기다리는 눈치였다. 신정 연휴가 되자 그녀는 마침내 더 기다릴 수가 없었다. 그래서 눈 딱 감고 용기를 내어 그 사나이의 집에 전화를 걸었던 것이다.

연휴를 이용해서 함께 설악산에 다녀온 지금, 몸이 노곤할 정도로 실컷 육체관계까지 맺고 난 이제 그녀의 마음은 더 이상 흔들릴 수가 없었다. 주일우를 향한 마음은 걷잡을 수 없이 맹렬히 타오르고 있었다.

이미 오후 두 시가 지나고 있었다. 그 사나이는 오지 않을 것 같았다.

그는 열두 시 반이면 어제나 나타나곤 했었다. 그리고 혼자서 천천히 식사한 다음 언제나 한 시 반에 밖으로 나갔다. 그런데 오늘은 웬일인지 오지 않는다. 혹시 여행 끝에 너무 피곤해서 출근하지 않고 집에서 쉬고 있는 게 아닐까? 그렇다고 전화도 못 걸어준담. 그녀는 뾰로통해졌다. 나는 당신한테 모든 것을 바쳤어. 몸도 마음도 다 바쳤다구. 이제 와서 모른 체하지는 않겠지. 만일 모른 체하면 가만두지 않을 거야.

이미 남자 경험이 풍부한 그녀가 뒤늦게 만난 사나이에게 몸과 마음을 다 바쳤다고 생각하는 데 문제가 있었다. 가벼운 마음으로 서로 섹스를 즐겼다고 생각하면 그것이 문제가 될 것이 없고 아무 것도 아닌 것이다. 그런데 여자는 그렇지가 않은 것이다. 섹스를 즐긴 것이 아니라 남자를 위해 몸을 바쳤다고 생각하는 것이다. 그런 나머지 자신을 희생자로 몰아가는 것이다. 그릇된 생각이다. 강간당한 것이 아닌 이상 남녀의 섹스 관계에 있어서 희생자란 있을 수 없다.

하민자는 마음이 가라앉지 않았다. 마음이 들떠서 실내를 돌아다니고 있었다. 줄곧 그 사나이를 생각하고 있었다. 헤어진 것이 어제였는데 이렇게 기다려지는 것이다. 그녀는 팔짱을 끼고 전화통을 내려다보았다. 서둘러서는 안 된다. 이쪽이 기다리고 있다는 인상을 주어서는 안 된다고 생각하면서도 손은 어느 새 수화기 위에 놓여져 있었다.

그녀는 수화기를 한 번 들었다가 도로 내려놓았다. 가슴이 갑자기 뛰고 있었다.

다시 실내를 한 바퀴 돌고 나서 마침내 수화기를 집어 들었다. 그리고 다이얼을 돌렸다.

신호가 떨어지면서 간드러질 듯한 여자 목소리가 들려왔다. 일본말이라 그녀는 알아들을 수가 없었다. 상대는 즉시 한국말로 바꾸었다.

"네, 도쿄 상삽니다. 누구 찾으시는가요?"

몹시 상냥하고 남자를 녹일 듯한 목소리다. 민자는 질투를 느끼면서 쏘듯이 말했다.

"주일우 씨 좀 부탁해요."

"잠깐 기다리세요."

그 사나이는 자리에 있었다. 별로 놀라는 기색도 없이 전화를 받는다."

"웬일이지?"

"그냥…… 걸어 봤어요. 안녕하신가 하구요."

"음, 별일 없어."

"왜 점심 때 안 오셨어요?"

"음, 다른 데서 약속이 있어서 못 갔지."

반가워하는 기색이 아니다. 그녀의 가슴 속으로 찬바람이 스치고 지나갔다.

"저녁 때 좀 만나요."

"오늘 안 되겠는데……."

"왜요? 약속 있으세요?"

"음, 약속이 있어서 그래."

"그럼…… 내일 점심 때 오세요. 기다릴게요."

"알았어."

바쁘니 어서 전화를 끊으라는 기색이 역력했다. 그녀는 비참한 기분으로 수화기를 내려놓았다. 카운터에 앉아 있는 소녀가 그녀를 빤히 바라본다. 눈을 흘겨 주고 나서 그녀는 화장실로 들어갔다.

겨울에 비친 자신의 얼굴이 처음으로 못나 보였다. 수돗물을 틀어 놓고 손을 씻었다. 자꾸만 씻고 또 씻었다.

007가방을 들고 그는 은행으로 들어섰다.

은행 창구에 앉아 있던 여직원들의 시선이 일제히 그에게 쏠렸다. 엷은 브라운 선글라스를 끼고 바바리코트를 걸친 그의 모습은 단정하고 멋져 보였다.

그 시간에 은행에는 손님이 거의 없었다. 한가하던 참에 멋진 남자 손님이 하나 들어오니 여직원들의 시선이 그에게 일제히 쏠릴 만도 했다.

그는 주위를 거들떠보지도 않은 채 곧장 보통 예금 창구로 다가가서 예금 통장을 창구로 디밀었다. 교육을 단단히 받았는지 여직원이 일어서서 그를 맞았다.

"이 계좌 번호로 입금이 되었는지 알아봐 주십시오."

"입금 예상액이 얼마인가요?"

"5천입니다."

여직원의 얼굴에서 미소가 사라졌다.

"5천만 원이라는 말씀인가요?"

"……."

그는 대답 대신 여직원에게 고개를 끄덕였다. 여직원은 통장을 들여다보았다. 이미 거기에는 5천만 원이 예금되어 있었다. 그녀는 다시 한 번 손님의 얼굴을 쳐다보고 나서 통장을 들고 자리를 떴다.

조금 후 그녀는 급히 돌아왔다.

"입금이 되었습니다."

"알았습니다."

그는 로비에 놓여 있는 탁자로 다가가서 예금 청구서를 한 장 집어 들었다. 그리고 계좌 번호와 함께 지급 란에 '壹億(일억)원整(정)'이라고 썼다.

마지막으로 도장을 찍었는데 '金山(김산)'이라는 이름 두 자가 선명히 나타나 있었다.

청구서를 받아 든 여행원은 눈을 크게 떴다. 어쩔 줄을 모르고 그를 바라보다가 확인하듯,

"전부 찾으실 건가요?"

하고 물었다.

"네, 현찰로 고액권으로 부탁합니다."

그는 아무 표정도 없이 부드럽게 말했다.

여행원은 청구서와 통장을 들고 뒤쪽에 앉아 있는 안경 낀 사내에게 갔다.

안경 낀 사내의 책상 위에는 차장 아무개라고 쓴 명패가 놓여 있었다.

여행원으로부터 이야기를 듣고 난 차장은 손님을 한번 바라보고 나서 몸을 일으켰다. 그리고 창구 쪽으로 걸어갔다.

"저기…… 좀 안으로 들어오시지요."

"괜찮습니다. 시간이 없어서 그러니 빨리 좀 처리해 줬으면 좋겠습니다."

손님은 그따위 허튼 수작하지 말라는 듯 그는 냉정하게 잘라 말했다.

"워낙 거액이라서……. 그렇게 급하시지 않으면 여기 놔두고 필요한 금액만 찾아가시지요."

"전액이 모두 필요합니다. 당장……."

"그러면 수표로 끊어 가시면 안 될까요?"

사정하듯이 손님을 바라본다.

"안 됩니다. 현찰이 필요합니다."

그는 더 이상 말하기 싫다는 듯 고개를 저었다. 차장은 하는 수 없다는 듯 여직원에게 눈짓을 했다.

얼마 후 빳빳한 만 원짜리 지폐 다발이 창구에 수북이 쌓이기 시작했다.

"한 묶음에 백만 원입니다."

사나이는 끄덕이면서 007가방을 열었다. 그리고 돈 다발을 하나씩 차곡차곡 집어넣기 시작했다.

그가 1억의 거액을 챙기고 있는 동안 모든 사람들은 숨을 죽이고 그의 움직임을 바라보고 있었다.

그는 누가 보거나 말거나 상관하지 않고 가방 속에 돈 다발을 집어넣었다. 그는 매우 빠르면서도 침착한 솜씨로 일을 처리하고 있었다.

만 원짜리 지폐 묶음 1백 개는 007가방 속에 빈틈없이 들어갔다. 마치 그 돈을 집어넣기 위해 일부러 가방을 맞춘 듯 1억의 돈은 정확히 가방 속에 들어맞았다.

그는 철컥 하고 뚜껑을 닫고 나서 여행원에게 목례를 보낸 다음 그 곳을 천천히 빠져나왔다.

1억의 거액을 가방에 챙겨 들고 유유히 사라지는 그 멋진 사나이를 사람들은 넋을 잃고 바라보았다.

밖으로 나온 그는 잠시 서서 담배에 불을 붙였다.

날씨는 맑았지만, 거리에는 삭풍이 몰아치고 있었다. 사람들은 어깨를 웅크린 채 재빨리 움직이고 있었다.

길을 따라 5분쯤 걷던 그는 담배꽁초와 함께 조금 전 예금 인출 때 사용했던 도장을 휴지통에 버렸다. 이제 그것은 쓸모가 없게 된 것이다.

그는 길가의 도장포 앞에서 걸음을 멈추었다. 문을 밀고 안으로 들어가자 손바닥만 한 가게 안에 웅크리고 있던 노인이 고개를 쳐들었다.

"도장 하나 급히 부탁합니다."

노인의 노란 눈이 돋보기 너머로 그를 응시했다.

"네, 어떤 걸로……?"

"나무로 하나 만들어 주십시오. 제일 싼 걸로 부탁합니다."

"여기다 함자를 써 주십시오."

그는 노인이 내주는 백지에다 '李明九(이명구)' 라고 썼다. 10분 후에 찾으러 오기로 하고 대금 1천 원에 천 원짜리 하나를 더 얹어 내놓자 노인은 얼굴의 주름살을 폈다.

살롱에서 커피를 마신 후 그는 새로 만든 도장을 찾아 가지고 부근에 있는 다른 은행으로 들어갔다.

1억 원의 돈 가방을 받아 든 여직원은 눈과 입이 벌어졌다. 은행 간부가 달려 나와 그를 정중히 모시려고 했지만 그는 점잖게 거절했다.

다섯 명의 은행원들이 달라붙어 1백 개의 묶음을 일일이 세는 동안 그는 소파에 앉아 석간신문을 읽었나.

이윽고 천천히 사회면을 훑어보던 그의 눈이 한 곳에 가서 갑자기 딱 멎었다. 그것은 사회면 한쪽 구석에 여자의 사진과 함께 실린 기사였다.

여자의 모습은 매력적이었다. 다름 아닌 유한백 박사의 외딸 보화였다. 충격에서 벗어난 그녀는 악몽의 순간을 말하고 있었는데 특히 다음 부분이 그의 관심을 끌고 있었다.

"……경찰이 만든 몽타주는 모두 틀려요. 범인은 그렇게 생기지 않았어요. 나는 범인의 얼굴을 뚜렷이 기억하고 있어요. 나는 평생 그 얼굴을 잊지 못할 거예요. 나는 그 얼굴을 찾아내고 말거예요. 그 얼굴을 망각하기 전에 내 손으로 꼭 그려 둘 거예요. 그 끔찍한 얼굴을…….”

신문을 치우고 그는 잠시 허공을 바라보았다. 동자가 움직이지 않고 한동안 허공에 머물러 있었다. 얼굴에는 아무 표정도 드러나 있지 않았다.

“이명구씨!”

여직원의 부르는 소리를 듣고서야 그는 허공에서 시선을 거두었다.

벽시계가 오후 3시를 가리키고 있었다. 이명구라는 이름으로 입금된 1억 원의 예금 통장을 여직원에게서 받아 들고 그는 은행을 나왔다.

그로부터 20분 후에 그는 도쿄 상사(東京商社) 서울 지점 사무실에 앉아 있었다. 사무실에 앉아 있는 그의 모습은 썩 잘 어울리는 샐러리맨의 모습이었다. 누가 보아도 그는 착실하고 소심한 샐러리맨의 모습으로 거기에 앉아 있었다. 그것은 놀라운 변신이고 위장이었다.

도쿄 상사는 일본 굴지의 종합 무역 상사로서 세계 도처에 백여 개의 거미줄 같은 지점망을 갖추고 있었다. 주로 전자 제품을 팔아먹는 것이 목적이었지만, 그 밖에도 손을 대고 있는 부대사업이 많았다.

도쿄 상사가 한국 시장에 눈독을 들이고 손을 뻗기 시작한 것은 60년대 초였다. 65년에는 지점을 설치하고 본격적으로 물건을 팔아먹기 시작했다. 자연 비즈니스를 원활히 하기 위해 어학 실력이 뛰어난 현지인들이 필요했다. 그 필요성에 따라 그가 도쿄 상사 에 채용된 것이 10년 전이었다.

일본 종합상사가 한국인 직원을 몇 명 채용한다고 하자 한국인 청년 수백 명이 몰려들었다. 그도 그 중의 하나였는데 그는 한국어 · 일어 · 영어를 자유자재로 구사함으로써 시험관들을 놀라게 했다. 그만큼 어학 실력이 뛰어난 사람이 없었으므로 그는 1위로 입사했다.

근무 평점도 그는 만점이었다. 그는 말없이 자신이 맡은 일을 능숙하고 조용히그러면서도 신속하게 처리해 내었고 눈에 거슬리는 짓은 일체 삼갈 줄 알았다. 그러나 그는 언제나 관심의 초점 밖에 앉아 있었다.

다른 사람 같으면 자신의 실력을 인정받기 위해 설치고 다님으로써 관심을 모으려고 기를 쓰기 마련이지만 그는 그렇지가 않았다.

그는 언제나 조용히 행동함으로써 자신을 눈에 띄지 않는 그늘 속에 가만히 접어 두곤 했다. 필요 없는 마찰을 피하고 별로 말이 없고, 자신을 내세우기를 싫어하고, 묵묵히 일만 하는 그는 자연 동료 직원들에게 좋은 인상을 심어 주게 되었다. '법 없이도 살 수 있는 선량한 사람' 이라는 것이 그를 알고 있는 사람들의 평이었다.

그러나 사실 사람들의 그러한 평이란 수박 겉핥기식이기 마련이다. 한 사람을 붙잡고 주일우에 대해 이것저것 꼬치꼬치 캐묻는다면 자세하게 대답할 수 있는 사람은 아무도 없을 것이다. 단지 그는 '선량하고 실력 있는 사람' 이라는 정도의 말밖에 할 수 없을 것이다. 그럴 수밖에 없는 것이, 그들은 그의 일면만을 보고 있을 뿐 다른 면은 본 적이 없기 때문이다. 그는 안개 속에 싸여 있는 사나이였다.

그는 안개 속에서 다른 사람들에게 자신의 한쪽 면만을 내보이고 있었다. 그러나 주위 사람들은 아직 그것을 모르고 있었다. 그가 안개 속에 싸여 있다는 것 자체를 모르고 있었다. 그것을 알기까지는 시일이 걸릴 것이다. 어쩌면 영원히 모른 채 지나갈지도 모른다.

"어이, 주 선생."

그의 옆자리에 앉아 있는 사내가 은근한 목소리로 그를 불렀다. 그는 책상을 정리하면서 상대방을 바라보았다.

"오늘 저녁 약속 있소?"

"글세…… 왜 그러시죠?"

그는 부드럽게 미소를 띠었다. 함께 입사한 상대방 사내는 머리에 붙어 있는 몇 올의 머리카락을 손으로 쓸어 올렸다.

"한 잔 할까 하고……."

"약속이 있어서 곤란한데요."

"무슨 약속? 데이트 약속인가?"

"이 나이에 무슨 데이트를 하겠어요."

"어따, 총각이 그런 말을 해서 쓰나."

김 계장이라고 하는 그 사내는 명함판 사진 한 장을 슬그머니 책상 위에 올려놓았다.

"어때?"

"괜찮은데요."

그는 여전히 미소 짓고 있었다.

"괜찮으면 함께 나가지. 소개시켜 줄게."

"나중에 하죠."

"이거 봐. 내가 맘먹고 한번 중매 서 주려고 하는데 왜 그래? 그래 가지고 언제 장가가려고 해? 그 나이에 처녀장가 가기가 쉬운 줄 알아? 이 아가씨는 스물 일곱이야. 한 번 보기만 하라구. 감칠맛이 날 거야."

주일우는 얼굴을 붉히기까지 했다. 얼굴을 붉히면서 민망한 표정을 지었다.

"오늘은 좀 곤란한데요."

"데데하게 구네."

"미안합니다."

"그 아가씨도 시간이 남아도는 아가씨가 아니야."

"미안합니다."

"딱 잘라 말하라구. 이 아가씨 싫어?"

"싫은 게 아니라 자신이 없어요. 자신 없는 짓은 하지 않는 게 좋을 것 같습니다."

"예끼! 이 사람아!"

"죄송합니다."

그는 자기보다 불과 서너 살 위인 상대에게 깍듯이 예의를 지키고 있었다.

그 날은 금요일이었다.

중매해 주겠다는 것을 정중히 거절하고 밖으로 나온 그는 거기서 10분 거리에 있는 어느 여행사를 찾아갔다. 그리고 토요일 오후 2시 35분에 출발하는 부산행 비행기를 예약했다.

이튿날 오전 근무를 마친 그는 택시를 타고 2시에 김포 공항으로 나가 항공편 수속을 밟은 뒤 2시 35분 발 부산행 KAL기에 탑승했다.

기내에서 그는 내내 신문만 읽었다.

그로부터 1시간 30분 뒤인 4시에 그는 바닷가에 자리 잡은 C 호텔 909호실에 여장을 풀었다.

잠시 후 그는 스카이라운지로 올라가 창가에 자리 잡고 앉아 있었다. 그리고 늦은 점심으로 비프스테이크를 시켰다. 맥주 한 병을 곁들여 천천히 고기를 씹고 있는 그의 모습은 더없이 한가로운 여행자 같았다.

바다는 잔뜩 날씨가 흐려 거무칙칙한 색깔이었다.

밖에는 바람까지 불고 있었다. 이빨을 드러내고 허옇게 치솟는 파도를 그는 식사하는 동안 내내 바라보고 있었다.

1시간 후 그는 호텔 프론트로 내려와 그날 밤 11시 30분에 출발하는 서울행 특급 열차 침대칸을 예약해 달라고 직원에게 부탁했다. 처음에 난색을 보이던 프론트 직원은 그가 팁을 두둑이 얹어 주자

"알았습니다."

하고 대답했다.

프론트 직원은 엘리베이터 속으로 들어가는 손님의 뒷모습을 찬찬히 바라보았다. 씀씀이로 보아 돈푼깨나 있는 사람 같았다. 침대칸 표 하나 구해 달라고 하면서 2만 원을 내놓다니, 그렇게 후한 팁을 받아 보기는 처음이었다. 손님이 사라지는 것과 동시에 그는 909호실 숙박 카드를 꺼내 보았다. 성명 란에 '김창호'라고 되어 있었고 주소는 서울이었다. 직업은 상업이라고 기록되어 있었다. 아마 사업하는 사람이겠지. 사업하는 사람치고는 멋지게 생겼는데—. 그는 카드를 박스 속에 도로 집어넣고 역으로 전화를 걸었다.

방으로 돌아온 안개의 사나이는 옷을 벗고 욕실로 들어가 샤워를 했다. 욕실은 금방 수증기로 가득 찼다. 그는 욕조 속에 들어앉아 눈을 감았다. 그야말로 고독과 자유로움을 여유 있게 즐기는 모습이었다.

한 시간 남짓 그렇게 욕조 속에 누워 있다가 그는 물기를 털고 밖으로 나왔다.

실내는 난방이 잘 되어 있어 아주 따뜻했다.

그는 벌거벗은 채로 창가에 서서 울부짖는 바다를 바라보고 있었다. 어느새 바다 위로 어둠이 내리고 있었다. 어둠과 함께 눈발이 소용돌이치고 있었다.

그는 군살 하나 붙어 있지 않은 훌륭한 육체를 가지고 있었다. 그렇다고 근육으로 울퉁불퉁 덮인 육체는 아니었다. 오히려 살결은 매끄럽고 부드러워 보였다. 그러면서도 강한 남성을 느끼게 하고 있었다.

그가 호텔을 빠져 나온 것은 완전히 어둠이 내린 뒤인 7시께였다.

007가방을 들고 차도까지 걸어 나온 그는 차도를 따라 10분쯤 걷다가 전봇대 앞에서 걸음을 멈추었다. 그리고 주위를 한 번 휘둘러보았다.

눈보라가 몰아치고 있는데다 주위는 캄캄한 어둠이어서 사람들의 눈에 띄지 않고 행동하기에는 안성맞춤이었다.

차도 옆은 나지막한 야산이었다. 낮에 보았을 때 야산은 잔솔나무로 덮여 있었다.

야산을 조금 올라가자 묘지가 하나 나타났다. 묘 앞에 놓여 있는 상석 위에 가방을 올려놓고 뚜껑을 열었다. 바바리코트와 저고리 · 와이셔츠 · 넥타이를 벗어서 가방 속에 집어넣고 대신 목까지 올라오는 털 셔츠를 꺼내 입었다. 그 위에다 검정 가죽점퍼를 걸쳤다. 구두를 벗고 대신 농구화로 바꿔 신었다. 머리에는 캡을 눌러 썼다.

완벽하게 준비하는 데 10분쯤 걸렸다. 가방을 상석 밑에 숨겨놓은 다음 야산을 내려갔다.

차도에서 다시 10분쯤 서 있자 빈 택시가 굴러 왔다.

"시내로 갑시다."

가볍게 한 마디 하고 뒷자리에 상체를 깊숙이 묻었다.

눈보라 때문에 차는 더디게 굴러갔다. 시내 중심가에 닿은 것이 8시 30분께였다. 택시를 바꿔 탔다.

9시 10분 전, 그는 유보화의 집으로부터 2백 미터쯤 떨어진 곳에서 택시를 내렸다.

그는 유보화의 집을 향해 천천히 걸어갔다.

차가 한 대 다닐 수 있을 정도의 골목을 한참 걸어 올라가자 유보화의 집이 어슴푸레하게 보였다. 그녀의 집은 주택가에서 조금 떨어진 언덕 위 숲 속에 자리 잡고 있었다. 2층에 불이 켜져 있는 것이 멀리서도 보였다.

골목에는 드문드문 가로등이 켜져 있어서 그렇게 어둡지 않았다.

그는 곧장 언덕으로 향하다가 이윽고 숲 속으로 몸을 숨겼다. 나뭇잎이 모두 떨어져 숲이라야 앙상한 나뭇가지뿐이었지만 몸을 가리기에는 충분했다.

그는 양옥집 바로 옆에까지 접근했다. 벽돌로 된 담은 그렇게 높지가 않았다. 귀를 기울였지만 집 안에서는 아무 소리도 들려오지 않았다. 얼마 전에 주인이 살해당한 집치고는 너무도 조용해서 사람이 살고 있지 않는 집 같았다. 그러나 2층 창문에 비치는 불빛이 분명 사람이 살고 있음을 나타내 주고 있었다. 커튼 사이로 사람의 그림자가 어른거리는 것이 보였다. 여자의 실루엣이 창가에 나타났다.

사나이는 움직이지 않고 실루엣을 바라보았다.

커튼이 젖혀지더니 창문이 드르륵 하고 열렸다. 여자는 잠옷 바람이었다. 바람에 머리와 옷이 마구 흔들리고 있었다. 여자는 추위를 참으며 눈보라를 구경하고 있었다.

한참 후 창문이 도로 닫히고 커튼이 드리워졌다. 조금 지나자 2층의 불도 꺼졌다. 아마 잠자리에 든 모양이었다.

그 집은 무거운 정적과 어둠 속에 잠겨 있었다. 거기에는 조그만 움직임이나 소리도 없었다.

이제는 정말로 사람이 살고 있지 않은 빈 집 같았다. 그는 참을성 있게 기다렸다. 가끔씩 캡을 벗어 눈을 터는 것 외에는 거의 움직이지 않았다.

마침내 그가 행동을 개시한 것은 손목시계가 10시를 가리켰을 때였다.

그는 도둑처럼 담을 기어 올라갔다. 그리고 마당으로 사뿐히 내려 뛰었다. 소리가 나지 않는 민첩한 움직임이었다.

마당으로 내려선 그는 정원수 뒤에 몸을 가리고 서서 캡과 안경을 벗었다. 그것들을 주머니 속에 집어넣은 다음 그는 여자용 스타킹을 꺼내 머리에 뒤집어썼다. 행동에 빈틈을 보이지 않았다. 다음에 그는 손에 착 달라붙는 고무장갑을 꺼내 끼고 허리를 구부려 다리에서 단도를 뽑아 들었다.

현관문은 굳게 잠겨 있었다. 창문도 모두 잠겨 있었다. 그는 뒤로 돌아갔다. 모퉁이에 플라스틱으로 된 물받이 홈통이 2층 베란다로부터 뻗어 내려와 있었다. 흔들어 보았지만 끄떡도 하지 않았다. 칼을 다리에 도로 꽂고 홈통을 타기 시작했다. 쉬운 일이 아니었지만 그는 어렵지 않게 기어올랐다.

홈통 끝에서 그는 베란다의 철책으로 손을 뻗었다. 철책을 두 손으로 움켜쥐고 발을 차자 몸이 공중으로 솟구쳤다. 흡사 곡예사의 움직임 같았다.

베란다 위에서 호흡을 가다듬은 다음 그는 벽에 바싹 몸을 밀착시킨 채 건물 앞쪽으로 돌아갔다. 앞면은 온통 대형 유리로 되어 있었다.

그는 베란다로 통하는 현관문 앞에서 한동안 서 있다가 단도를 뽑아 들었다. 그리고 가만히 문을 잡아당겨 보았다. 문이 소리 없이 스르르 열렸다. 아마 2층이라고 안심하고 문단속을 하지 않은 모양이었다.

현관 안쪽은 바로 거실이자 그녀의 아틀리에였다. 그는 신발을 신은 채 거실로 올라섰다. 실내는 죽은 듯이 조용했다. 너무 조용해서 사람이 있는 것 같지가 않았다.

거실을 가로질러 가 아까 여자의 모습이 나타났던 방문 앞에 섰다. 그는 한참 동안 거기에 서 있었지만 안에서는 아무 기척도 들려오지 않았다.

마침내 그의 손이 문고리를 주고 비틀었다. 문이 열리는 소리가 끼익 하고 났다. 그는 숨을 죽이고 기다렸다가 다시 문을 잡아당겼다.

먼저 방 안에서 향기 같은 것이 코끝에 느껴졌다. 그 향기 속에는 달콤한 여자 냄새도 끼여 있었다. 냄새에 예민한 그는 방으로 들어서기 전에 그것을 천천히 음미했다. 이윽고 그는 방 안으로 들어섰다.

문을 닫고 숨을 죽였다. 맞은편에 희끄무레한 것이 보일 뿐 방 안은 너무 어두워서 아무 것도 윤곽이 잡히지 않았다.

어둠에 눈이 익을 때까지 그는 움직이지도 않고 벽에 붙어 서 있었다. 고른 숨소리가 꺼질듯 말듯 들려오고 있었다.

유보화는 검은 그림자가 방 안으로 들어서는 순간 잠에서 깨어났다. 막 잠이 든 판에 인기척을 느끼고 잠에서 깨어나 정신을 차린 것이다.

우뚝 서 있는 검은 그림자를 보자 그녀는 온 몸이 얼어붙어 꼼짝도 할 수 없었다. 손가락 하나 까딱할 수 없었고 아무 소리도 낼 수 없었다.

누굴까? 몽롱해지는 의식을 붙들고 그녀는 어둠 속의 그림자를 쏘아보았다.

방 안에 버티고 있는 그림자는 거대해 보였다. 너무 거대해서 완전히 압도당하는 기분이었다. 만약 이쪽에서 반항이라도 하면 눌러 죽이겠지. 그녀는 몸을 바르르 떨었다. 누굴까? 강도일까? 2층까지 올라온 것을 보면, 아래층에도 일당이 있는 모양이다. 나는 이제 죽었다. 아빠처럼 참혹하게 살해되겠지? 오, 하느님, 세상에 이럴 수가…….

보화는 죽은 듯이 가만히 누워 있었다. 그 방법밖에 그녀는 달리 길이 없었다. 시트를 움켜쥐고 이를 악물었다. 왜 저러고 서 있을까? 훔칠 것이 있으면 빨리 훔쳐 가지고 밖으로 나갈 것이지 왜 저러고 있을까?

갑자기 불이 켜졌다. 그녀는 눈을 딱 감았다. 차마 침입자를 바라볼 수가 없었다. 가까이 다가오는 소리가 들려왔다. 그녀는 가슴이 터질 것 같았다. 입을 벌리고 숨을 내쉬는데 조용한 남자 목소리가 들려왔다.

"소리치면 죽일 테다!"

그녀는 옆으로 누운 채 바르르 떨었다. 소리만 지르지 않으면 죽이지 않을 모양이다.

시트가 젖혀지고 그녀의 몸이 드러났다. 잠옷에 잠긴 여체의 곡선이 공포로 흔들리고 있었다.

사나이는 처음과는 달리 목적을 바꾼 것 같았다. 얼굴이 스타킹에 가려져 있어 표정을 알 수 없었지만 여자의 몸에 눈독을 들이고 있는 것이 분명했다.

"옷을 벗어! 빨리!"

낮은 목소리였지만 거스를 수 없는 위엄이 있었다. 거절하면 죽이겠지? 보화는 일어나 앉으며 눈을 떴다. 그리고 스타킹을 뒤집어쓰고 오른손에 칼을 들고 있는 사나이를 보자 숨을 혹하고 들이켰다.

머뭇거리는 그녀의 얼굴을 향해 칼끝이 빛을 뿜으며 다가왔다. 그녀는 입을 벌리면서 재빨리 잠옷을 벗어 붙였다. 브래지어를 착용하지 않았기 때문에 그녀의 몸에는 이제 팬티 조각만이 남았다.

둥글게 솟아오른 팽팽한 젖가슴이 격렬하게 흔들리고 있었다. 그녀는 두 손으로 젖가슴을 가렸다. 창백하게 질린 얼굴 위로 경련이 스쳐 갔다.

사나이가 왼손을 뻗어 어깨를 밀어젖히자 그녀는 뒤로 벌렁

나자빠졌다. 사나이는 하늘색 삼각팬티를 움켜잡더니 사정 없이 획 낚아챘다. 팬티는 휴지처럼 찢어져 나갔다. 그 난폭스러움에 그녀는 전율했다. 목숨만 건지는 것도 다행한 일이라고 그녀는 생각했다.

"내 얼굴을 기억하고 있다고 그랬지? 자, 많이 봐 둬!"

사나이의 머리에서 스타킹이 벗겨져 나갔다. 드러난 얼굴을 보고 보화는 경악했다. 너무 놀라 기절할 것 같았다.

동그란 눈이 표정 없이 그녀를 바라보고 있었다. 인형 같은 눈이었다. 안경을 끼지 않았다 뿐이지 틀림없는 그 얼굴이다. 아버지를 살해한 몽매에도 잊을 수 없는 얼굴이었다.

"지금 충분히 봐 둬! 곧 잊게 될 테니까."

사나이는 천천히 옷을 벗었다. 대담한 행동이었다.

보화는 완전히 넋이 빠졌다. 한 마디라도 해야 한다고 생각했지만 입이 떨어지지가 않았다. 나도 아빠처럼 살해되겠지. 저 칼로 나를 찌르겠지. 그녀는 눈을 감으며 다리를 오므렸다.

옷을 모두 벗고 난 사나이는 침대 위에 쓰러져 있는 여체를 뚫어지게 바라보았다. 여체의 기막힌 아름다움에 감동하는 빛이 역력했다.

보화의 육체는 정말 흠잡을 데 없이 아름다웠다. 늘씬한 체격에다 살이 알맞게 쪄 있었고 피부는 우윳빛이었다. 가슴도 탐스러웠지만 잘 발달된 하체의 볼륨은 기막힐 정도로 육감적이었다. 하체가 그렇게 발달된 것은 10대 시절 스케이팅 선수로 활약한 때문이었다.

"죽이기에는 너무 아까워."

사나이는 여자가 듣지 못할 정도로 중얼거렸다.

공포에 떨고 있는 여자는 처연할 정도로 아름다웠다. 사나이는 손가락을 위로 움직였다.

"일어서. 이리로 내려와서 똑바로 서라구."

보화는 시키는 대로 침대 밑으로 내려섰다. 사나이는 소파에 걸터앉아 다리를 꼬았다.

보화는 대담하고 냉혹한 그 사나이의 손을 벗어나 보려는 기도를 감히 생각조차 할 수 없었다. 의사로 가장하여 병실까지 찾아 들어와 아버지를 살해하고 간 사나이니만큼 그렇게 어수룩하게 허점을 보일 리 만무했다.

그녀는 사나이가 손짓하는 대로 마치 모델이 옷을 입고 쇼하는 것처럼 몸을 움직였다.

"똑바로 서 봐!"

"옆으로!"

"뒤로!"

사나이는 가볍게 명령을 내렸고, 그때마다 그녀는 식물인간처럼 시키는 대로 몸을 돌렸다.

"살고 싶나?"

"……."

그녀는 비참하게 얼굴을 일그러뜨리며 끄덕였다.

"좋다! 그 대신 약속해야 한다!"

그녀의 끄덕임이 빨라졌다.

"이리 와서 꿇어 앉아!"

군주가 명령을 내리듯 그는 명령했다.

보화는 사나이의 앞으로 걸어와 꿇어앉았다.

"오늘 밤 이후로 내 얼굴을 잊어야 한다. 머리에서 깨끗이 지워. 경찰에 협조해도 안 된다!"

"약속해요."

그녀는 숨넘어가는 소리로 말했다.

"나는 너를 언제 어디서나 죽일 수 있어. 약속을 어기면 너를 틀림없이 죽인다!"

"약속해요."

"약속의 증표로 내 입술에 키스해."

그녀는 몸을 엉거주춤 일으켜 사나이의 얼굴 밑으로 입술을 디밀었다. 사나이가 다리를 벌리고 그녀를 끌어당겨 허리를 휘어 감았다.

그녀는 눈을 감은 채 사나이의 오랜 키스를 받아들였다. 그것은 목숨을 내건 약속이었고 행동의 시작이었다.

사나이는 여자를 안고 침대 쪽으로 걸어가 그녀를 물건처럼 내던졌다. 스프링이 튀자 그녀의 몸이 춤을 추었다.

보화는 반의식 상태에서 사나이를 받아들였다.

침대의 스프링이 튈 때마다 그녀의 몸도 흔들렸다.

왜 나는 반항하지 않을까? 그녀는 자신의 침묵을 의아하게 생각했다.

고통이 밀려 들어왔다.

그녀는 바르르 떨었다.

그녀는 눈을 감고 자기도 모르게 사내의 얼굴을 끌어안았다. 저절로 신음이 나왔다.

더욱 큰 고통이 밀려왔다.

다리가 찢어지는 것 같았다.

"싫어!"

그녀는 속으로 울부짖었다.

고통이 점점 멀어져 갔다.

대신 놀라운 변화가 일어났다.

그녀는 믿어지지 않았다.

"희열을 느끼다니!"

그러나 그녀는 사내의 어깨를 놓을 수가 없었다.

"나는 강간당하고 있다!"

그녀는 자신에게 소리쳤다.

그러나 육체는 그녀의 의시와는 다른 방향으로 내달리고 있었다.

신음 소리는 점점 고조되고 있었고 사나이의 움직임도 격렬해지고 있었다.

그녀는 자신의 생의 정점에 도달한 느낌이었다.

그녀는 숫처녀는 아니었다. 지금까지 살아오는 동안 서너 명의 남자와 관계를 가졌었다.

그러나 그녀가 희열 같은 것은 느낀 적이 없었다. 오히려 끝나고 났을 때는 허탈과 역겨움이 몰려왔었다. 그래서 그들을 떠났는지도 몰랐다.

그런데 지금은 다르다. 달라도 너무 다른 것이다. 이런 기분은 난생 처음이었다.

그녀는 상대를 무섭게 저주하고 증오하면서 팔다리로 사내의 육체를 휘어 감았다.

사나이의 움직임이 잠깐 멈칫했다. 여자의 적극적인 반응에 놀란 것 같았다.

이윽고 그는 아까보다 더욱 격렬하게 그녀를 유린하기 시작했다. 침대가 요란스럽게 흔들렸다. 침대뿐만이 아니었다. 방 안의 모든 것들이 뒤엉켜 돌아가고 있었다. 두 사람의 몸이 땀에 젖어 미끈거렸다.

극과 극이 만나서 놀라운 화합을 이루고 있었다. 극과 극이기 때문에 그 화합이 더욱 격렬한 것인지도 몰랐다.

그녀는 거꾸로 처박히고 한 바퀴 뒹굴었다.

사나이는 침대 밑으로 내려섰다가 다시 올라왔다. 호흡이 거칠었다.

그녀는 더 이상 받을 수가 없었다. 완전히 몸이 풀려 있었다. 그녀는 침대에서 벗어나 도망쳤다.

그가 달려와 뒤에서 그녀를 끌어안았다. 벽에 커다란 거울이 걸려 있었다.

두 사람은 한데 뒤엉켜 서서 거울을 바라보았다.

그의 두 손이 그녀의 젖가슴을 움켜쥐고 있었다.

그녀는 입을 벌린 채 헐떡거렸다. 다리가 떨려 더 이상 서서 버틸 수가 없었다. 쓰러지려는 그녀를 그의 무쇠 같은 팔이 끌어안았다.

"너도 별수 없는 여자구나!"

폐부를 찌르는 한 마디가 귓속을 후비고 들어왔다.

그 말을 듣는 순간 그녀는 마치 칼로 난도질당하는 것 같았다. 그런 상황 속에서도 수치심으로 얼굴이 확 달아올랐다. 일찍이 그런 멸시를 당한 적이 없었던 것이다.

결코 잊을 수 없는 수모를 당한 그녀는 실로 비참했다. 이미 몸을 헌 신짝처럼 내던진 그녀는 자기 의지를 완전히 상실하고 있었다. 사내가 무슨 짓을 해도 그녀는 아무 저항도 못한 채 몸을 내맡기고 있었다.

그러한 그녀를 사나이는 마음대로 유린하고 희롱했다.

그녀는 흡사 장난감처럼 그의 손끝에서 놀았다. 마치 식물인간 같았다.

사내의 손이 끊임없이 그녀의 몸을 더듬었다. 가슴을, 허리를, 둔부를, 허벅지를…… 그리고 그 사이를 그 손은 부지런히 더듬어 나갔다. 놓치기 아쉬운 듯 억세게 끌어안고 격렬한 키스도 퍼부었고 흰 목에 키스 마크도 만들어 놓았다.

그의 입이 젖꼭지를 너무 빨아 댄 바람에 빨갛게 짓눌려 터질 것 같았다.

그가 손을 놓자 그녀는 힘없이 무릎을 꺾으며 쓰러졌다. 육체의 곡선이 섬세한 파문을 일으키고 있었다. 헝클어진 머리칼이 얼굴을 덮고 있었다.

그가 손을 뻗었다. 머리칼을 젖히고 턱을 치켜 올렸다. 그리고 가만히 들여다본다.

"아름다운 계집애……. 아무리 봐도 죽이기가 아깝다. 살려 줄 테니 나를 깨끗이 잊어야 한다. 알았지?"

"네……."

그녀는 크게 끄덕였다. 겁먹은 두 눈이 호소하듯 그를 바라보고 있었다.

그는 다시 칼을 집어 들었다.

"네 뒤에 언제나 내가 그림자처럼 따라 붙는다는 것을 잊지 마. 죽고 싶나 살고 싶나?"

"사, 살고 싶어요!"

그녀는 절박하게 외쳤다. 작은 부르짖음이었다.

"그렇다면 살려 주지. 이리 따라 와."

그는 앞장서서 방에 붙은 욕실로 들어갔다.

"땀을 많이 흘렸어. 네 채취도 많이 묻었구. 몸을 좀 씻겨 줘. 정성스럽게 말이야."

그의 말 한 마디 한 마디는 너무도 위력이 있었다. 그녀는 시키는 대로 그의 몸을 씻기 시작했다.

그녀는 마치 자신이 약물을 복용한 끝에 환각 속에 빠져 있는 것 같은 기분이었다. 그렇지 않고는 아무리 생명이 위험하다 해도 이렇게 순순히 말을 들을 수 없을 것이다.

몸에 비누를 칠하고 손바닥으로 문질렀다.

그의 한 마디 한 마디에는 신비한 마력 같은 것이 있었다. 그의 말이 떨어질 때마다 오만하기만 한 그녀는 마치 몸종처럼 남자에게 복종했다.

"이리 와. 이번에는 네 차례야."

그는 욕조에 걸터앉아 그녀를 가까이 오게 하였다. 그리고 그녀의 몸을 정성스럽게 씻어 주었다.

비누 거품 묻은 손이 몸의 구석구석으로 미끄러져 들어가자 그녀는 저절로 신음을 토했다.

"기분이 그렇게 좋은가?"

그는 미소하며 물었다.

이윽고 비누 거품으로 뒤범벅된 두 남녀는 다시 한 번 파티를 벌였다. 사내가 일방적으로 주최한 것이었지만 그녀는 그가 이끄는 대로 수동적인 태도를 취함으로써 그 파티가 성대하게 치러질 수 있도록 협조했다.

두 사람의 육체는 격렬히 부딪쳤다가는 엉뚱하게 미끄러져 나가곤 했다. 그것이 그들을 더욱 자극했다. 그녀는 넘어지지 않으려고 세면대를 붙잡고 버텼다.

그녀가 무릎을 꺾으며 무너져 내리자 그제서야 그는 파티를 끝냈다. 그는 샤워를 하고 나서 바닥에 처박혀 있는 그녀를 내려다보았다.

"한 시간 동안 여기서 나오지 마. 허튼 수작하면 그때는 살려두지 않는다."

그는 문을 열고 나가다가 말고 다시 그녀를 돌아보았다.

"수고 많았어. 푹 자 둬. 너 같은 계집은 처음이야. 생각나면 다시 찾아오지."

문이 쾅 하고 닫혔다.

그는 마치 자기 집에서 행동하는 것처럼 천천히 옷을 입은 다음 침입했던 코스대로 밖으로 나갔다.

밖에는 여전히 눈보라가 치고 있었다.

그로서는 기분 좋은 밤이자 결코 잊을 수 없는 밤이었다.

택시를 타고 호텔 못 미친 곳에서 내린 그는 야산으로 올라가 무덤 앞에서 멈춰 섰다.

상석 밑으로 손을 넣어 가방을 빼냈다. 가방을 열고 코트와 구두를 꺼냈다.

옷을 갈아입은 다음 차도를 내려와 호텔 쪽으로 천천히 걸어갔다. 미친 듯 울부짖는 파도 소리가 기분 좋게 들려오고 있었다.

프론트 맨은 차표를 사 놓고 그를 기다리고 있었다.

계획에 차질은 없었다. 차질이 있다면 유보화를 죽이지 않았다는 점이었다. 그러나 그것은 충분히 죽일 수 있었는데도 죽이지 않은 것에 불과했다.

출발 시간 10분 전에 그는 역에 도착했다.

침대칸에 들어가 옷을 벗고 드러누웠다. 한잠 자고 나면 열차는 서울에 도착할 것이다.

열차가 움직였다.

그는 비스듬히 드러누워 담배를 피웠다.

차창을 통해 눈보라치는 야경이 한눈에 들어왔다. 여행하기에 아주 좋은 밤이었다.

이윽고 그는 편안히 잠들었다. 그렇게 쉽게 잠들 수 있다는 것이 신기할 정도였다. 그것은 지금까지 일어났던 일들을 완전히 부정해 버린 모습이었다. 아니 망각 속에 완전히 묻어 버린 모습이었다.

잠이 든 지 4시간 만에 그는 눈을 떴다. 목이 마르고 공복이 느껴졌다.

침대칸에서 나와 식당차로 갔다. 몇 사람이 술을 마시고 있을 뿐이었다.

"생선 튀김하고 맥주 한 병 주시오."

머릿속은 맑았다.

그는 천천히 식사하면서 맥주를 마셨다. 단정한 모습이었다.

새벽 6시 조금 전에 열차는 서울역에 들어섰다.

그는 사람들이 다 빠져나간 뒤 역을 나왔다.

서울에도 눈이 많이 내리고 있었다. 주차장으로 가서 크림색 포니를 끌어냈다.

보화는 그 사나이의 지시대로 한 시간이 훨씬 지나서야 욕탕에서 나왔다.

방 안에는 불이 꺼져 있었다.

그녀는 유령처럼 어둠 속에 서 있다가 벽을 더듬어 스위치를 올렸다.

사나이의 모습은 보이지 않았다. 어디로 어떻게 해서 사라졌는지 모를 일이었다. 방 안에는 그때까지도 비린 열기가 남아 있었다. 육체의 향연이 흘린 역겨운 냄새였다.

그녀는 거울에 비친 자신의 나체를 멀거니 바라보았다. 평소에 그토록 아름다워 보이던 자신의 육체가 지금은 더럽고 추하게 보일 뿐이었다. 아름다움은 어느 구석에도 없었다. 그것은 아버지를 살해한 범인에게 철저히 유린당하고 그 유린에 응하여 준 더러운 비곗덩어리일 뿐이었다.

"더러운 년!"

그녀는 비틀거리며 방 안의 불을 껐다. 차마 더 이상 자신의 육체를 바라볼 수가 없었던 것이다.

그녀는 무너질 듯 걸어가 침대 위에 몸을 내던졌다.

조금 후 억눌린 흐느낌이 가만히 흘러나오고 있었다.

그녀는 끝없이 울고 또 울었다. 소리를 내지 않으려고 무진 애를 쓰면서 한없이 울었다.

흐트러진 침대 시트가 눈물로 축축이 젖어 들고, 그것이 차가운 감촉을 안겨 주었다.

범인에 대한 증오감보다도 자신에 대한 저주와 환멸이 그녀를 더욱 견딜 수 없게 만들어 주고 있었다.

"더러운 것…… 더러운 것……."

그녀는 시트에 얼굴을 비비면서 몸을 떨고 흐느껴 울었다.

"너도 별수 없는 여자구나."

사나이의 중얼거림이 비수처럼 가슴을 후비고 들어왔다. 그 중얼거림은 결코 귓속에서 지워질 것 같지가 않았다. 시간이 흐를수록 그것은 더욱 생생히 되살아나고 있었다.

얼마나 모욕적인 말인가. 그녀는 그 같은 모욕을 일찍이 당한 적이 없었다. 자존심이 강한 그녀로서는 참을 수 없는 일이었다. 평소에 그런 모욕을 당했다면 가만있지 않았을 것이다. 그러나 지금은 달랐다. 자존심 따위를 들먹일 여유가 없을 정도로 그녀는 무참히 짓뭉개져 있었던 것이다.

그런 모욕을 당해도 좋을 만큼 자신이 사나이의 강간에 적극적으로 호응을 보였다는 것을 그녀는 잘 알고 있었다. 잘못은 자신에게 있었다. 누구를 탓할 것도 못 되었다. 백 번 그런 모욕을 당할 만했다.

"미친 년……."

그녀는 손가락을 꽉 깨물었다.

통증과 함께 미지근한 것이 입술에 느껴졌다.

아무리 무서웠기로서니, 아무리 목숨이 아까왔기로서니, 저항 한 번 못 하다니! 네 육체란 것이 그렇게도 값싼 것이었더냐! 더구나 흥분을 이기지 못해 사나이를 껴안고 발 버둥거리다니, 지하에 계신 아빠가 그걸 알면 얼마나 기가 막히실까?

"형편없는 년…… 창부 같은 년……."

그녀는 벌떡 일어나 몸을 바들바들 떨었다.

사나이가 씻어 준 몸이 더럽게 느껴졌다. 욕실로 들어가 차가운 물을 틀었다.

얼음같이 차가운 물이 쏟아져 내렸다. 그녀는 이를 악물고 차가운 물을 전신에 받았다.

"죽일 거야! 죽이고 말 거야! 내 손으로 죽이고 말 거야!"

어느 새 그녀는 그 사나이를 저주하고 있었다.

몸이 보랏빛으로 변하고 있었다. 얼어붙은 몸이 덜덜덜 떨리고 있었다.

손으로 북북 문질렀다. 뽀드득뽀드득 하는 소리가 날 때까지 살갗을 밀어 댔다.

문득 아래층이 걱정되었다. 그동안 너무 자신에게 몰입해 있어서 미처 아래층을 의식하지 못했던 것이다.

잠옷을 걸치고 아래층으로 내려가 보았다.

아래층은 어둠 속에 잠겨 있었고 쥐죽은 듯 고요했다. 죽은 게 아닐까?

그녀는 벽을 더듬어 불을 켰다. 누가 침입한 흔적은 보이지 않았다. 현관으로 가 보았다. 문은 안으로 잠겨 있었다.

부엌 쪽에 붙어 있는 방문을 열어 보았다. 가정부가 팬티 바람으로 자고 있는 것이 보였다. 베개를 가슴에 끌어안은 채 자고 있었다.

아래층은 이상이 없었다. 그녀는 도로 2층으로 올라왔다.

어디로 침입했을까? 혹시 아직 집 안에 있는 게 아닐까? 그녀는 오싹 소름이 돋았다.

베란다로 나가 보았다. 눈 위에 희미한 발자국이 찍혀 있었다. 발자국을 따라 뒤쪽으로 가 보았다. 발자국은 뒤쪽 베란다가 끝나는 데까지 계속되어 있었다. 새삼 그 남자가 대담하고 무서운 남자라는 생각이 들었다.

방으로 들어와 침대 위에 걸터앉았다. 잠이 올 리가 없었다.

국부가 쓰리고 아팠다. 무자비하게 당했으니 그럴 만도 했다. 그런 섹스는 처음이었다.

불을 켰다. 새끼손가락에서 피가 흐르고 있었다. 휴지로 손가락을 싸매고 다시 불을 껐다.

그녀는 국부를 두 손으로 누른 채 미동도 하지 않고 침대 위에 앉아 있었다.

"그 자에게 강간당한 사실을 누구한테도 말해서는 안 된다!"

그녀는 다리를 꼭 오므렸다. 자기도 모르게 어금니를 꼭 깨물고 있었다.

"세상에 알려지면 그런 수치가 어디 있겠는가? 아마 자살할 수밖에 없겠지."

그녀는 다리를 더욱 오므렸다.

"경찰에도 알려서는 안 된다. 나 혼자서만 이 사실을 가슴에 품고 있어야 한다. 죽을 때까지 절대로 발설해서는 안 된다. 영원한 비밀이다."

그녀는 어둠 속을 쏘아보았다. 그 사나이를 죽이고 싶다는 살의가 가슴을 가득 채워 왔다.

"비밀을 알고 있는 사람은 그 사나이와 나, 단 둘뿐이다! 그 자는 지금쯤 만족한 웃음을 웃고 있겠지. 저주받을 인간! 내 손으로 죽이고 말 테야!"

그녀는 저주와 증오에 못 이겨 다시 어깨를 격렬하게 떨며 울기 시작했다.

밤이 지나고 날이 밝아 왔을 때까지도 그녀는 침대 위에 걸터

앉아 있었다. 그녀는 흡사 정신 나간 여자 같았다. 머리는 미친 여자처럼 헝클어져 있었고 아름다운 두 눈은 초점 없이 허공에 머물러 있었다. 가정부가 들어와 그녀를 불렀을 때에야 그녀는 제정신을 차리고 몸을 일으켰다.

"들어오지 마세요. 혼자 있고 싶어요."

그녀는 가정부를 밀어내고 문을 닫았다.

어느 초상화

열린 창문으로 바닷바람이 불어 들어오고 있었다.

추웠지만 그녀는 문을 그대로 열어 놓고 있었다.

차가운 바람이 몸속의 더러운 찌꺼기를 쓸어 가 버리기를 바라면서 그녀는 바다를 바라보고 있었다.

부두에 배들이 빽빽이 들어서 있는 것이 한눈에 들어왔다. 그 저쪽 수평선은 망망대해였다.

갈매기 두 마리가 짝을 지어 날아다니고 있는 것이 보였다.

바다 위로 눈부신 햇살이 쏟아지고 있었다. 바다 빛깔이 유난히 아름다운 아침이었다.

문득 가슴을 도려내는 속삭임이 있었다.

"너도 별 수 없는 여자구나."

그녀는 뒤를 돌아보았다. 방 안에는 아무도 없었다.

"너도 별 수 없는 여자구나!"

그 속삼임이 들리는 것 같아 그녀는 미칠 것 같았다. 수치심에 몸이 떨리기까지 했다.

아버지를 살해한 범인에게 강간당하고 그런 말까지 들은 것이다. 그 사내가 그런 말을 한 데에는 충분한 이유가 있다. 그 충분한 이유란 바로 내가 만들어 준 것이다. 내가 그 순간 희열을 느끼고 몸부림쳤기 때문에 그가 그런 말을 한 것이다. 그런 자에게 그런 말을 듣다니! 그런 자에게 흥분을 느끼다니! 아아. 이 쓰레기 같은 것!

그녀는 죽음을 생각했다. 자살하고 싶었다. 정말 자살해야 마땅한 것이다.

두 손으로 얼굴을 가렸다. 죽고 싶지 않다는 생각이 물밀 듯이 밀려왔다. 이를 악물고 몸을 떨며 그녀는 뜨거운 눈물을 흘렸다. 그 사나이보다 자신의 행위가 더욱 가증스럽고 저주스러웠다. 그녀는 아틀리에로 나가 이젤 앞에 섰다.

잠시 후 그녀는 긴 캔버스 위에 그 사나이의 모습을 스케치하기 시작했다. 그 사내의 모습이 사라지기 전에 그 얼굴을 그려 놓고 싶었다.

노크 소리와 함께 누군가가 들어왔다. 발소리가 다가와 그녀의 뒤에서 멈출 때까지 그녀는 스케치에 열중했다.

언제 보아도 초조하고 메마른 인상의 형사가 거기에 서 있었다. 꿰뚫어 보는 것 같은 그 깊숙한 눈초리를 피하면서 그녀는 뒤로 물러났다.

"방해했나 보군요?"

"아니에요."

"모델도 없이 그리십니까?"

"한번 그려 보는 거예요."

"누구를 그리시는데……?"

"……."

그녀는 말없이 소파 쪽으로 걸어가 앉았다.

형사가 따라와 비스듬히 놓인 소파 위에 앉았다.

"몸은 어떠신가요?"

"괜찮아요."

가정부가 차를 날라 왔다.

그들은 조용히 차를 마셨다.

"사건이 좀처럼 풀릴 것 같지 않군요."

"……."

그녀의 눈이 허공을 맴돌았다. 지난 밤에 놈에게 강간당한 사실을 말해서는 절대로 안 된다! 그녀는 그 사실을 가슴 속 깊이 밀어 넣었다.

"미안하기 짝이 없습니다. 경찰로서 정말 뭐라고 말씀드려야 할지……"

형사는 정말 미안해하고 있었다. 그녀는 찻잔을 놓고 다리를 포갰다.

"그를 체포하지 마세요! 발견하는 대로 사살하세요!"

그녀는 이렇게 외치고 싶은 것을 이를 악물고 꾹 눌러 참았다. 갑자기 눈물이 쏟아지려고 했으므로 그녀는 얼른 고개를 돌려 버렸다.

"그러나 우리 경찰은 반드시 범인을 체포하고야 말 것입니다. 결코 포기하지 않을 것입니다."

형사의 말소리가 멀리서 들려오는 환상 같았다.

"제일 중요한 것은 범행 동기입니다. 왜 범인이 그런 짓을 했는지……그것을 알아야 수사 방향을 잡을 수 있는데, 그걸 아직도 파악하지 못하고 있습니다."

형사의 부드럽던 시선이 그녀의 길고 흰 목에 잠시 머물면서 갑자기 빛나는 것 같았다. 뽀얀 우윳빛 살결 위에 분명히 키스 마크로 보이는 붉은 반점이 뚜렷이 나타나 있었다.

보화의 눈이 조 형사의 그 시선을 읽었다. 그녀는 순간적으로 얼굴을 붉히면서 목으로 손이 갔다. 그러나 손으로 가린다는 것이 오히려 이상했기 때문에 그녀는 도로 손을 내리면서 다급하게 그의 시선을 피했다. 목을 가린다는 것을 깜빡 잊은 것을 후회했지만 이미 늦은 일이었다.

형사는 키스 마크에 대해 캐묻지는 않았다. 그러나 의아하게 생각하는 눈치였다.

보화는 침착해지려고 애쓰면서 찻잔을 집어 들었다. 형사가 몸을 움직였다.

"저기, 보화 씨, 부탁드릴 일이 있습니다."

그녀는 갑자기 담배를 피우고 싶은 생각이 들었다.

"유 박사님 서재에 있는 금고를 한번 열어 봤으면 하는데 가능할까요?"

"저도 번호를 몰라요."

“전문가를 데려다가 열어 볼 수 있습니다. 수사에 참고가 될 만한 것이 있으면 하는데……?”

“저도 그 속에 무엇이 들어 있는지 잘 몰라요.”

“열어도 괜찮겠습니까?”

그녀는 고개를 끄덕이면서 형사가 내놓은 담배를 손으로 가리켰다.

“한 대 피워도 될까요?”

“아, 네, 피우십시오.”

그녀가 담배를 집어 들자 그는 불을 붙여 주었다.

그녀는 능숙하게 담배 연기를 내뿜었다. 형사는 어디론가 전화를 걸었다. 그러고 나서 집 안을 둘러보겠다고 하면서 그 곳을 나갔다.

얼마 후 다시 2층으로 올라온 그는 그녀의 침실을 살펴보고 베란다 쪽으로 나갔다. 그가 그러고 있는 동안 보화는 연거푸 세 대나 담배를 피워 버렸다.

한 시간쯤 지나자 형사 두 명이 중년 사내 하나를 데리고 왔는데 놀랍게도 손에는 수갑을 차고 있었다. 그 사내는 금고 털이 전문가라고 했다.

수갑을 풀어 주자 그 사내는 몇 가지 연장을 놓고 금고 앞에 웅크리고 앉더니 반시간쯤 후에 몸을 일으켰다.

“됐습니다.”

조 형사가 손잡이를 쥐고 가만히 잡아당겨 보자 굳게 잠겨 있던 금고문이 소리 없이 스르르 열렸다.

형사들은 감탄에 감탄을 거듭하면서, 그 사내를 데리고 돌아갔다.

조 형사는 보화가 보는 앞에서 금고 속에 있는 것들을 모두 꺼내 놓았다.

먼저 지폐가 눈에 띄었다. 만 원짜리 새 지폐 다발 스무 개, 즉 2천만 원과 100달러짜리 미화 2만 달러, 그리고 10달러짜리 미화 1만 달러였다.

엄청난 거액에 조 형사는 눈이 휘둥그레졌다. 무엇보다 달러에 관심이 갔다.

"이 달러가 어떻게 해서 생긴 것인지 아십니까?"

"모르겠어요."

보화 역시 놀라는 눈치였다.

"아버님은 일정한 수입이 있었습니까?"

"학교를 그만두시고는 없었어요."

"그럼 수입이 없이 생활은 어떻게 하셨죠? 자가용까지 굴리면서 말입니다."

"모르겠어요. 전 그런 것에 관심이 없었어요. 그 동안 저축해 둔 것으로 생활해 나간 줄 알고 있어요."

지폐 외에 편지 묶음과 서류 · 노트 · 예금 통장 등이 들어 있었다.

통장은 인장 및 편지와 함께 봉투 속에 넣어져 있었는데 편지 내용은 다음과 같았다.

사랑하는 딸 보화에게

만일 이 아빠가 불의의 사고로 세상을 떠나면 이 금고 속에 있는 것들은 모두 소각해라. 그리고 예금 통장은 내가 너한테 남길 수 있는 유산이니 유용하게 쓰기 바란다.

어느 날 아빠가

예금 통장에는 5억의 돈이 예금되어 있었다. 그 어마어마한 액수에 그는 다시 한 번 놀랐다.

보화는 아버지가 남긴 유언장을 들여다보고 눈물부터 펑펑 쏟았다.

조 형사는 그녀의 기분이야 어떻든 그런 것에는 신경을 쓰지 않고 책상 위에 널려 있는 것들을 하나하나 자세히 훑어보는 데 여념이 없었다.

그는 먼저 노트를 열어 보았다. 그것은 검정 가죽으로 표지를 입힌 대형 고급 노트로, 깨알 같은 펜글씨가 반쯤 들어차 있었다. 가만히 들여다보니 세균에 관한 연구 노트인 것 같은데 문외한인 그로서는 여러 가지 기호와 방정식 같은 것으로 계속되어 있는 그 내용을 알아볼 도리가 없었다. 노트의 한쪽 단면에는 손때가 까맣게 묻어 있었다.

그는 고개를 갸우뚱하면서 이번에는 편지 묶음을 풀어헤쳤다. 그리고 편지를 하나 뽑아내어 읽으려 하는데 보화가 날카롭게 외쳤다.

"보지 마세요!"

그는 주춤하고 여자를 바라보았다. 그녀는 눈물이 가득한 눈으로 그를 원망스럽게 쏘아보고 있었다.

"함부로 그렇게 만지지 마세요!"

그녀의 기세가 하도 거세었기 때문에 그는 편지를 내려놓았다. 자신이 상대방의 감정을 고려하지 않은 채 너무 저돌적으로 남의 유품을 손을 댔다는 생각이 들었다.

"미안합니다."

그녀는 아버지의 유품들을 거두어 가슴에 꼭 껴안더니 뛰다시피 서재를 나가 2층으로 올라갔다. 조 형사는 한숨을 내쉬면서 서성거리다가 그녀를 따라 계단으로 올라갔다.

그녀는 유품들을 탁자 위에 쌓아 둔 채 거기에 엎드려 흐느끼고 있었다.

조 형사는 그녀가 울음을 그칠 때까지 담배를 피웠다. 분위기로 보아 돌아가는 것이 옳은 짓이었지만 그는 끈질기게 거기에 버티고 있었다. 어떻게 보면 냉혹하다고 할 정도로 그는 기다리고 있었다.

사실 그는 유 박사의 유품들을 내버려 둔 채 그대로 돌아간다는 것은 생각조차 할 수 없었다.

그의 육감은 거머리처럼 그를 거기에 눌어붙게 만들고 있었다. 그도 그럴 것이 그의 육감은 이미 수사의 실마리가 될 수 있을지도 모르는 무엇인가를 느끼고 있었기 때문이다.

생각 같아서는 보화를 밀쳐 내고 그것들을 보고 싶었지만 그는 꾹 참고 기다렸다.

한참 후 울음을 그친 그녀는 그를 쳐다보지도 않은 채,

"유언대로 이것들을 모두 소각하겠어요."

하고 단호하게 말했다.

조 형사는 탁자로 다가가 그녀의 어깨 위에 손을 올려놓았다.

"소각하기 전에 내가 한 번 훑어보게 해 주시오."

"안 돼요, 그건 아빠의 유언을 거역하는 거예요!"

"그렇게만 생각해서는 안 돼요. 수사를 위해서 그러는 거니까 협조해 주십시오. 보화 씨가 협조해 주지 않으면 어떻게 수사를 하겠습니까?"

"아빠가 저한테 이것들을 소각하라고 하신 걸 보면 공개하지 말라는 뜻이 분명해요."

조 형사는 답답하다는 듯 보화를 바라보았다.

"수사관한테 이 유품을 보이는 것은 공개가 아닙니다. 수사관은 수사에 필요하다면 무엇이나 볼 수 있습니다. 강제로라도 말입니다."

"저는 아빠의 유언을 따르고 싶어요."

그 심정은 이해합니다.

그는 허리를 일으키면서 한숨을 내쉬었다.

"보화 씨, 보화 씨는 범인을 잡고 싶지 않습니까? 범인을 체포해서 아버님의 원한을 풀어 드리는 것보다 그것들을 소각하는 것이 더 중요한가요?"

그가 조금 날카롭게 쏘아붙이자 그녀는 대답을 못 하고 한동안 침묵했다.

"이대로 가다가는 아버님을 살해한 범인을 영영 못 잡을지도 모릅니다."

마침내 그녀의 몸이 조금 움직였다. 그녀는 눈물이 채 마르지 않은 눈으로 그를 바라보다가 말없이 유품들을 조 형사 쪽으로 밀었다.

"고맙소."

그는 탁자 앞으로 다가앉아 서류철을 집어 들었다.

첫 번째 서류는 유보화가 살고 있는 집 문서였다. 그것을 젖혀두고 다음 서류를 들여다보았다. 보화도 눈물을 거두고 서류에 시선을 보내 왔다.

두 번째 서류 역시 부동산에 관한 것으로 토지 소유권 증서였다. 다음 서류들도 모두 비슷한 것들이었다.

조 형사는 갈수록 놀라움을 금할 수 없었다. 이른바 세균학의 권위자인 유 박사가 부동산을 그토록 많이 매입해 두었다는 사실이 그를 놀라게 한 것이다. 그것은 정말 뜻밖이었다. 거기에서는 투기 냄새가 짙게 풍겨 나고 있었다.

"유 박사께서는 전국에 걸쳐 45만 평의 땅을 사 두셨군요. 제주도에만도 귤밭을 10만 평이나 사 두셨습니다. 이것만도 막대한 재산인데…… 알고 계셨던가요?"

"몰랐어요."

그녀는 믿을 수 없다는 듯 그를 바라보았다.

"아버님께서는 모든 걸 비밀로 해 두셨군요?"

"……."

"도대체 아버님은 어디서 돈이 나셨을까요? 엄청난 재산이라고 생각지 않으십니까?"

보화의 표정이 차츰 굳어지고 있었다. 그녀는 자신이 너무 아버지를 모르고 있었음을 비로소 깨닫기 시작하고 있었다. 그것은 곧이어 소외감으로 변했다.

나는 단지 아빠에게 있어서 딸이라는 이름의 귀여운 장식품에 불과한 존재였을까? 아빠가 생전에 집안에서 이야기를 나눌 수 있는 사람이라고는 나 하나뿐이었다. 그런데도 아빠는 이 어마어마한 돈과 재산에 대해 나한테 조금치도 언질을 주지 않았다. 왜 그러셨을까?

형사는 이미 편지에 손을 대고 있었다. 조 형사가 집어든 편지는 일본에서 항공우편으로 배달된 것이었다. 그는 봉투 속에서 편지를 꺼내 펼쳐 들었다. 그리고 이내 어리둥절한 표정을 지었다. 그도 그럴 것이 일어로 타이핑된 그 편지는 다음과 같이 이상한 내용이었던 것이다. 일본어를 공부한 그는 어렵지 않게 그것을 읽을 수가 있었다.

△ 79년 2월 10일

△ 수신 = Y

△ 발신 = R

'P-15' 의 식욕은 양호하나 기대에 이르지 못함.

회신 바람.

봉투에 찍힌 발신자의 주소는 '東京都千代田區5段 3-5-7', 이름은 '推明榮作(시이나 에이사꾸)'이었다.

"이걸 한 번 보십시오."

조 형사는 흥분해서 목소리까지 떨리려 하고 있었다.

편지를 들여다본 보화는 아무 말도 하지 않았다. 단지 넋 빠진 표정만을 지을 뿐이었다.

"무슨 뜻인지 아시겠습니까?"

"……."

그녀는 완강히 고개를 저었다. 조 형사는 그것을 소리 내어 읽어 보았다.

"P-15의 식욕은 양호하나 기대에 이르지 못함. 회신 바람."

역시 기묘한 내용이었다. 'P-15'는 무엇이며, 여기서의 식욕은 무엇을 뜻하는 것일까? 그는 자신이 마치 짙은 안개 속으로 빠져드는 것 같은 기분이 들었다.

편지는 모두 아홉 통이었고, 하나같이 도쿄의 같은 주소에서 동일 인물이 보낸 것들이었다. 그는 그것들을 날짜별로 순서대로 정리한 다음 제일 오래 된 것부터 읽기 시작했다.

△ 78년 5월 25일

△ 수신 = Y

△ 발신 = R

'C-5' 때문에 100을 1천 번 토함. 관부 연락선 2월 15일 착. 당일 22시 정각에 동방의 별이 뜬다.

두 번째 편지는 그들을 더욱 어안이 벙벙하게 만들었다.

조 형사는 담배를 피워 물고 얼굴을 찌푸렸다. 마치 여우에게 홀린 기분이었다.

그것은 매우 비밀을 요하는 내용임이 분명했다. 그는 음모의 궤적 위에 찍힌 발자국을 보는 것 같았다.

"도대체……."

보화가 중얼거리다 말고 이해할 수 없다는 듯 고개를 저었다. 손끝이 떨리고 있었다.

"이래도 이것들을 소각하고 싶소?"

그는 뚫어지게 그녀를 응시했다.

"아니에요. 전 이럴 줄 몰랐어요."

이번에는 그녀가 세 번째 편지를 뽑아냈다. 편지를 펴 드는 손이 가늘게 떨리고 있었다.

그들은 함께 세 번째 편지를 읽었다. 보화가 일본어를 모르기 때문에 조 형사가 소리 내어 읽었다.

△ 78년 6월 15일

△ 수신 = Y

△ 발신 = R

출발 준비는 완료되었음. 6월 20일까지 도착 바람.

조 형사는 보화를 돌아보았다.

"재작년 6월에 유 박사께서 일본에 가시지 않았습니까?"

"가셨어요. 일본에 가주 가시는 편이었어요."

"무슨 일로 그렇게 자주 가셨던가요?"

"자세히는 모르겠지만…… 아마 연구 관계로 가시는 것 같았어요."

"일본을 경유해서 다른 곳에도 가셨던가요?"

"그건 모르겠어요."

그들은 네 번째 편지에 시선을 모았다. 그것은 어느 여자가 보낸 것이었는데 봉투에는 앞의 편지들과 동일한 주소와 이름이 그대로 적혀 있었다.

사랑하는 유 박사님께

그간 안녕하셨는지요? 나오꼬가 문안드리옵니다.

떠나신 지 넉 달이 가까워 오는데도 소식이 없기에 이렇게 편지를 올립니다.

박사님과 보낸 일주일은 저에게는 실로 꿈같은 날들이었습니다. 박사님께서 저에게 쏟으신 그 사랑은 저의 가슴에 크나큰 파문을 일으켜 놓고 말았습니다. 박사님이 떠나가신 뒤에야 저는 비로소 제가 박사님을 얼마나 사랑하는가를 알게 되었습니다.

26세의 처녀가 66세의 노신사를 사랑하다니, 그런 해괴한 일이 어디 있느냐고 친구들은 말합니다. 그러나 제가 박사님을 사랑하는 것은 엄연한 사실인 걸 어떡합니까? 박사님, 우리는 분명히 사랑을 불태우지 않았던가요?

저에게는 지금 그 뚜렷한 증거가 나타나고 있습니다. 박사님, 기뻐하세요. 저는 지금 박사님의 아이를 배었어요. 임신 4개월이라는 의사의 진단이 나왔어요.

박사님, 저는 아이를 낳아 기를 생각이에요. 박사님같이 유명한 분의 아이를 꼭 낳고 싶어요. 사랑하는 분의 아기를 밴 여자의 심정이 어떤 것인지 박사님은 잘 모르실 거예요. 저는 지금 너무너무 기뻐서 마치 몸뚱이가 하늘에 붕 떠 있는 기분이에요.

박사님, 바쁘시겠지만 만사 젖혀 두시고 도쿄에 한번 와 주세요. 기다리고 있겠어요. 꼭 오셔야 해요. 오셔야만 앞으로 태어날 아기에 대해 상의할 수 있지 않겠어요?

78년 9월 22일

당신의 사랑하는 나까네 나오꼬가

편지를 읽고 난 그들은 어안이 벙벙했다. 보화는 마치 자신의 치부가 드러나기라도 한 듯 얼굴을 붉히기까지 했다.

마지막 한 통을 제외하고는 나머지 편지들도 모두 나오꼬라는 여인이 보낸 것이었는데 갈수록 농노가 짙어지면서 협박조로 나오고 있었다.

"세상에 이럴 수가……."

보화는 너무 기가 막혀 벌어진 입을 다물지 못하고 있었다.

나오꼬가 보낸 마지막 편지는 그들을 더욱 놀라게 하기에 충분한 것이었다.

사랑하는 유 박사님께

박사님, 당신이라는 분은 듣기와는 달리 철면피이군요. 아무리 국적이 다르다고는 하지만 처녀에게 임신을 시켜 놓고 그렇게 모른 체할 수 있나요?

기다리다 지쳐 저는 이제 원망밖에 나오지 않습니다. 날이 갈수록 불러 오는 배를 어떻게 해야 좋을까요? 당신은 간단하게 떼라고 하지만 당신과 직접 만나 상의하지 않고는 그럴 수가 없습니다.

박사님, 정 오시기가 싫으시다면 제가 한국으로 박사님을 만나러 가겠어요. 그리고 거기 가서도 박사님을 만날 수 없다면 언론 기관에라도 호소해서 저의 억울함을 밝히겠어요. 당신같이 무책임한 사람 때문에 또 다른 여성들이 피해를 입는 것을 막아야겠어요.

78년 12월 10

당신의 사랑하는 나까네 나오꼬가

조 형사는 보화를 보기가 민망했다.

보화는 유언대로 유품들을 소각하지 못한 것을 후회했지만 이미 늦은 일이었다. 그녀는 너무 기막힌 나머지 얼어붙은 표정으로 앉아 있었다.

"나오꼬라는 여자가 한국에 왔습니까?"

"몰라요."

그녀는 비참해서 견딜 수가 없었다.

조 형사는 마지막 편지를 펴 보았다.

△ 79년 10월 10일

△ 수신 = Y

△ 발신 = R

배신자에게 보내는 최후통첩.

당신에게 사형(死刑)을 선고한다.

그들 두 사람은 동시에 경악하는 표정이 되었다. 편지를 읽고 너무 놀란 나머지 그들은 한참 동안 말을 꺼내지 못한 채 침묵 속에 빠져 있었다.

보화는 새롭게 드러난 이상한 사실들 앞에 숨이 막히는 것 같았다. 도대체 그녀는 뭐가 어떻게 된 것인지 정신을 차릴 수 없을 지경이었다.

"유 박사께서 왜 이런 편지를 보관해 두었을까요?"

한참 만에 조 형사가 중얼거리듯이 말했다.

보화는 열에 뜬 눈으로 그를 바라보기만 했다.

"금고에 넣어 두면 안전하다고 생각했기 때문일까요? 아니면 만일의 경우를 생각해서 증거로 남겨 두신 것일까요?"

"……."

그녀는 말없이 고개만 저었다.

"유언장에 소각하라고 하신 걸 보면 외부에 알려지는 걸 싫어하신 것 같고…… 그러면서도 돌아가시기 전까지 보관하셨다는 것이 이해가 되지 않습니다. 그리고 이 편지들이 전부는 아닌 것 같습니다. 그 동안 배달되어 온 편지들이 많은 것 같은데 그 중에 이것들만 보관해 둔 것 같습니다. 앞뒤 연결이 비약하는 것을 보면 그렇게 생각되지 않습니까?"

"네……."

그녀는 긍정하는 빛을 보였다. 조 형사는 가슴을 쭉 펴면서 숨을 깊이 들이켰다.

"R은 일본의 범죄 조직 아니면 그 조직의 보스라고 생각합니다. 그렇지 않고서야 유 박사에게 이런 식의 사형을 내릴 수는 없습니다."

보화의 얼굴이 두려움으로 흙빛이 되었다. 눈은 공포의 빛을 띠고 있었다.

"놈들은 유 박사에게 사형 선고를 내린 다음 마침내 그것을 집행한 겁니다. 박사님을 직접 살해한 그 자는 그러니까 하수인일 겁니다."

긴장은 고조되어 숨이 막힐 것 같았다.

"그들이 왜 유 박사에게 사형 선고를 내렸는지 그 이유를 알 수 없지만…… 편지에 배반자라고 한 걸 보니까 그들과의 약속을 어기셨던 것 같습니다."

"그럼 아빠가 일본에 있는 범죄 조직과 관련이 있었다는 말씀인가요?"

그녀가 참을 수 없다는 듯 떨리는 목소리로 물었다. 조 형사는 곤혹스런 표정을 지었다.

"자세한 건 알 수 없지만……. 그럴 가능성이 많습니다. 다음과 같은 점을 주목할 필요가 있습니다. 첫째, 아버님의 수입원입니다. 세균 학자가 어떻게 그런 큰 돈을 벌 수 있을까요? 총재산을 따지면 수십억은 될 것입니다. 둘째, 편지 내용입니다. 이런 편지는 범죄 사회에서나 통하는 것입니다. 셋째, 유 박사의 죽음입니다. 유 박사는 평범한 사람에 의해 살해된 것이 아니라 전문적인 킬러에 의해 살해된 것입니다. 이 세 가지 점을 생각해 볼 때 아버님의 죽음에는 범죄 조직의 손길이 깊이 뻗어 있었다고 볼 수 있습니다. 저는 상당한 가능성을 느끼고 있습니다. 유 박사께는 실례되는 말 같지만……."

그의 말이 채 끝나기도 전에 보화는 완강히 머리를 저었다. 단정히 빗어내렸던 머리칼이 흐트러지면서 눈에 눈물이 가득 괴고 있었다.

"그럴 리가 없어요! 아빠가 그럴 리가 없어요! 아빠는 깨끗하신 분이에요! 뭔가 잘못된 것이에요!"

형사는 그녀를 가만히 바라보았다. 그녀 앞에서 더 이상 유 박사에 관한 것을 말하고 싶지 않았지만 그는 잔인하다고 할 정도로 자기 생각을 밀고 나갔다. 밝힐 것은 밝히고 나가야 한다는 것이 그의 생각이었던 것이다.

"보화 씨, 어느 때보다도 냉정하셔야 합니다. 그리고 사실을 직시하고 그것을 인정하셔야 합니다. 그래야만 고통을 극복할 수가 있습니다. 숨기고 변호해 보아야 아무 쓸데도 없습니다. 나오꼬의 편지만 해도 그렇습니다. 그녀는 R이라는 조직 또는 인물의 하수인이 분명합니다. 그녀의 편지 겉봉에 시이나 에이사꾸(椎名榮作)라는 이름이 적혀 있다는 사실이 그것을 증명합니다. 그들은 나오꼬로 하여금 박사님과 관계를 맺게 한 뒤 임신 사실을 협박의 무기로 사용한 겁니다. 단순한 추리인지는 모르지만……. 아무튼 나오꼬의 배후에 R이 있다는 것은 분명합니다. 겉봉에 적힌 이름과 주소가 모두 똑같지 않습니까?"

그녀의 움직임이 멎었다. 그녀는 아까처럼 부인하려 들지 않았다. 그 대신 원망스럽다는 듯 그를 바라보고 있었다. 그는 상관하지 않고 계속 말했다.

"어쩌면 어마어마한 흑막이 있을지도 모릅니다. 박사님의 죽음 뒤에 말입니다. 지금으로서는 박사님께서 마음속에 어떤 변화가 생겨 이런 유품들을 금고 속에 남기셨다고 생각할 수밖에 없습니다."

바람이 거세게 불고 있는지 창문이 흔들리고 있었다.

"사람은 죽음을 앞에 두고 있을 때 무엇인가 흔적을 남기고 싶어 하기 마련입니다. 이승에 대한 미련이 있어서인지 모르지만 말입니다. 유 박사께서 이런 유품들을 남기신 것은 어쩌면 그런 이유 때문인지도 모르지요."

조 형사는 일어섰다. 금방이라도 나갈 것 같았지만 그렇지는 않았다. 그는 오른손을 들었다가 놓았다.

"어젯밤에 누가 여기에 침투하지 않았습니까?"

그것은 무방비 상태에 놓여 있던 보화의 가슴을 갑자기 비수로 찌르는 것 같은 효과가 있었다. 그녀는 심하게 전율했다. 미처 대답을 못 하고 반사적으로 고개를 젓다가 가까스로,

"아, 아니에요. 그런 일 없었어요."

하고 겨우 대답했다.

조 형사는 실내를 뚜벅뚜벅 거닐었다. 그는 망설이고 있었다. 어떤 사실을 확인해야 하느냐, 아니면 그만두고 나가야 하느냐 하는 문제를 놓고 속으로 고심하고 있었다. 만일 그가 일반 사람이었다면 더 이상 추궁할 수 없었을 것이다. 그러나 그는 어디까지나 수사관이었다. 수사관인 이상 중요한 사실을 발견하고 외면할 수는 없었다. 잔인하다는 것을 알면서도 그는 마침내 보화를 추궁해 들어갔다.

"이상하군요. 아까 바깥 베란다에 잠깐 나가 보았죠. 거기에 남자 발자국이 있더군요. 뒤쪽으로 들어가 홈통이 있는 곳에서 발자국이 끝나 있었습니다."

그녀는 경악과 원망에 찬 눈으로 형사를 쏘아보고 있었다. 그러나 그는 말을 계속했다. 그녀의 희고 긴 목에 찍힌 키스 마크를 보면서…….

"아주 쉽게 생각해 볼 수 있습니다. 어떤 사람이 홈통을 타고 베란다로 올라온 것입니다. 어젯밤에 눈이 내리지 않았습니까? 그래서 발자국이 남은 겁니다. 오는 발자국이 없는 것으로 보아 아마 눈이 많이 내릴 때 올라왔기 때문에 발자국이 눈에 덮인 모양입니다. 나가는 발자국은 남아 있습니다. 눈이 그친 뒤에 갔다

는 말이 되겠죠. 베란다로 올라온 사람이 방 안으로 침투했는지 어땠는지는 모르겠습니다만……. 아무튼 요 앞 베란다까지 왔던 것만은 분명한 것 같습니다. 그리고 발자국이 크고 농구화 자국인 것으로 보아 남자가 올라온 것이 분명합니다."

"무엇을 알려고 그러시죠?"

보화의 목소리가 사뭇 떨리고 있었다. 그녀는 금방 울음을 터뜨릴 것만 같았다.

"솔직한 대답을 듣고 싶습니다. 똑같은 발자국이 뒷마당을 가로질러 담 위로 기어가고 있습니다. 이 집 안에는 현재 남자가 없습니다. 따라서 외부 남자의 침입으로밖에 볼 수가 없습니다. 단순한 절도범인지 아니면……."

그의 눈은 여전히 키스 마크를 바라보면서 그것의 정체에 대해 질문을 던지고 있었다. 보화는 참을 수 없었다. 그녀는 마침내 폭발했다.

"네, 그래요. 누가 왔었어요! 누군지 아세요? 바로 그 남자예요! 아빠를 죽인 그 자였어요! 그 자가 여기에다 이런 마크를 만들어 놓은 거예요!"

격렬하게 소리치는 그녀의 모습에 형사는 당황했다.

그가 놀란 것은 그녀의 흥분 때문이 아니었다. 그보다는 그녀가 쏟아 놓은 말에 놀란 것이다. 설마 했던 것이 사실로 드러난 것이다. 그는 말문이 막혀 멀거니 서 있었다.

실내는 보화의 흐느끼는 소리로 한동안 가득 차 있었다. 그녀는 울면서 모든 것을 속속 털어놓았다.

"칼을 들고 들어왔어요! 저를 죽이려구요! 그러다가 생각이 바뀐 모양이에요! 그는 저를 살려 주는 대가로 자기를 잊어 달라고 했어요! 잊지 않고 자기를 찾는다면 다음에는 죽이겠다고 했어요! 그러고 나서 다음에 무슨 짓을 한 줄 아세요? 저를 범했어요! 저를 철저히 유린했다구요!"

그녀는 탁자 위에 엎드려 흐느껴 울었다. 절망적인 울음이었다. 한참 후 그녀가 울음을 그치고 얼굴을 쳐들었을 때 거기에 조 형사는 보이지 않았다.

그녀는 벌떡 일어나 창가로 다가가서 밖을 내다보았다. 저만치 비탈길 아래로 조 형사가 걸어가고 있는 것이 보였다. 그녀는 다시 울음이 나왔다. 입술을 깨물고 침실로 뛰어들어 침대 위에 몸을 내던졌다.

조 형사는 차도 타지 않고 내처 걸어가고 있었다. 심사가 사나워진 그는 무엇이라도 때려 부수고 싶은 기분이었다.

그녀가 강간당한 사실을 나 혼자만 알고 있어야 한다. 그 사실이 만일 밖에 알려지면 그녀는 자살해 버릴지도 모른다. 그리고 매스컴은 기다렸다는 듯이 경찰을 난도질할 것이다. 정말 경찰로서도 할 말이 없다. 범인은 비상망이 펴진 가운데 다시 나타나 이번에는 피살자의 딸을 강간하고 사라졌다. 그렇게 무모하고 대단한 놈이 세상 천지에 또 있을까?

유 박사의 집을 경계하지 않은 것이 큰 실수였다. 하긴 범인이 그 집에 나타날 것이라고 상상이나 했는가.

도대체 그 놈은 어떤 놈이기에 그런 짓을 감행할 수 있을까?

사람인가 귀신인가?

조 형사는 당장 보화가 걱정이 되었다. 충격을 이겨 내지 못하면 그녀는 다시 미쳐서 정신 병원에 입원하게 될지도 모르는 것이다.

"범인이 교활하고 대담한 놈이라면…… 경찰도 그렇게 나가야 한다."

그는 수사 본부로 들어서면서 중얼거렸다. 본부에는 형사들이 모두 모여 있었다. 전례 없는 일이었다. 그가 안으로 들어서자 모두가 그를 바라보았다.

"축하해."

누군가가 말했다.

"무슨 말이야?"

그는 난로 위에서 끓고 있는 주전자를 집어 들고 잔에 엽차를 따랐다.

"시침 떼고 있네. 한턱내라구."

"왜 그러는 거야?"

그는 뜨거운 엽차를 후르르 마셨다.

"아니, 정말 몰라?"

"모르겠는데…… 무슨 일이야?"

"서울로 발령 났어. 대 이동이야."

그는 하마터면 마시던 찻잔을 떨어뜨릴 뻔했다. 멍하니 서 있는 그에게 형사 하나가 다가와 종이 한 장을 내주었다. 그는 그것을 받아 들고 대강 훑어보았다. 거기에는 인사 발령을 받은 사람들의 이름이 깨알 같이 인쇄되어 있었다. 그 중에는 그의 이름도 끼어 있었는데 분명히 '서울특별시경찰국 살인과' 로 발령이 나 있었다.

"이럴 수가 없어."

그는 표정을 흐리면서 중얼거렸다. 먼저 유보화의 얼굴이 떠올랐다.

"왜 그래? 남은 서울로 못 가서 야단인데……."

"그렇지 않아."

그는 미간을 찌푸리면서 의자에 털썩 주저앉았다.

다음 날부터 보화는 범인의 초상화를 그리는데 몰두하기 시작했다.

그녀의 머릿속에는 두 가지의 모습이 아직 뚜렷이 남아 있었다. 하나는 범인이 병원에 나타났을 때의 안경낀 모습이었고, 다른 하나는 침실에서 보았던 안경을 끼지 않은 모습이었다. 그 두 개의 모습이 머릿속에서 사라지기 전에 그녀는 그것을 그려 둘 생각이었다.

그러나 대상을 눈앞에 앉혀 두고 관찰하면서 그리는 것이 아닌 이상 그것은 쉬운 일이 아니었다. 비록 그녀가 화가라 해도, 그리고 얼굴을 보고 그린다 해도 초상화란 전문가가 아니고는 그렇게 쉽게 그릴 수 있는 게 아니었다. 결국 그녀는 일종의 영감 같은 것에 의지한 채 열심히 그려 나갔다.

시간이 흐름에 따라 파지가 수북이 쌓여 갔지만 그녀는 포기하지 않고 되풀이해서 초상화를 그렸다. 일단 그려 놓고 보면 머릿속에 있는 범인의 모습과는 딴판이었다. 머릿속에 남아 있는 범인의 영상과 초상화가 일치하기까지는 과연 얼마의 시일이 걸릴지 알 수 없는 일이었다.

오후 2시께 그녀를 찾는 전화가 걸려 왔다. 조 형사로부터 온 전화였다.

"어제는 실례가 많았습니다."

"……."

그녀는 피가 식는 것 같아 말도 할 수가 없었다.

"앞으로 만나기 어렵게 될 것 같습니다. 갑자기 서울로 전임 발령이 나서……."

"……."

보화의 안색이 변했다. 그녀는 무슨 말인가 해야 한다고 생각했다. 나의 수치스러운 비밀을 알고 있는 사람인데도 적의가 일지 않는다. 웬일일까?

"그 일은…… 앞으로 다른 형사가 맡게 될 것입니다. 그동안 실례 많았습니다. 너무 상심하지 말고…… 굳세게 살아가십시오. 자, 그럼……."

"잠깐만!"

그녀는 자기도 모르게 급하게 소리쳤다. 호흡이 거칠어지고 있었다.

"어, 언제 가시나요?"

"지금 올라가는 길입니다."

"서울 어디로 가시나요?"

"시경 살인과로 갑니다."

잠시 그녀는 할 말을 잊었다. 그녀는 망설이다가,

"그동안 고마웠어요."

하고 말했다.

"원, 무슨 말씀을……."

"정말 고마웠어요. 저는 앞으로 어떡해야죠?"

"모든 걸 잊고 새 출발하는 기분으로 살아가십시오."

"그런 건 생각할 수도 없어요."

"그래서는 안 되죠."

"안녕히 가세요."

"네, 안녕히…… 저기, 무슨 부탁할 일이라도 생기면 나한테 연락하십시오."

"네네, 고마워요."

전화를 끊고 수화기를 내려놓고 난 그녀는 갑자기 허탈에 빠져 버렸다.

새삼 조문기 형사의 존재가 얼마나 자신의 가슴에 크게 자리하고 있었는가 하는 것이 느껴졌다. 그녀는 마치 의지할 사람을 잃은 것 같은 기분이었다. 왜 그럴까?

조 형사와 특별한 관계가 있었던 것도 아니었다. 그에게 신세를 크게 진 것도 아니었다. 그에게 큰 기대를 가진 것도 아니었다. 단지 그가 성실하고 정직한 사나이라는 것이 그동안 그녀가 그에 대해서 느낀 전부였다.

조 형사가 서울로 떠남으로써 보화는 경찰에 걸었던 마지막 기대가 와르르 무너지는 것을 느꼈다.

하긴 경찰에 그렇게 큰 기대를 건 것은 아니었다. 그렇지만 그가 떠난다고 하자 그녀는 왠지 마음이 더없이 허전하고 외로워지는 것을 어쩌지 못했다.

이제부터 범인을 혼자 추적해야겠다는 생각이 하나의 운명처럼 그녀를 사로잡기 시작하고 있었다. 아무리 관대하게 생각한다 해도 아버지를 살해하고 자신을 강간한 그 사내를 절대 포기할 수는 없었다. 그리고 포기해서도 안 되는 일이었다. 비록 자신이 여자라 해도 그를 꼭 찾아낼 생각이었다. 지구의 끝까지 따라가서라도…….

그녀는 다시 초상화 그리는 데 몰두했다. 문 밖 출입을 삼가고 집 안에 틀어박혀 머릿속에 남아 있는 영상의 하나하나를 조립해 나갔다.

그것은 무서운 집념이었다. 집념이 없이는 해낼 수 없는 일이었다. 그녀 스스로도 자신의 집념에 놀라고 있을 정도였다.

집 안에 틀어박힌 지 한 달이 지났다. 그런 어느 날 그녀는 마침내 기다리던 초상화를 손에 넣을 수가 있었다. 그것은 펜으로 그린 것으로 안경을 끼지 않은 매우 정교한 모습이었다. 나타난 그 모습에 그녀는 자못 놀라지 않을 수 없었다. 순전히 보지 않고 기억력을 살려서 그린 것이었는데 틀림없는 그 남자의 얼굴이었다. 어떤 영감이 자신으로 하여금 그렇게 그리게 한 것 같아 그녀는 흥분했다.

일단 완성된 그림을 보고 그리는 일은 쉬운 일이었다. 그래서 그림에 안경을 입히는 작품은 하루 만에 끝낼 수가 있었다.

두 장의 그림을 들고 그녀는 한 달 만에 시내로 나가 그것을 복사시켰다. 우선 50장씩 1백 장을 복사시키자 범인이 금방이라도 손에 잡힐 것만 같은 기분이 들었다.

이제 남은 일은 그 사내를 찾아내는 것이었다. 아버지가 남긴 재산이 수십억이나 되므로 비용은 얼마든지 쓸 수가 있다. 그 돈을 전부 소모해서라도 그 남자를 찾아내고야 말리라. 그러나 여자 혼자서 그 자를 찾는다는 것은 불가능한 일이다. 사람들을 동원해야 한다.

그 날은 겨울치고는 화창한 날씨였다. 거리에는 바람 한 점 없었다.

그녀는 선글라스를 끼고 번화가를 걸어갔다. 혹시나 하고 부지런히 사람들의 얼굴을 쳐다보았지만 어디에도 그녀가 찾는 사람은 없었다.

광복동 거리를 걷다가 왼쪽 샛길로 빠진 그녀는 육교를 건너 자갈치 시장 쪽으로 걸어갔다. 시장 가득히 널려 있는 싱싱한 생선들은 언제 보아도 좋은 눈요깃감이었다. 그녀는 장보러 나온 주부처럼 시장 안을 이리저리 돌아다니며 생선을 구경하다가 바닷가로 나왔다.

바닷물은 각종 오물에 찌들어 검은 빛깔을 띠고 있었다. 부둣가에 늘어서 있는 배들은 마치 항구를 넘보는 침략군 같았다. 맞은편에서는 기중기가 요란스런 소리를 내면서 화물선에서 짐을 내리고 있었다.

자갈치 시장을 벗어난 그녀는 얼마 후 호텔 커피숍으로 들어가 앉았다.

실내에는 사람들이 가득 들어차 있었다. 모두가 낯선 사람들뿐이었다. 하긴 아는 사람을 만난다는 것도 지금의 그녀의 심정으로서는 피하고 싶은 일이었다.

커피를 마시고 일어섰다. 어디로 갈까 망설이다가 호텔 프론트 데스크로 갔다. 무조건 두 장의 복사된 초상화를 꺼내 들고 프론트 맨에게 보였다.

"실례지만…… 혹시 이런 사람 보시지 않았나요?"

느닷없는 질문에 상대는 어리둥절해 하다가 그녀가 재차 질문을 던지자 그제서야 어이없다는 듯 실소했다.

"왜 그러시죠?"

이 여자가 혹시 정신 빠진 게 아닌가 하고 그녀의 아래 위를 훑어보며 되묻는다.

"그저 좀 알아보려고 그래요."

"이 사람이 누구죠? 같은 사람인가요?"

프론트 맨은 두 장의 복사된 몽타주를 흔들어 댔다.

"네, 같은 사람이에요. 제 남편이에요."

"아, 그러세요? 행방불명됐나요?"

"네…… 보신 적이 없으세요?"

"글쎄요."

별 여자 다 보겠다는 듯 흘깃거리다가 그녀의 표정이 몹시 심각한 것을 보고는 정색을 한다. 그리고는 딱 자르듯이 고개를 저었다.

"이런 사람…… 보지 못했습니다. 다른 데 가 보시죠."

마침 한 떼의 일인 관광객들이 몰려 들어오자 그의 시선은 이미 그들 쪽으로 향하고 있었다.

보화는 조용히 그 곳을 물러났다.

몽타주를 시내 곳곳의 벽에다 붙일까? 아니면 전단처럼 만들어 뿌릴까? 별별 생각이 다 들었지만 그녀는 어느 것 하나도 마음에 들지 않았다. 벽보나 전단은 너무 공개적이기 때문에 효과보다는 부작용이 클 것이다. 우선 경찰에 알려질 것이고 범인의 눈에도 들어갈 가능성이 크다. 그렇게 되면 범인이 가만있지 않을 것이다. 틀림없이 대비책을 세울 것이고 약속대로 나를 죽이려 들 것이다.

움직이지 않는 동그란 눈동자를 생각하자 그녀는 몸서리가 쳐졌다. 다른 방법을 강구해야 한다. 먼저 범인이 어느 지역에 있는가 하는 것부터 알아내야 한다.

혹시 그 자는 국내에 없는 게 아닐까? 일본 범죄 조직의 하수인이라면 지금쯤 도쿄 거리에서 활보하고 있을지도 모르지 않는가? 아니야. 그 자는 틀림없는 한국인이었어. 일본인이 그렇게 한국말을 능숙하게 구사할 리가 없어.

그 자가 일단 국내에 살고 있을 것이라는 데 그녀의 생각이 굳어졌다. 하긴 추적의 실마리를 국내에서부터 풀어 나갈 수밖에 없는 것이 그녀의 입장이었다.

다음에는 국내에 있다면 과연 어느 지역에서 거주하고 있을까 하는 것이 문제였다. 어느 지역인 것만 알면 추적의 한계는 그만큼 좁혀진 셈이 된다. 부산을 벗어날 경우 그 자가 마음 놓고 살 만한 곳은 과연 어디일까?

먼저 서울이 머리에 떠올랐다. 인구 1천만이 들끓고 있는 서울이야말로 범인이 숨어 있기에는 안성맞춤인 것이다. 그 밖의 도시는 서울이나 부산에 비해 너무 규모가 작다. 그런 곳은 범인이 숨어 있기에는 안전하지가 못하다. 그렇지만 소도시나 시골구석에 변장하고 들어앉아 버리면 그것 역시 찾아내기가 쉬운 일이 아니다. 교활한 자이기 때문에 여간해서 표면에 드러날 짓은 하지 않을 것이다.

보화는 혼란을 느꼈다. 건널목에서 한동안 멀거니 서 있는데 신문사 간판이 눈에 들어왔다. 부산에서 제일 큰 B일보였다. 순간 섬광처럼 머리를 스쳐 가는 것이 있었다.

가능할까? 돈은 얼마든지 있다. 구석구석 뒤지면 무엇인가 걸리는 것이 있을 것이다.

그녀의 얼굴에 생기가 도는 것 같았다. 그녀는 급히 건널목을 건너갔다.

이윽고 B일보 앞에 도착한 그녀는 잠시 서서 머뭇거리다가 신문사에 들어가기에 앞서 길가에 세워져 있는 공중전화 부스로 다가갔다.

잠시 후 그녀는 어느 호텔로 전화를 걸어 프론트를 찾았다.

"네, 오리엔트 호텔 프론트입니다."

"방 하나 예약할 수 있을까요?"

"네, 있습니다. 어느 방을 원하시는지요?"

"방이 두 개쯤 달린 특실이면 좋겠는데요."

"특실 말입니까?"

매우 놀라는 듯한 반응에 그녀는 그렇다고 대답했다.

"네, 비어 있습니다만 요금이 좀 비쌉니다."

"얼만가요?"

"일박에 25만 원 정도 됩니다."

"네, 좋아요. 예약하겠어요."

"성함을 좀……."

"김미숙이라고 해요."

"몇 시쯤에 오시겠습니까?"

"6시까지 가겠어요. 몇 호실이죠?"

"501호실입니다."

전화를 걸고 난 그녀는 신문사로 뛰다시피 걸어갔다.

그녀가 찾아간 곳은 신문사 광고국이었다. 그녀는 광고 용지에 다음과 같은 문안을 썼다.

—아르바이트 학생 모집. 남녀 불문.

매우 간단한 일거리임. 보수 후함—

끝에는 연락처로 오리엔트 호텔 전화 번호와 예약한 방의 번호를 적어 넣었다.

"이거 내일 아침 신문에 낼 수 없을까요?"

"내일 아침 분은 모두 찼습니다."

"요금을 더 드릴 테니 내일 아침에 내 주세요."

그녀는 내일 하루를 공치고 지낼 수가 없었던 것이다.

그녀가 요금 외에 만 원 권 두 장을 사례비 조로 디밀자 젊은 광고 직원은 씩 웃었다.

신문사를 나온 그녀는 택시를 집어타고 집으로 돌아왔다.

그로부터 한 시간 후 그녀는 현찰 2백만 원을 들고 다시 밖으로 나왔다.

스타트 라인에 선 그녀는 기어코 찾아내고야 말겠다는 결의에 차 있었다. 세상의 그 누구도 그녀의 그러한 결의를 눈치 챌 리가 없었다.

여느 여자 같았으면 여자라는 사실 그 하나만으로도 감히 그런 짓을 생각지도 못했을 것이다. 아버지가 살해당하고 자신은 몸까지 망친 처지라면 십중팔구 자살해 버리든가, 아니면 절망의 늪 속에 빠져 허우적거리고 있을 것이다.

그러나 그녀는 그렇지가 않았다. 그녀는 타오르는 증오감을 가슴 가득히 안은 채 절망의 구렁텅이에서 일어선 것이다. 마치 여자가 앙심을 품으면 오뉴월 서릿발보다 더 차가운 것처럼 그녀는 그야말로 앙심을 품은 채 싸늘한 모습으로 동토를 뚫고 일어선 것이다.

무서운 일이었다. 그러나 그 무서운 일은 세상의 누구도 눈치 채지 못한 채 소리 없이 진행되고 있었다. 한 사람은 전문적인 킬러였고 다른 한 사람은 연약한 처녀였다. 그러나 승부는 아무도 점칠 수 없는 것이었다.

그녀가 오리엔트 호텔에 도착해서 특실을 예약한 김미숙이라고 하자 프론트 맨은 그녀에게 정중히 허리를 굽혔다. 그리고 믿어지지 않는다는 듯 그녀를 바라보았다.

보화는 핸드백 속에서 돈을 꺼내 사흘 치의 숙박비를 일시불로 미리 지불했다. 그것을 본 프론트 맨은 얼굴에서 의혹의 빛을 싹 지우면서 그녀에게 최대의 예의를 표했다.

그녀는 숙박 카드에 본명 대신 김미숙이라고 가명을 썼다. 주소와 주민등록 번호도 모두 가짜로 적어 넣었다.

어느새 연락을 받고 달려온 뚱뚱한 지배인이 그녀를 직접 방으로 안내했다.

방은 특실답게 호화롭게 꾸며져 있었다. 침실과 거실이 따로 구분되어 있었고 거실에는 텔레비전 · 소파 · 전축 · 냉장고 등이 잘 구비되어 있었다. 바닥에는 푹신한 코발트빛 양탄자가 깔려 있어서 감촉이 아주 부드러웠다.

그녀는 일본판 컬러 텔레비전을 보면서 밤이 깊기를 기다렸다가 15층에 있는 나이트클럽으로 올라갔다.

공황인데도 불구하고 나이트클럽은 사람들로 가득 차 있었다. 공황 바람을 타고 오히려 돈을 잘 버는 사람들이 있기 마련이고 그런 사람들 덕분에 클럽이 유지되는 것 같았다.

그녀는 눈에 띄지 않는 구석 자리에 조용히 앉아서 맥주 두 병과 미트볼(쇠고기를 잘게 다져서 먹기 좋게 동글동글하게 만든 것)을 주문했다.

무대 쪽에서는 수십 명의 남녀가 현란한 조명을 받으며 열심히 디스코 춤을 추어 대고 있었다.

그녀는 남자들만 눈으로 쫓았다. 그 사나이가 혹시 없을까 해서였다. 눈이 아플 정도로 하나하나 바라보고 있었지만 그녀가 만나고 싶은 인물은 없었다.

"한 번 추실까요?"

키가 멀대 같이 큰 남자가 와서 손을 내밀었다. 그녀는 상대를 쳐다보지도 않고 일어섰다.

그녀는 춤의 명수였다.

절망과 비탄, 분노와 증오를 송두리째 털어 버리고 싶은 듯 그녀는 미친 듯이 춤을 추었다. 자리에 앉아 있는 사람들이 황홀한 듯 그녀를 바라보고 있었지만 그녀는 그것도 모른 채 몸을 흔들어 댔다.

두 시간쯤 이렇게 흔들어 대자 온 몸이 땀으로 후줄근히 젖어 들었다. 자리에 돌아오자 사내도 따라와 앉았다. 보화는 맥주를 벌컥벌컥 들이켰다. 두 병을 모두 마시고 일어서자 머리가 핑 돌았다. 사내가 허리에 팔을 두르며 나가자고 속삭였다.

"따라오지 말아요. 내 애인이 방금 들어왔어요."

사내가 얼른 팔을 내리자 그녀는 출구 쪽으로 느릿느릿 걸어갔다.

춤을 추고 술을 마셨지만 가슴에 쌓인 한은 더욱 커지는 것 같았다.

그녀는 방으로 돌아가 옷을 아무렇게나 집어 던지고 침대 속으로 들어갔다.

그녀가 눈을 뜬 것은 다음날 아침 전화 벨 소리를 듣고서였다. 오랜만에 깊이 잠이 들었던 것 같았다.

"신문 광고 보고 전화했습니다. 아르바이트 대학생을 구하신다기에……."

"아, 네, 면담이 필요하니까 10시 10분에 이리로 좀 와 주시겠어요?"

"거기가 어디죠?"

"오리엔트 호텔 501호실이에요. 면담 시간은 정확히 지켜 주세요."

그녀는 얼른 일어나 샤워를 하고 얼굴을 다듬은 다음 옷을 입었다.

아르바이트를 구하는 대학생들의 전화는 계속 걸려 오고 있었다. 공황의 한 단면을 말해 주는 현상이라고 할 수 있었다. 그렇게 많은 전화가 걸려 오리라고는 생각지도 못했던 그녀는 대학생들에게 좀 미안한 생각이 들었다. 그래서 스무 번째의 전화를 마지막으로 전화를 받지 않았다.

그녀는 스무 명을 모두 면담한 다음 그 중 똑똑해 보이는 남녀 대학생 4명을 뽑았다.

그날 오후 3시 조금 지나 그녀는 호텔 방에서 4명의 대학생들과 마주 앉았다. 남학생과 여학생이 반반이었는데 남학생 하나와 여학생 하나는 각각 안경을 끼고 있었다. 모두가 개성이 뚜렷해 보이고 모험심이 강해 보이는 얼굴들이었다.

그들은 하나같이 호기심이 가득한 눈길로 그녀를 바라보고 있었다. 으리으리한 호텔 방에 혼자 투숙하고 있는 젊은 여인의 정체가 우선 궁금하려니와 도대체 무슨 일거리를 줄 것인가 하는 것도 호기심의 대상이 아닐 수 없었다.

목가지 올라오는 검은 셔츠와 검은 스커트, 청초한 얼굴을 감싸고 있는 풍성한 흑발, 이런 것들이 그녀의 검은 눈동자와 함께 무거우면서도 세련된 조화미를 이루고 있었다.

이윽고 그녀는 다리를 꼬꼬 앉더니 찻잔을 집어 들며 조용히 입을 열었다.

"먼저 여러분이 지켜 주어야 할 조건이 있어요. 첫째, 저에 대해서 알려고 하지 마세요. 아무 것도 말이에요. 둘째, 지시받은 일만 해 주세요. 그 밖에 쓸데없는 짓을 한다거나 호기심을 가지고 이것저것 캐 보려고 하지 마세요. 셋째, 비밀을 지켜 주세요. 지금부터 해야 할 일에 대해서 다른 누구한테도 말해서는 안 돼요."

조용하면서도 엄한 분위기를 느끼게 하는 말이었다.

"알겠습니다."

대학생들은 조심스럽게 고개를 끄덕였다.

"일은 간단한 거예요. 오래 걸리지도 않을 거예요. 어떤 사람에 관한 것을 알아보는 거예요."

그녀는 찻잔을 내려놓고 그들에게 몽타주 두 장씩을 나누어 주었다.

"동일 인물이에요. 한 장은 안경을 끼지 않았을 때의 모습, 다른 한 장은 안경을 끼었을 때의 모습이에요."

"이 사람, 뭐 하는 사람입니까?"

안경을 낀 남학생이 질문을 던져 왔다. 보화는 그 학생을 쏘아 보았다.

"시키는 것 외에는 알려고 하지 말라고 했지 않아요?"

그는 얼굴을 붉히며 입을 다물었다.

"이 몽타주를 가지고 부산 시내에 산재한 모든 호텔을 뒤져 주세요. 이런 사람이 투숙한 적이 있는가 없는가 하는 걸 알아내는 거예요. 호텔 종업원들에게 접근해서 요령껏 물어 보면 대답해 줄 거예요. 일류 호텔에서부터 시작해서 삼류 호텔까지 모두 뒤져 주세요. 뿐만 아니라 공항 · 역 · 부관 페리 호가 드나드는 부두에도 가 보세요."

"그러니까 간단히 말해서 이 사람의 발자국을 찾아내라 이 말씀이군요?"

머리를 짧게 깎은 남학생이 물었다.

"네, 바로 그거예요. 조사 방법은 여러분들한테 일임하겠어요. 학생 이름이 뭐죠?"

"민대식(閔大植)입니다."

"학생이 캡틴이 돼서 지휘해 줘요. 필요한 비용은 충분히 드리겠어요. 그 대신 목적 이외의 일에 돈을 써서는 안 돼요. 여러분들을 믿고 하는 일이니까 여러분들도 명예를 걸고 임해 주세요. 우선 비용으로 50만 원을 드릴 테니 캡틴이 관리해서 쓰도록 하고 명세서를 작성해 주세요. 보수는 일당으로 5만 원씩 드리겠어요. 만일 찾아낼 경우에는 일당 외에 20만 원씩 드리겠어요. 이의 있으면 말씀해 주세요."

학생들의 얼굴에 긴장이 흘렀다. 이상한 일거리인데다가 보수가 아주 후했기 때문에 갑자기 벙어리가 된 듯한 모습들이었다. 아무래도 믿을 수 없다는 듯 안경 낀 여학생이

"만일 찾지 못하면 어떡하지요?"

하고 물었다.

"상관하지 않아요. 거기에 상관하지 않고 보수는 모두 드리겠어요."

비로소 그들의 얼굴에 기쁨의 빛이 나타나기 시작했다. 그것은 확실히 그들의 호기심을 자극하기에 충분한 색다른 아르바이트였던 것이다.

"매일 저녁 8시에 여기에 도착해서 종합적인 보고를 해 주세요. 그리고 평가를 내리고 미진한 것들을 검토하도록 해요. 그리고 문제가 발생하거나 연락할 일이 있으면 즉시 이곳으로 전화를 해 주세요. 저는 항상 여기에 대기하고 있을 거니까요. 다시 강조하는데…… 절대 비밀을 지켜주세요. 그리고 은밀하고 신속하게 일을 진행시키세요. 이것은 여러분들의 안전을 위해서 말씀드리는 거예요."

"위험한 일인가 보지요?"

유난히 앳돼 보이는 여학생이 눈을 동그랗게 뜨고 물었다. 보화는 거기에 대해 아무 반응도 보이지 않았다.

학생들은 마치 결전을 앞둔 병사들처럼 결의에 찬 표정으로 밖으로 몰려 나갔다.

보화는 한동안 어수선한 기분을 느끼면서 그대로 자리에 앉

아 있었다. 이제부터 지루한 기다림이 시작되려 하고 있었다. 그것을 찾아내지 못하면 그 사내를 찾아내는 일은 수포로 돌아갈 것이다. 이를 악물고 기다려야 한다. 학생들은 기대 이상으로 잘 해낼 것이다.

한편 호텔을 나온 남녀 대학생 네 명은 일단 조용한 경양식집으로 들어가서 따로 모임을 가졌다.

그들은 모두 처음 만나는 사이였지만 일단 통성명을 하고 나자 허물없이 털어놓기 시작했다.

"난 뭐가 뭔지 모르겠어. 마치 도깨비에 홀린 것 같아."

김상호(金相浩)라고 하는 안경 낀 남학생이 입을 열자 모두가 웃어젖혔다.

"정말 그래요. 이상한 여자예요. 일의 내용도 말하지 않고 무조건 시키는 것만 하라니 우리를 마치 무슨 하인 취급하는 것 같았어요."

역시 안경 낀 여학생이 날카롭게 쏘아붙였다. 그녀의 이름은 안미영(安美瑛)이라고 했다.

"하지만 굉장한 미인이던데요. 돈도 많은가 봐요."

권일주(權一珠)라고 하는 앳된 여학생이 십자가 목걸이를 만지작거리며 말했다.

캡틴 민대식은 묵묵히 담배만 태우고 있었다. 그는 서울에 있는 S대 수학과 3학년 학생이었고 수영 선수이기도 했다.

그들은 정체 불명의 여인이 제시한 카드를 놓고 생각나는 대로 지껄여 댔다. 제일 큰 쟁점은 혹시 이상한 사건에 말려들어 신세 망치지나 않을까 하는 것이었다.

그들은 강한 호기심을 느끼는 한편으로 불안감을 느끼고 있었던 것이다. 그때 캡틴이 칼로 자르듯이 나섰다.

"일단 그 여자 앞에서 하겠다고 했으면 일을 하는 거야. 우리는 약속대로 맡은 일을 해내고 보수만 받으면 돼. 다른 건 상관할 필요 없어."

그 말은 옳은 말이었다. 아무도 거기에 이의를 제기하는 사람이 없었다.

"그럼 지금부터 계획을 세우겠어. 먼저 부산 시내에 있는 호텔 명단부터 작성해야 해. 그 다음 2개조로 나누어 그 호텔들을 훑기로 해."

그들은 즉시 일에 착수했다.

먼저 전화번호부를 갖다 놓고 호텔 명단부터 작성했다. 그 다음에는 두 조로 나누었는데 캡틴과 권일주가 한 조가 되고 안경 낀 남녀 한 쌍이 다른 조를 이루었다.

캡틴은 비용을 반분해서 나누어 가졌다. 출발에 앞서 그는 다음과 같은 말을 잊지 않았다.

"지금부터 우리를 고용한 그 여자를 퀸이라고 부르기로 해. 퀸이 전적으로 우리를 신뢰하고 부탁한 이상 우리도 성의를 보여야 하리라고 생각해. 반드시 찾아내야 해!"

네 사람은 굳게 악수하고 출발했다.

기다린다는 것처럼 고역스러운 일이 없었다. 그것은 피를 말리는 일이었다.

그러나 보화는 호텔 방에 칩거한 채 반가운 소식이 오기를 기다리고 있었다.

첫째 날은 아무 소식 없이 지나갔다.

학생들은 저녁 8시에 모두 모여 미비점을 검토하고 대비책을 세웠다. 보화는 잠자코 그들의 회의를 경청하면서 캡틴을 주목했다. 그들이 저녁 식사를 끝내고 돌아간 것은 10시경이었다.

둘째 날에도 소식은 없었다.

학생들은 지친 모습으로 돌아와 보화의 눈치를 살피며 회의에 임했다.

보화는 그들을 독촉하지 않았다. 그럴 일이 아니었기 때문이다. 그녀는 자신이 포기할 때까지 계속 기다릴 생각이었다.

셋째 날도 기다림의 연속이었다. 그녀는 집에 가서 2백만 원을 더 가져왔다.

넷째 날은 기다리다 지쳐 미칠 것 같았다.

다섯째 날은 아침부터 술을 마셨다. 그리고 침대 속에 들어가 아예 잠들어 버렸는데 2시경에 걸려 온 전화 벨 소리가 그녀의 뇌리를 흔들어 놓았다. 캡틴으로부터 걸려 온 전화였다.

"찾았습니다."

캡틴 민대식의 목소리가 하도 커서 그녀는 귀가 멍멍할 지경이었다.

"지금 C호텔에 있습니다. 프론트 맨이 본 적이 있다고 하는데 자세한 말을 하지 않으려고 합니다."

"커피숍에서 기다려요! 지금 갈 테니!"

그녀는 갑자기 몸이 허공으로 붕 뜬 것 같은 기분이었다. 밖으로 나온 그녀는 콜택시를 타고 해운대로 달려갔다.

호텔은 지은 지 얼마 안 된 전망이 좋은 해운대 바닷가에 자리 잡고 있는 고급 호텔이었다. 캡틴과 여대생은 흥분한 모습으로 그녀를 기다리고 있었다.

보화는 우선 8층에 방을 하나 정하면서 '미스터 박'이라는 명찰을 달고 있는 프론트 맨을 눈여겨보아 두었다. 그는 눈이 가늘고 하관이 길게 빠진 30대의 사내였다.

혼자 방에 들어간 그녀는 프론트로 전화를 걸어 미스터 박을 찾았다.

방에서 개인적으로 좀 만나자는 손님의 말에 그는 신경질적인 반응을 보였지만 결국 근무가 끝나는 한 시간 후로 약속 시간을 정했다.

한 시간 후에 프론트 맨이 조심스럽게 방문을 노크하고 들어왔다.

"혼자 계시는군요?"

"네, 앉으세요."

그들은 탁자를 사이에 두고 마주 앉았다.

보화는 다짜고짜 두 장의 몽타주를 꺼내 놓았다.

"다름이 아니라 바로 이 사람에 대해서 좀 자세히 알아보려고 그럽니다."

비로소 프론트 맨의 얼굴에 경계의 빛이 나타났다.

"그러지 않아도 아까 어떤 청년이 이와 똑같은 그림을 보이면서 묻던데…… 도대체 무슨 일입니까?"

"그건 말씀드릴 수 없어요."

"그럼 저도 말하기 곤란한데요. 함부로 입을 잘못 놀리다가 혹시 해라도 입으면 곤란하지 않습니까?"

"이 사람을 보긴 보셨나요?"

"이제 와서 부인해도 믿지 않으시겠죠."

"아는 대로 모두 말씀해 주시면 사례하겠어요. 위험 같은 것은 절대 없어요."

"아가씨는 뭐 하시는 분입니까?"

조그만 눈이 반짝거린다. 보화는 대답 대신 핸드백에서 만 원짜리 새 지폐 열 장을 꺼내 탁자 위에다 놓았다.

"십만 원이에요."

사내의 얼굴이 굳어졌다. 그는 천천히 손을 뻗어 십만 원을 집어 들더니 그것을 반으로 접어 호주머니 속에 밀어 넣었다. 그 움직임이 매우 자연스러워 보였다.

"그 사람에 대해서 알고 싶은 게 뭡니까?"

"모든 걸 다 알고 싶어요. 사실은 이름도 몰라요."

"자세한 것은 그때의 숙박 카드를 찾아봐야 하니까 잠깐만 기다리십시오. 찾아 가지고 오겠습니다."

프론트 맨이 카드를 들고 다시 방에 나타난 것은 한 시간쯤 지나서였다.

"따로 체크해 둔 것이 아니어서 찾느라고 애를 먹었습니다.

못 찾을 줄 알았는데 다행히 그 사람 이름이 떠올라서 찾을 수가 있었습니다. 우선 이걸 보시도록 하죠."

보화는 숙박 카드를 집어 들고 거기에 적힌 인적 사항을 뚫어지게 바라보았다. 성명 란에 '김창호'라고 적혀 있었는데 아주 달필이었다. 주민 등록 번호와 주소도 쓰여 있었는데 주소지는 서울이었다. 투숙 날짜는 1월 12일 토요일이었다. 카드를 들고 있는 그녀의 손이 바들바들 떨렸다. 1월 12일이면 그녀가 바로 범인에게 강간당한 날짜와 일치했다. 이로써 그 자가 C호텔에 투숙했었다는 것이 구체적인 사실로 드러난 것이다.

그녀는 수첩을 꺼내 범인의 인적 사항을 모두 적었다. 손이 떨려 그것을 적는 데도 한참이나 걸렸다.

"이 사람은 그 날 몇 시쯤에 투숙했나요?"

"아마 오후 서너 시쯤 되었을 겁니다. 매우 얌전하게 생긴 사람이었습니다. 그리고 안경을 끼고 있었습니다. 제가 이 사람을 기억하고 있는 것은 이 사람이 열차표를 부탁했기 때문이었습니다. 팁을 후하게 주면서 11시 30분에 출발하는 서울행 특급 열차의 침대칸을 구해달라고 부탁하더군요. 아마 그날 서울서 내려오는 길로 바로 이 호텔에 투숙했던 것 같아요."

"그런 다음에 무슨 일을 했나요?"

"아시다시피 저는 프론트에 매달려 있어서 자세한 것은 모릅니다. 날이 저물어서 열쇠를 맡기고 나간 것은 생각납니다. 그리고 밤늦게 돌아와서 차표를 받아 가지고는 떠났습니다. 그게 전부였습니다."

“옷차림은요?”

“회색 바바리코트에 밤색 007가방을 들고 있었습니다.”

프론트 맨이 나가고 난 뒤 보화는 한동안 넋이 빠진 채 소파에 멍하니 앉아 있었다. 범인은 서울에 있다! 하나의 분명한 사실이 광풍처럼 그녀를 몰아치고 있었다.

죽음의 키스

노처녀 하민자는 6시 10분 전에 다방을 나왔다.

겨울이 가는 끝이라 해는 졌지만 아직 어둠은 내리지 않고 있었다. 주위를 두리번거리며 걷던 그녀는 적당한 장소를 물색하고 차도를 급히 건너갔다.

그 일대는 빌딩이 숲을 이루고 있는 곳이었다.

차도를 따라 걷던 그녀는 이윽고 좁은 골목으로 들어가 몸을 가렸다. 이제부터 기다릴 셈이었다. 그녀는 모든 것을 각오하고 있었다. 비겁한 남자는 본때를 보여 줘야 한다. 아니 그런 일이 제발 일어나지 말았으면 좋겠다. 그가 다시 나를 안아 주면서 사랑한다고 한 마디만 말해 주면 얼마나 좋을까?

그녀는 맞은편 15층 빌딩을 호소하듯 바라보았다. 그 빌딩 10층에 도쿄 종합상사 서울 지점이 있었다. 그것을 알아내는 데는 별로 어려움이 없었다.

그녀는 코트 주머니 속으로 하복부를 가만히 눌러 보았다. 아직 손에 느낄 정도로 배가 부르지는 않다. 매달 한 번씩 정기적으로 나오는 멘스가 끊어진 지 오래여서 혹시나 하고 병원에 가서 진찰을 받아 보았더니 임신 3개월이라는 진단이었다. 그 사실이 그녀에게 하나의 결단을 강요한 것이다. 그녀는 임신했다는 사실을 무기로 사용하기로 결심했고 그래서 마침내 그녀 나름대로 계획을 세우고 그것을 실천에 옮긴 것이다.

주일우와 설악산에 다녀온 이후 그녀는 두 번 다시 그를 만날 수가 없었다. 전화를 걸면 그는 바쁘다는 이유로 만나는 것을 부드럽게 거절하곤 했다. 그 부드러움이 얼마나 차가운 것인가를 그녀는 뒤늦게야 깨달았다. 그와 사랑의 결실을 맺고야 말겠다고 결심했던 그녀는 배신감에 몸을 떨었다. 설상가상으로 임신까지 하자 배신감은 뼛속까지 스며들었다. 이대로 절대 물러설 수 없다. 감히 나를 농락하고 헌 신짝처럼 차 버리다니! 남자로부터 그렇게 취급당해 보기는 난생 처음이었다. 그녀는 이를 갈았다. 밤이면 남모르게 뜨거운 눈물을 흘렸다. 같이 화합해서 섹스를 즐긴 것이었는데 그녀는 어느새 강한 피해 의식에 사로잡히고 만 것이다.

막상 자신이 버림받았다고 생각하니 주일우라는 사내가 안개 속의 사나이처럼 느껴졌다. 몸을 섞었을 때는 그의 모든 것을 차지했고 그를 완전무결하게 알았다고 생각했었다. 그러나 그게 아니었다. 지금 와서 생각하니 그에 대해 알고 있는 것이란 고작해서 이름과 직장 정도뿐이었다. 그 밖에는 그녀가 아는 것이 하나도 없었다. 놀랍게도 그 남자는 안개 속에 고스란히 가려져 있었던 것이다.

그녀는 마침내 그에 대해 알아볼 수 있는 한 자세히 알아보기로 작정하고 도쿄 상사 서울 지점에 근무하는 타이피스트에게 접근하여 계획적으로 사귀었다. 그리고 그녀를 통해 주일우의 인적 사항을 알아내는 데 성공했다. 그렇게 하는 데 걸린 시간이 꼭 열흘이었다.

그런데 이상한 사실이 발견되었다. 인적 사항대로 주소를 찾아갔더니 주일우라는 사람은 행방불명이라는 대답이었다. 그 부인되는 여인이 흐느끼면서 꼬치꼬치 캐묻는 바람에 그녀는 도망치다시피 나오고 말았지만 아무래도 꺼림칙한 기분을 털어 버릴 수가 없었다. 그래서 그녀는 동사무소를 찾아가 동사무소 직원을 구워삶아 주민등록철을 열람해 보았다.

처음 그녀는 자기 눈을 믿지 않았다. 그래서 눈을 비비고 다시 그것을 들여다보았다. 그러나 전과 다름이 없었다. 놀랍게도 거기에는 다른 사람의 사진이 붙어 있었던 것이다. 이름은 틀림없는 주일우인데 사진이 달랐다. 세상에 이럴 수가 있을까?

소스라치게 놀란 그녀는 뛰는 가슴을 가라앉히고 직원에게 가서 낮은 소리로 물어 보았다.

"저기 주민 등록표에 붙어 있는 사진이 바뀔 수도 있나요?"

"뭐라고요?"

동사무소 직원은 놀란 토끼 눈을 하고 그녀를 쳐다보았다.

"절대 그럴 수 없습니다.. 그런 게 있나요?"

"아, 아니에요. 잘못 봤나 봐요."

서둘러 동사무소를 나오긴 했지만 의혹은 더욱 짙어 가기만 했다. 그 사진은 실종된 사람의 것이 분명했다. 그렇다면 도쿄 상사의 주일우는 가짜란 말인가? 그는 실종된 사람의 이름과 주소를 도용하고 있는 게 아닐까? 설마…….

더 이상의 조사는 불가능했다. 그는 완전히 안개 속에 가려져 있었다. 마침내 그녀는 마지막 수단을 동원했다. 그를 집에까지 미행해 볼 생각이었던 것이다.

6시 30분이 막 지났을 때, 마침내 주일우의 모습이 정문 밖으로 나타났다. 바바리코트 차림에 007가방을 들고 있었다. 산뜻한 모습이었다. 민자도 골목 밖으로 나왔다. 눈에 띄지 않게 미행하기 시작했다.

그는 뒤돌아보거나 옆을 기웃거리지도 않고 일정한 걸음걸이로 곧장 걸어가고 있었다. 뒤에서 자세히 보니 걸음걸이가 단정해 보였고 여느 샐러리맨들과 하나 다를 바 없었다. 내가 너무 의심하고 있나 봐. 그렇지만 하여간 의심을 풀어야 해. 그리고 그를 다시 내 품으로 끌어들여야 해. 임신했다는 걸 알면 달라지겠지. 주일우 앞으로 뛰어들고 싶은 것을 겨우 눌러 참으며 그녀는 조심스럽게 미행을 계속했다.

주일우는 곧장 걸어가고 있는 것으로 보아 누구를 만나러 가는 것 같았다.

누구를 만나러 갈까? 아마 여자일지도 몰라. 그 생각에 그녀는 얼굴이 싸늘하게 식었다.

그러나 그녀의 생각은 빗나갔다. 그는 어이없게도 D극장 속으로 들어가 버리는 게 아닌가. 야단났다고 생각한 그녀는 주춤거리다가 매표구로 달려가 표를 한 장 샀다.

그것은 미국 판 스파이 영화였다. 안으로 들어가자 영화가 막 시작되고 있었다. 좌석 번호가 그와 가까운 곳이었으므로 쉽게 그의 모습을 발견할 수 있었다. 그러나 비스듬히 떨어진 뒤쪽 빈 자리에 앉았다.

화면을 바라보았지만 스토리 전개에는 관심이 가지 않았다. 자꾸 그가 앉아 있는 쪽으로 시선이 갔다.

영화는 두 시간이나 걸려 끝났다. 그를 놓치지 않으려고 인파 속을 뚫고 앞으로 나갔다.

10분쯤 걷던 그는 주차장에서 차를 끌어냈다. 그녀는 당황했다. 마침 콜택시가 굴러왔다. 그것을 집어타고 크림색 포니를 가리켰다.

"놓쳐서는 안 돼요!"

나이 든 운전사가 웃으며 고개를 끄덕였다.

그가 차를 내린 곳은 변두리에 자리 잡은 아파트 단지였다. 그는 어느 동 앞에 차를 주차시킨 다음 아파트 안으로 모습을 감추었다.

따라 들어가다가는 발각될 것 같아 머뭇거리고 있는데 그가 사라진 쪽 5층의 창문에 불이 들어오는 것이 보였다. 바로 저기다! 머뭇거려 봐야 소용없는 짓이다. 아파트 계단을 급히 걸어 올라가 5층 508호 출입문 앞에 섰다.

이 아파트에서 그 사람 혼자 살고 있단 말인가? 그는 정말 혼자 몸일까? 만일 안에서 그 사람의 부인이 나온다면 나는 어떻게 해야 할까?

엉뚱한 생각 때문에 그녀는 얼른 부저를 누를 수가 없었다. 그렇다고 물러서기도 싫었다.

생각이 채 정리되기도 전에 손이 먼저 올라가 부저를 힘껏 눌렀다. 부저 소리에 자신이 먼저 놀라 뒤로 물러섰다.

조금 후 문이 열리고 그의 모습이 나타났다. 검은 티셔츠 바람이었는데 별로 놀라지도 않은 채 생소한 표정으로 이쪽을 바라보고 있었다. 낯선 표정에 그녀는 웃음을 짓다가 말았다.

"어? 웬일이야? 이런 곳엘 다 오고……."

비로소 그의 얼굴에 부드러운 빛이 나타나고 있었다.

"놀라셨죠. 못 올 데를 왔나 보죠?"

"무슨 소릴……."

그는 부드럽게 미소 지으면서 그녀를 실내로 안내했다. 놀라는 빛이 전혀 없고 침착한 것이 오히려 그녀를 당황하게 만들어 주고 있었다.

그녀는 소파에 앉아 주위를 둘러보았다. 정말 남자 혼자 사는 곳답게 아무 장식도 없이 썰렁해 보였다.

"아무도 안 계시나 보죠?"

"혼자 살고 있는 걸 알지 않아."

갑자기 침묵이 밀려왔다. 몹시 거북한 분위기였다. 그녀는 차츰 숨이 가빠지기 시작했다. 더 참지 못하고 마침내

"저 임신했어요!"

하고 말해 버렸다.

그리고 똑바로 주시했지만 남자는 그녀의 말을 듣고도 별로 놀라거나 동요하는 빛이 아니었다. 시선을 피한 채 말없이 담배만 피운다. 그것을 보자 그녀는 눈물이 핑 돌았다. 입술을 깨물며 질문을 던져 본다.

"어떡하죠?"

그가 무표정한 얼굴로 바라본다. 담배를 끄고 나서 두 손을 깍지 낀다.

"병원에 가야지. 비용은 내가 주겠어."

"싫어요!"

그녀는 눈물이 쏟아지기 시작했다.

"심각하게 생각하지 마. 얼마든지 있을 수 있는 일 아니야?"

"전 아니에요! 전 낳겠어요! 낳을 거예요!"

"그래서?"

"결혼하고 싶어요! 우리 결혼해요!"

여전히 그는 표정이 없다. 그녀는 필사적이었다.

"제가 싫으세요? 말씀해 주세요! 제가 싫으세요?"

"이러지 마. 조용히 해."

"사랑해요! 정말 사랑해요! 절 사랑한다고 하지 않았어요?"

그가 천천히 몸을 일으켰다. 방으로 들어가더니 잠시 후에 만 원짜리 돈다발을 하나 들고 나온다.

"백만 원이야 병원에 가봐."

"싫어요!"

그녀는 돈다발을 휙 집어던졌다. 빳빳한 새 지폐가 전단처럼 사방으로 흩어졌다.

"왜 이래? 난 결혼할 수 없어."

"절 사랑하지 않으세요?"

"사랑하지 않아."

표정 하나 없이 어떻게 저렇게 조용히 말할 수 있을까?

"악마! 사기꾼!"

그녀는 핸드백을 들고 일어섰다. 가슴이 격렬하게 뛰고 있었다. 그도 따라 일어섰다.

"미안해. 여긴 어떻게 알았지?"

"미행했어요!"

그녀는 드디어 무기를 꺼낼 준비를 했다.

"이젠 여기 오지 마."

"다시 올 거예요! 매일 찾아와서 괴롭힐 거예요. 사기꾼 같은 인간!"

"그만하고 돌아가."

"흥, 여자가 울고불고 매달리니까 자기가 대단한 남자나 되는 것 같지요! 흥, 다 알아요! 안다구요! 내가 입을 열면 어떻게 되는 줄 알아요?"

"별 소릴 다 하는군."

"주일우! 흥, 그건 가짜 이름이죠, 본명이 뭐죠? 왜 실종된 사람의 이름을 도용하고 있죠? 다 조사해 봤어요! 동회에 가서 주민등록표를 대조해 봤다구요!"

무표정하던 얼굴이 차갑게 변한다. 이어서 석고처럼 굳어지면서 두 눈이 초점을 잃고 흐려진다. 눈동자가 꼭 인형 같다. 처음 보는, 소름 끼치는 얼굴이었다. 그러나 그것은 잠깐이었고, 이내 부드러운 빛으로 변했다.

"뭔가 오해하는 것 같은데…… 설명하자면 길어."

"웃기지 말아요!"

"웃기는 게 아니야."

"그럼 뭐예요?"

"내가 그 사람 이름을 도용한 게 아니고 그 사람이 내 이름을 도용한 거야. 정말이야. 정 의심스럽다면 내일 증명해 보이겠어. 날 의심하다니 정말 섭섭해."

그가 슬픈 빛을 띠는 바람에 민자는 주춤했다. 기회를 놓치지 않고 그의 말이 흘러나왔다.

"자세한 건 내일 점심 때 만나서 이야기해. 가게로 내가 가지. 사실 그동안 나도 몹시 괴로웠어. 말은 하지 않았지만 정말 고통스러웠어. 내가 지금 무슨 말을 하고 있는지 모를 거야."

"모르겠어요…… 무슨 뜻인지 말해 줘요!"

"기분 나쁘게 생각하지 마."

그는 창가로 다가가 밖을 바라보면서 말했다.

"난…… 너무 욕심인 줄 알지만, 남자 경험이 없는 여자와 결혼하고 싶었어. 그런데 민자는 그게 아니었어."

갑자기 약점이 찔린 그녀는 증오감이 눈 녹듯이 사라지고 다리에서 힘이 빠졌다.

"난 사실 민자 같은 여자와 결혼하고 싶었다. 그렇지만 그 점이 자꾸 마음에 걸려서 괴로워한 거야. 미안해. 내가 너무 욕심을 부려서……."

그녀는 마침내 두 손으로 얼굴을 가리면서 흐느껴 울기 시작했다.

"용서해 주세요! 한때 잘못이었어요! 용서해 주세요! 전……당신의 좋은 아내가 될 수 있어요. 서로 사랑한다면 그게 무슨 문제예요!"

기다렸다는 듯이 그가 다가와 그녀를 껴안았다. 여자는 그의 품에 와락 안기며 더욱 서럽게 울기 시작했다.

"울지 마. 진정해. 결혼 문제는 다시 생각하기로 하고 집에 돌아가. 자, 내가 바래다주지."

희망을 암시하는 바람에 그녀는 그가 시키는 대로 순순히 따랐다.

그는 밤색 가죽 점퍼를 위에 걸치고 여자와 함께 밖으로 나왔다.

"혼자 왔나 보지?"

무심코 지나는 투로 그가 묻는다.

"네, 혼자 왔어요."

두 사람을 태운 크림색 포니는 조용히 아파트 단지를 미끄러지듯 빠져 나갔다.

그들의 움직임을 지켜보는 사람은 아무도 없었다. 다만 수은등 아래서 한 취객이 비틀거리며 오줌을 갈기고 있을 뿐이었다.

그는 능숙하게 차를 몰아갔다. 부드러운 음악을 틀어 놓음으로써 여자가 안심하게끔 분위기를 달콤하게 만들어 놓았다. 민자는 함정이 도사리고 있는 줄도 모른 채 그 분위기에 차츰 빠져 들어갔다. 쿠션에 상체를 기대며 나직하게 묻는다.

"아까 화 나셨죠?"

"아, 아니. 내가 잘못한 걸 뭐."

그녀의 가슴 밑바닥에 깔려 있던 슬픔 따위는 이제 눈 녹듯이 사라져 버리고 없었다.

"그동안 나를 의심했겠군? 가짜 주일우라고 말이야?"

"죄송해요."

"그래서 경찰에 고발하려고 했나?"

"아, 아니에요."

"남들이 알면 괜히 나를 오해하게 될지도 몰라. 사실은 그렇지 않은데 말이야."

"아무도 몰라요. 아무한테도 말하지 않았어요."

그는 부드럽게 웃으며 핸들을 좌측으로 꺾었다. 차는 갑자기 밑으로 고개를 숙였다.

"어디 가시는 거죠?"

"아직 시간이 있으니까 좀 있다 가지. 소변을 봐야겠어."

밖으로 나간 그는 어둠 속에서 오줌을 누었다.

차 속에서 그것을 바라보는 민자의 얼굴에 웃음이 흘렀다. 몹시 마려웠었나 보지. 남자들은 참 편하겠어.

여자들은 엉덩이를 까고 앉아 누어야 하는데…… 그러고 보니까 나도 오줌 누고 싶네. 어떡하지. 아이, 저이가 볼 텐데 여기서 그럴 수야 없지. 집에 갈 때까지 참아야겠어.

어둠 저쪽은 한강이었다. 그들은 모래밭 위에 있었다.

그가 소변을 마치자 다시 차 속으로 들어왔다.

"강변이라 꽤 추운데. 참, 그 주소는 어떻게 알았어?"

"궁금하세요?"

"음, 재주가 좋아서 하는 말이야."

"저기……"

그녀는 망설여졌다. 그가 자꾸 캐묻는 것이 아무래도 좀 꺼림칙해졌다. 괜찮겠지 하고 생각하면서 말해 버렸다.

"타이피스트 미스 정이 알아줬어요."

"우리 회사 미스 정 말인가?"

"네. 미스 정한테 뭐라 그러지 마세요."

"아, 그럼, 미스 정하고는 친군가?"

"친구라고 할 수 없어요. 얼마 전에 사귀었어요. 선생님에 대해 알려구요."

"대단한 실력이군."

"그만큼 사랑했기 때문에 그런 거예요."

그의 팔이 여자의 어깨 위로 올라갔다. 왼손으로는 얼굴을 쓰다듬으면서.

"사랑해."

하고 말했다.

두 개의 입술이 포개졌다. 여자의 목을 끌어안으면서 그는 차갑고 긴 죽음의 키스를 했다.

이윽고 입술을 떼는 것과 함께 갑자기 여자의 목을 팔로 휘어 감았다.

"아악!"

민자는 발버둥치면서 비명을 질렀지만 목이 감겨 숨도 쉴 수가 없었다.

그는 오른팔로 목을 조이면서 왼쪽 팔꿈치로 그녀의 뒤통수를 힘껏 밀어젖혔다. 여자는 새처럼 퍼덕거렸다. 발악적으로 저항했지만 헛수고였다. 점점 몸에서 힘이 빠지더니 마침내 축 늘어져 버린다. 그는 여자의 늑골을 두 번 강하게 올려친 다음 시체를 밖으로 끌어내 웅덩이 속에 집어던졌다. 첨벙하는 소리에 이어 다시 깊은 적막이 찾아왔다.

조 문기 형사는 의사가 가리키는 X레이 필름을 바라보았다.

"아직 뭐라고 단정할 수는 없지만…… 위벽에 이상이 일어나고 있는 것만은 틀림없습니다. 진찰은 처음입니까?"

"아닙니다. 부산에 있을 때 진찰을 받았는데 위궤양이라고 진단이 나왔습니다."

초로의 의사는 고개를 저었다.

"그때가 언제였습니까?"

"한 일 년 됐습니다."

"일 년 전이라면 그럴 만도 하겠습니다. 그렇지만 위궤양이 아닙니다."

"그럼 뭡니까?"

앙상한 얼굴에 눈만 크게 남아 있다. 의사는 안경을 밀어 올리면서 그의 시선을 피했다.

"좀 더 두고 봐야 정확한 진단이 나오겠습니다. 혈액과 소변검사도 받아 보도록 하십시오."

"위궤양이 아니면 뭡니까? 놀랄 것도 없으니까 상관하지 마시고 말씀해 주십시오."

"지금은 자신 있게 말씀드릴 수 없습니다. 가족은 몇이나 되는가요?

"저 혼잡니다."

"내일 모레 오후에 다시 와 주십시오."

더 묻고 싶었지만 의사가 피하는 눈치였으므로 그는 밖으로 나왔다. 혈액과 소변검사를 받기 위해 복도를 걸어가는데 안주머니에 넣어 둔 무전기로부터 삑삑하고 호출 신호가 들려왔다. 즉시 리시버를 귀에 꽂았다.

"5호! 응답하라!"

"5호다."

"살인 사건 발생! 직행하라!"

"위치는?"

"제3 한강교 북쪽 5백 미터 지점!"

그는 검사를 포기하고 급히 병원을 나왔다.

오후 2시 가까운 시간이었다.

택시를 집어타자 위에 다시 격렬한 통증이 왔다. 무서운 고통이었다. 가끔씩 그런 통증이 엄습하는 바람에 그때마다 식은땀을 흘려야 했다.

겨우 고통이 사라졌을 때 택시는 제3 한강교로 들어서고 있었다. 다리 중간쯤에서 택시를 내려 북쪽 난간에 다가서 보았다.

멀리 모래밭 위에 사람들이 몰려 서 있는 것이 보였다. 경찰 패트롤카도 두 대나 와 있었다.

그는 다리 위에 서서 잠시 얼굴을 찡그린 채 담배를 한 대 피웠다. 피살체를 보려면 언제나 마음의 준비를 해 두지 않으면 안 된다. 여느 형사들은 스스럼없이 시체를 대하지만 그는 그렇지가 않았다. 그 역시 직업이 그런 만큼 시체를 많이 대하는 편이지만, 시체를 볼 때마다 거기서 받는 충격이 모두 달랐다. 언제나 새로운 충격을 받았고, 전율에 몸을 떨어야 했다.

왜 끊임없이 살인 사건이 일어나야 하는가? 격증하는 살인 사건을 전담하기 위해 경찰에 살인과가 설치된 것은 최근의 일이었다. 인간 사회에 그런 기구가 설치되는 것 자체가 수치스러운 일이었다. 그러나 하는 수 없었다. 살인 사건이 끊임없이 일어나고 있으니 말이다.

또 누가 죽었을까? 그는 다리 밑으로 내려가면서 두 대째의 담배에 불을 붙였다.

현장에는 이미 본서의 살인과 형사들이 도착하여 손을 쓰고 있었다.

그는 사람들을 헤치고 시체를 내려다보았다.

피살체는 여자였다. 모래 웅덩이 속에 거꾸로 처박혀 있었는데 물이 많지 않아 전신이 그대로 드러나 있었다.

거꾸로 처박힌 바람에 치마가 뒤집혀 있었고, 그래서 하체가 적나라하게 드러나 있었다.

"목뼈가 부러져 있습니다. 아마 목을 조인 모양입니다. 그리고 늑골도 부러져 있습니다."

시체를 잘 다루는 형사 하나가 살인과 반장에게 보고하는 소리가 들려왔다.

"신분증은?"

"없습니다. 신원을 증명할 만한 것이 없습니다."

어느새 신문과 방송 기자들이 몰려와 카메라 플래시를 터뜨리고 있었다.

"사망 시간은?"

"어젯밤 11시 전후한 시간인 것 같습니다."

시체는 곧 들것에 실려 앰뷸런스 속으로 들어갔다.

"차에 태워 여기까지 유인한 다음 죽인 것 같습니다."

"자동차 바퀴 자국이 어지럽게 나 있었습니다."

"차종을 알아봐. 조 형사는 좀 따라가 봐."

조 형사는 막 출발하려는 앰뷸런스에 뛰어올랐다. 운전석 쪽에는 자리가 없었기 때문에 하는 수 없이 시체가 있는 뒤쪽에 타야 했다.

차가 흔들릴 때마다 비닐 시트에 덮인 시체도 흔들리고 있었다. 그것이 마치 살아 있는 것 같은 느낌을 던져 주고 있었다. 역한 냄새도 풍겨 오고 있었다.

들것 밖으로 손이 늘어뜨려져 있었는데 그 손만은 깨끗했다. 무명지에 끼여 있는 반지가 자꾸만 그의 눈을 자극했다. 손을 잡아 보았다. 차가운 감촉이 느껴질 뿐이었다. 반지를 잡아 뽑았다. 의외로 쉽게 빠졌다. 금반지였는데 학교 졸업 반지인 듯했다. 반지 윗부분에 학교를 상징하는 꽃무늬가 있었다. 안쪽을 자세히 살펴보았다. '1974 · 영문과' 라는 글자가 희미하게 보였다.

반지를 손가락에 도로 끼워 놓은 다음 수첩에다 메모했다. 피살자의 신원이 의외로 쉽게 밝혀질 것 같았다.

경찰병원에서 시체 검안이 진행되는 동안 그는 밖에서 초조하게 기다렸다.

검안은 그렇게 오래 걸리지 않았고 대강 다음과 같은 사실이 밝혀졌다.

피살자의 나이는 30세 전후였고 임신 3개월의 몸이었다. 그 전에 출산한 흔적은 없었고 남자 관계가 많은 것 같았다. 사망 원인은 질식사였다. 목뼈와 늑골이 부러져 있었다.

"그 밖에 다른 상처는 없습니까?"

그는 검시의한테 물어 보았다.

"없습니다. 단번에 목을 꺾고 늑골을 후려친 모양이에요. 강한 힘을 가진 자가 아니고는 어려운 일이지요."

범인은 강한 힘을 소유하고 있다. 어떤 놈일까?

그는 피살자의 유품 가운데 반지만을 들고 나왔다.

택시를 타고 번화가로 나온 그는 백화점 입구에서 여대생 세 명을 만났다.

"실례합니다. 뭐 하나 물어봅시다."

"네, 물어 보세요."

그녀들은 하나같이 껌을 짝짝 씹어 대고 있었다. 그는 반지를 꺼내 들었다.

"이거 혹시 어느 학교 졸업 반지인지 아십니까?"

여대생들은 머리를 맞대고 그것을 바라보더니 수상쩍다는 표정을 지었다.

"D여대 반지예요."

"감사합니다."

다음 날 아침 조 형사는 D여대를 찾아갔다.

학생처장을 만나 반지를 내놓고 사건 내용을 대강 설명한 다음 협조를 부탁했다.

"네, 도와드리는 건 어렵지 않습니다만…… 어떤 일을 도와드려야 할지?"

"졸업생 앨범 같은 거 있으면 우선 좀 보고 싶습니다."

"그거야 얼마든지 보십시오."

조 형사는 별로 기대를 걸지 않고 74년도에 졸업한 영문과 학생들의 앨범 사진을 찬찬히 살펴보았다. 예상했던 대로 거기서 피살자의 얼굴을 찾을 수는 없었다. 수년이 흐른 데다 죽음 사람의 얼굴을 찾으려니 쉬운 일이 아니었다. 그래서 다른 방법을 취하기로 했다.

"함께 졸업한 영문과 출신 여자 분을 한 사람 만나게 해 주십시오."

"시체를 보이려고 그러시는 겁니까?"

"네, 그렇습니다."

"글쎄, 과연 누가 그 일을 응해 줄는지…… 남자라면 또 모르겠습니다만……."

학생처장은 난색을 표하다가 그가 재차 부탁하자 하는 수 없이 한 곳으로 연락을 취해 동의를 얻어내는 데 성공했다.

10분쯤 지나 조 형사는 총장 비서실에 근무하고 있다는 한 얌전하게 생긴 여자를 데리고 다시 경찰병원으로 갔다.

시체 안치실에 들어가 손수건으로 코를 막고 피살자의 얼굴을 들여다본 그녀는 대뜸

"어머, 하, 하민자예요!"

하고 소리쳤다.

그로부터 조 형사가 다시 D여대 학생처에 들러 하민자에 관해서 자세한 것을 알아 가지고 나오기까지는 두 시간 가까이 걸렸다.

"신원을 확인했습니다."

그는 흥분을 억누르며 보고했다. 그러나 상대방의 반응은 냉담했다.

"그게 문제가 아니야."

"……."

"또 살인 사건이야. 이번에도 여자야. 빨리 가 봐. 정신을 차릴 수가 없어."

조 형사는 뒤통수를 한 대 세게 얻어맞은 기분이었다. 그가 사

건 현장에 허둥지둥 도착했을 때는 온 몸이 땀으로 후줄근히 젖어 있었다.

피살자는 20대 여자였는데 고속도로 변의 야산 밑에 버려져 있었다. 무기 같은 것을 사용한 흔적이 없는 것으로 보아 맨손으로 죽인 것 같았다. 강도나 강간 살인으로 추정될 수 있는 근거도 희박했다.

"피살자는 목뼈가 부러져 있고 역시 늑골에 심한 충격이 가해졌습니다."

"어제 일어난 사건과 비슷하지 않나?"

"동일범의 소행일 가능성이 높습니다."

"빌어먹을…… 여자만 골라 죽이는 놈이 나타났군."

조 형사는 대화 소리에 귀를 기울이면서 어제처럼 담배만 빨아 대고 있었다.

"신원을 알아내려면 또 시간이 걸리겠군. 신원을 감춘 것을 보면 피살자 가까이에 있는 놈 같아. 제 3의 살인이 발생하기 전에 빨리 체포해야 해."

조 형사는 대화에 끼어들고 싶은 것을 가까스로 참았다.

피살자는 새로 맞춘 듯이 보이는 밤색 투피스를 입고 있었는데 그것이 보는 사람들의 가슴을 아프게 했다.

허공을 향해 초점 없이 떠 있는 두 눈을 손을 뻗어 감겨 주다 말고 그는 희고 긴 목에 선명하게 찍혀 있는 붉은 반점을 보았다. 틀림없는 키스 마크였다.

키스 마크 …… 그것이 뜻하는 또 하나의 장면이 번개처럼 머리를 스치고 지나갔다. 그는 몸을 일으킨 다음 뒤로 물러났다. 그것이 만일 범인이 만들어 놓은 키스 마크라면 놈은 여자를 강제로 이곳까지 납치한 것이 아니라 달콤한 말로 속삭이며 유인한 것이다. 그러고 나서 그녀의 목에 죽음의 키스를 만들어 준 다음 잔혹하게 목을 비틀어 죽인 것이다. 목에 죽음의 키스 마크를 만들어 놓다니.

그때 조금 떨어진 곳에서 다시 대화 소리가 들려왔다.

"여기…… 자동차 바퀴 자국이 있습니다!"

"어제 것하고 같은 것인가 비교해 봐!"

"비슷한 것 같은데요! 포니 자국 같습니다!"

"같습니다가 뭐야! 자세히 알아봐!"

차바퀴가 어지럽게 뒤엉켜 있는 곳과 시체가 버려진 곳과는 20여 미터의 거리가 있었다. 차바퀴가 찍혀 있는 곳에 하이힐이 뒹굴고 있는 것을 보면 범인은 차 속에서 그녀를 살해한 다음 안아다가 내버린 것 같았다.

안개 속에 사라진 범인의 영상이 갑자기 바위처럼 나타나 그의 눈앞을 가로막았다. 그는 숨을 죽이고 범인을 바라보았다. 질색할 것 같은 기분이 전신을 휘감았다.

그런 기분을 느끼기는 이번이 두 번째였다. 서울로 전임되기 전 부산에서 S병원 살인 사건에 부딪혔을 때 그는 지금과 똑같은 기분을 느꼈었다.

상대가 잡범이라면 그런 기분을 안 느꼈을 것이다. 상대로부터 바위 같은 인상을 받았기 때문에 숨이 막힌 것이다. 그렇다고 상대를 한 번쯤 본 것도 아니었다. 상대는 안개 속에 싸여 있는데도 불구하고 바위 같은 인상을 받은 것이었다.

경험이 많은 수사관은 상대가 어느 정도의 강자인지를 육감으로 금방 알아차린다. 조 형사 역시 육감으로 그것을 느끼고 있었다.

그의 육감은 상대가 상상을 불허할 정도의 강자임을 말해 주고 있었다. 부산 S병원에서 유한백 박사를 살해한 범인도 보기 드문 강자임에는 틀림없다. 그러나 그 사건은 이제 그의 관할 밖에 속하는 일이었다. 그 대신 그는 젊고 아름다운 여자 두 명을 목 졸라 죽인 범인을 눈앞에 두고 있었다.

강한 점으로 보아 혹시 부산 S병원의 유 박사 살해범과 동일 인물이 아닐까? 얼핏 이런 생각이 들기도 했지만 그것은 순간적으로 스쳐 간 생각에 불과했을 뿐 상상의 질서 위에 자리 잡은 것은 아니었다.

그때 문득 유보화의 모습이 떠올랐다. 어떻게 지내고 있을까? 아버지를 잃은 데다 범인에게 강간까지 당한 그녀가 제대로 세상을 살아갈지는 의문이었다. 그렇다고 그 자신이 그녀의 장래에 관심을 기울일 처지도 못 되었다. 혹시 다시 정신병원에 수용된 것이 아닐까? 그렇다 해도 별수 없는 일이다.

현장을 벗어나는 조 형사의 모습은 힘이 하나도 없이 축 늘어져 있었다. 발걸음은 더없이 무거웠고 머리는 터질 것처럼 욱신거리고 있었다.

다음날 조 형사는 하민자의 주소를 찾아갔다. 후배 형사와 동행이었다.

강창일(姜昌一)이라고 하는 그 후배 형사는 갓 서른으로 레슬러처럼 몸집이 우람한 데 비해 성격은 유순한 편이었다. 그는 전라도 사투리를 쓰고 있었다.

하민자는 이사 가고 없었다.

두 시간 후 그들은 이사 간 집을 찾아낼 수 있었다.

그 집은 하민자의 오빠네 집이였다.

그들을 맞은 사람은 60대 노파였다. 경찰이라고 하자 뒤이어 30대 부인이 나타났다. 노파는 하민자의 어머니였고, 부인은 올케였다.

"이런 말씀드리기 뭣 합니다만…… 하민자 양이 변을 당했습니다."

"변이라니요?"

부인이 눈을 동그랗게 뜨고 물었다.

"죽었습니다."

강 형사가 불쑥 내뱉자 잠시 침묵이 흘렀다.

이윽고 자세한 이야기를 듣고 난 그들은 한꺼번에 울음을 터뜨렸다.

연락을 받고 하민자의 오빠가 달려왔다. 그는 의외로 왜소해 보이는 사내였다.

"지금 함께 가셔서 시체를 확인해 주셔야겠습니다."

"네, 그러지요."

택시 속에서 하경석(河庚石)은 계속 훌쩍거렸다.

"동생은 저와 싸우고 집을 나갔지요. 나가서 따로 살았지요. '도스토예프스키의 집' 이라는 경양식집을 경영하면서……."

그는 그게 마음에 걸린다면서 자꾸만 눈물을 흘렸다.

한 시간쯤 지나 그들은 시체실로 들어섰다.

시체를 보는 순간 하경석은 울음을 터뜨렸다. 동생의 시신을 끌어안고 비통하게 몸부림쳐 댔다.

'도스토예프스키의 집' 은 주인이 없는데도 영업을 계속하고 있었다. 아직 아무도 주인이 살해된 것을 모르고 있었다.

종업원은 모두 네 명이였다. 한 명은 남자로 주방일을 맡고 있었고 나머지 세 명은 여자들이었다. 하민자가 죽었다고 하자 그들은 하던 일을 팽개치고 울기 시작했다.

조 형사는 손님들을 모두 내보내게 한 다음 종업원을 한 자리에 불러 모았다.

"자, 그만들 울고 우리 이야기 좀 합시다."

종업원들은 눈물을 훔치고 형사를 바라보았다.

"내가 알고 싶은 것은…… 하민자 씨의 남자 관계야. 하민자 씨와 가까이 지낸 남자가 누군지 알고 있나?"

"……."

모두가 꿀 먹은 벙어리처럼 말이 없다.

"아는 대로 죄다 말하라고! 숨기면 안 된다고!"

강 형사가 눈을 부라리자 그들은 이구동성으로 모른다고 대답했다.

"그럼 남자 친구 하나 없었다는 말인가? 임신 3개월이었단 말이야! 여자가 남자 없이 애를 밸 수 있나?"

"잘은 모르겠는데……."

여자 종업원 하나가 조심스럽게 입을 열었다. 형사들은 토끼눈을 하고 그녀를 쏘아보았다.

"저기…… 어떤 남자를 사귀는 것 같았는데…… 요새 그 남자가 안 만나 주는 것 같았어요."

"어떤 남잔데……?"

"모르겠어요. 보지는 못했어요."

"그럼 어떻게 알았지?"

"전화 거는 걸 들었어요. 남자 때문에 몹시 고민하는 것 같았어요."

"전화번호는?"

"모르겠어요."

"이름 같은 것도 못 들었나?"

"주 뭐라고 하는 걸 들은 것 같아요."

"주씨라고 그랬나?"

"주 선생님 바꿔 달라고 하는 걸 몇 번 들었어요. 이름은 못 들었어요."

자세히 캐물었지만 그 이상은 아무 것도 알아낼 수가 없었다. 하민자는 가게에서 기거했다고 했다.

주방 옆에 붙어 있는 조그만 방에서 여종업원 한 명과 함께 숙식을 같이 해 온 모양이었다. 그 방을 뒤진 끝에 편지 한 통을 발견할 수가 있었다.

그것은 괴로움을 이기지 못해 쓴 편지로 미처 부치지를 못하고 책갈피 속에 끼워 둔 것이었다.

> 주 선생님, 원망스럽군요. 이렇게 원망스러울 수가 있을까요? 왜 당신은 저를 안 만나 주시나요? 당신은 벌써 저를 잊으셨나요?
>
> 저는 지금 가슴이 갈기갈기 찢어지는 것 같은 아픔을 느끼면서 이 글을 쓰고 있습니다. 왜 이렇게 쓰라린 배신감을 느끼게 되는 것일까요? 배신감이 어떤 것인지 당신은 경험해 보셨나요? 아마 모르시겠지요.
>
> 저는 당신에 대해서 아무 것도 모릅니다. 그러나 당신을 믿었기 때문에, 당신의 사랑을 확인했기 때문에, 그리고 당신에게 모든 희망을 걸었기 때문에 저의 몸과 마음을 아낌없이 송두리째 바쳤던 것입니다.
>
> 그때 당신은 저의 모든 것이었습니다. 모든 것일 수밖에 없었습니다. 우리가 한 몸이 되었을 때 당신은 저한테 분명히 사랑한다고 속삭였습니다. 그것도 여러 번이나 속삭였습니다. 저는 그 말을 믿었습니다. 그것이 진실이라고 믿었습니다.
>
> 지금도 저는 당신의 속삭임을 믿고 싶어요. 한편으로 배신감을 느끼면서도, 지푸라기라도 붙잡고 싶은 심정으로 당신의 사랑을 기다리고 있어요. 만일 당신이 저를 농락한

것에 불과하다면, 그래서 저를 버리실 속셈이라면, 저는 당신을 두고두고 저주할 거예요.

놀라지 마세요. 저는 지금 당신의 아기를 가지고 있어요. 당신을 저주하기 위해서도 저는 아기를 낳아 기를 거예요. 선생님, 저의 이러한 마음이 부질없는 것이기를 바라겠어요. 당신이 저를 불러 주시고 저를 사랑해 주신다면 저도 몸과 마음을 다 바쳐 당신을 섬기겠어요. 날마다 목이 빠지게 당신의 부름을 기다리고 있는 이 가련한 여자는 오늘 밤도 어두운 창가에 홀로 앉아 눈물을 짓고 있습니다.'

두 형사는 눈이 부딪쳤다.

"바로 이 자가 틀림없습니다."

강 형사가 눈을 빛내며 말했다. 조 형사도 그것을 부인하지 않았다.

"이름만 알아도 좋겠는데……."

하민자에 대한 수사는 거기서 벽에 부딪히는 듯했다.

그러나 하루가 지난 다음 날, 두 번째 살해되었던 여자의 신원이 밝혀지면서 수사는 아연 활기를 띠기 시작했다.

그 여자의 신원이 빨리 밝혀진 것은 신문에 그녀의 사진이 센세이셔널하게 보도되었기 때문이다.

뉴스가 나가자마자 여러 사람들이 피살자를 확인하기 위해 몰려들었는데 뒤 늦게 나타난 50대의 남자가 자기 딸임을 확인한 것이다.

"이 애는 내 딸 정일례(鄭一禮)요!"

직업이 목수라는 그 남자는 갈퀴처럼 생긴 투박한 손으로 딸의 얼굴을 쓰다듬으며 통곡했다.

정일례는 다섯 남매 중의 넷째로 작년에 고등학교를 졸업하고 어느 일본인 회사에서 타이피스트로 근무하고 있다가 변을 당한 것이었다.

정양의 주변 인물들을 조사해 보았지만 용의 선상에 떠오르는 인물은 없었다.

그녀는 남자 친구가 하나도 없을 정도로 사생활이 깨끗한 편이었다.

수사관들의 시선은 결국 그녀의 근무처로 옮겨졌다.

조 형사 일행이 도쿄 상사 서울 지점에 나타난 것은 정 일례의 신원이 밝혀진 다음 날 오전 11시 경이었다.

그들은 외국인 상사인 만큼 깍듯이 예의를 갖추었다.

강 형사가 여직원들을 만나는 동안 조 형사는 인사과로 들어갔다.

인사과라고 해야 조그마했다. 책상이 서너 개 놓여 있었고 남자 직원 하나가 방을 지키고 있을 뿐이었다.

그 직원은 서류 같은 것을 호주머니에 집어넣으면서 조 형사를 바라보았다.

"어떻게 오셨는가요?"

"네, 경찰에서 왔습니다. 회사 직원들 인사 카드를 좀 볼까 해서요."

"아, 정 양 사건 때문에 그러시는군요?"

"네, 그렇습니다."

"가만 있자. 여기서 조금 기다리십시오. 담당자가 밖에 나간 모양인데 곧 불러 오겠습니다."

그 직원은 상당한 미남이었다. 부드럽게 웃으면서 밖으로 나갔다.

조 형사는 한참 동안 기다렸다. 반시간쯤 기다리자 먼저 여직원이 돌아왔다. 아마 강 형사를 만나고 오는 것 같았다. 뒤이어 과장이라는 사람이 들어왔다. 아까의 그 미남은 돌아오지 않고 있었다. 조 형사가 신분을 밝힌 다음 찾아온 용건을 이야기하자 과장은 쾌히 응했다.

"그렇지 않아도 정 양이 비명에 가는 바람에 회사가 발칵 뒤집혔습니다. 정말 비통한 일입니다. 얼마든지 조사하십시오. 협조해 드리겠습니다. 범인이 빨리 잡혀야 우리도 일손이 잡힐 것 같습니다."

조 형사는 먼저 직원들의 명단을 체크해 나갔다. 별로 기대하지 않고 들여다보았는데 주일우(朱一右)라는 이름이 마치 화살처럼 눈을 후비고 들어왔다. 하민자를 농락한 사나이의 성이 주가(朱哥)였던 만큼 그의 눈이 번쩍 띌 만도 했다.

"이 사람, 지금 여기 근무하고 있습니까?"

"네, 그렇습니다."

"인사 카드 좀 볼까요?"

"네, 그러시죠."

과장이 지시하자 여직원이 캐비닛을 열고 인사 카드를 꺼내왔다. 잠시 후 카드를 뒤적이던 과장이 고개를 갸우뚱하면서 여직원을 바라보았다.

"어떻게 된 일이야? 주 선생 카드가 없는데……?"

"그럴 리가 없는데요."

이번에는 여직원이 고개를 갸우뚱하면서 인사 카드를 뒤져 나갔다. 두 번 세 번 뒤져 보았지만 주일우의 카드는 없었다.

"어머, 참 이상하다. 분명히 여기 있었는데……."

"도대체 무슨 말을 하고 있는 거야? 인사 카드가 없다니 그럼 도둑맞았다는 것밖에 더 돼?"

과장은 버럭 역정을 냈다.

조 형사는 불길한 예감을 느끼면서,

"분명히 있었나요?"

하고 물었다.

"네, 입사하면 누구나 다 인사 카드를 작성해 둡니다."

"그 카드에는 사진도 붙어 있나요?"

"네, 물론이죠."

"아까 어떤 직원이 무슨 서류 같은 것을 들고 가는 것 같던데……."

"아니, 누가요?"

"제가 여기 오니까 그 사람 혼자 있었습니다."

"남자였습니까? 여자였습니까?"

"남자였습니다. 아주 미남이었습니다."

"그럼 주 선생 같은데……?"

"아니, 뭐라구요?"

이번에는 조 형사가 놀랐다. 이미 그는 움직이고 있었다.

"그 사람 있는 데가 어디요? 빨리 안내하시오!"

날카로운 외침에 혼비백산한 과장은 앞장서서 헐레벌떡 뛰어갔다.

조 형사는 권총을 빼 들고 따라갔다. 상대가 상대인 만큼 맨손으로 덤벼든다는 것이 위험했던 것이다. 강 형사도 그를 보고 뒤따라 뛰었다.

그들이 한 방으로 뛰어들자 거기에 있던 직원들이 소스라치게 놀라며 벌떡벌떡 일어났다.

조 형사와 강 형사는 권총을 움켜쥔 채 문을 지켰다.

그들을 안내했던 과장이 새파랗게 질린 채 돌아왔다.

"없습니다. 반시간 전에 나갔답니다!"

조 형사는 주일우의 책상 앞으로 다가갔다. 이미 그의 다리는 풀리고 있었다. 그는 주저앉고 싶은 심정이었다.

"이 사람이 어디 간다고 갔습니까?"

그는 주일우의 책상을 주먹으로 두드리면서 직원들을 쏘아보았다.

"어디 좀 다녀오겠다고 하면서 나갔습니다."

한 직원이 두려운 빛을 띤 채 대답했다.

"어디 간다고 하면서 나갔나요?"

"그건 말하지 않았습니다."

실내는 금방 소용돌이에 빠져들었다.

"주일우가 범인입니까?"

여기저기서 질문을 던져 왔지만 형사들은 아무 대꾸도 하지 않았다.

조 형사는 주일우의 책상 서랍을 모두 빼내 조사해 보았지만 이미 정리해 버린 뒤라 단서가 될 만한 것은 하나도 없었다.

그야말로 귀신같은 놈이었다. 아슬아슬하게 도주해 버린 그 자의 솜씨에 절로 혀가 내둘러졌다. 인사과에서 마주쳤을 때의 그 자의 태연하던 모습이 점점 크게 클로즈업되어 왔다. 그 부드러운 미소는 결코 잊을 수 없을 것 같았다. 조 형사는 심한 패배감에 어금니를 질근질근 깨물었다.

연구 노트

전화벨이 울었다. 보화는 침대 위에 누운 채로 손을 뻗어 수화기를 집어 들었다. 서울에서 대학생 민대식이 걸어온 전화였다.

"김창호는 가짭니다. 그런 주소도 없습니다."

예상했던 일이었지만 그녀는 맥이 풀렸다.

그 사나이는 지금 인구 1천만이 들끓고 있는 서울에서 활보하고 있다. 이름도 주소도 모른다. 알고 있는 것이라고는 얼굴뿐이다. 그 얼굴을 서울 거리에서 찾아낸다는 것은 불가능한 일이다. 그러나 포기할 수 없다. 어떻게든 찾아내야 한다. 그녀는 찾아낼 수 있을 것 같았다.

이튿날 그녀는 아버지의 연구 노트를 싸 들고 B의대 방명환(方明煥) 교수를 찾아갔다.

방 교수는 대학에서 아버지의 수제자였기 때문에 평소 가깝게 지내던 터였다. 40대의 그는 안경을 낀 온화한 모습의 세균 학자였다.

그녀가 불쑥 들어가자 방 교수는 몹시 놀라는 기색이었다.

"아니, 보화 아닌가?"

그녀를 조심스럽게 맞이한 그는 연민에 찬 눈으로 그녀를 바라보았다. 보화는 자기를 그런 눈으로 보는 것이 싫었다. 그래서 보따리를 불쑥 내밀었다.

"이거…… 아빠의 연구 노트예요. 혹시 참고가 되실까 해서 왔어요."

"아, 그래애?"

놀란 표정으로 보따리를 받아 든 그는 얼른 그것을 풀어 헤치고 노트를 집어 들었다. 그리고 그것을 대강 훑어보더니 희색이 만면해서,

"고맙군, 고마워!"

하고 말했다.

"한 가지 부탁이 있어요."

"음, 뭔데……"

"그것을 읽어 보시고 나서 저한테도 그 내용에 대해 말씀해 주세요."

"잘 모를 텐데……."

"몰라도 좋아요. 쉽게 풀어서 말씀해 주세요."

그녀는 강하게 요구하고 나왔다.

"그야 어렵지 않지. 정 알고 싶다면 말해 주지. 참 연구실은 아직 밀폐된 상탠가?"

"네, 그대로 있어요."

"그대로 놔둬서는 안 될 텐데……."

"어떻게 해야 할지 모르겠어요."

"경찰도 아직 손을 못 쓰고 있나?"

"네……."

"음, 내가 한번 가서 손을 쓰지."

"네, 그렇게 해 주시면 고맙겠어요."

보화가 가고 난 뒤 방 교수는 은사의 노트를 첫 장부터 들여다보기 시작했다. 마침 그날은 별로 강의가 없었기 때문에 시간 여유가 많았다.

시간이 흐르자 그의 몸은 점점 굳어져 갔다. 그는 꼼짝도 하지 않고 앉아서 노트에 두 눈을 박고 있었다.

그의 얼굴에 차츰 땀이 번지기 시작했다. 노트를 넘기는 손끝이 사뭇 떨리고 있었다.

해가 지자 그는 스탠드 불을 켜고 하던 일을 계속했다.

화장실에 가기 위해 자리를 뜬 것 외에는 줄곧 책상 앞에 붙어 앉아 있었다.

그가 마침내 자리를 털고 일어선 것은 9시가 넘어서였다. 노트를 서랍 아래칸에 집어넣고 쇠를 채우고 난 그는 멍한 모습으로 그곳을 나왔다.

거리는 짙은 안개에 싸여 있었다. 사람들은 안개의 바다 속을 헤엄치고 있는 것 같았다. 그들이 모두 부유 동물 같다고 그는 생각했다.

"그럴 수가 없어."

그는 허탈한 모습으로 중얼거렸다.

"그래서는 안 돼."

그는 어느 맥주홀로 들어갔다.

홀은 한산했다. 공황 바람을 가장 많이 타고 있는 데가 술집이었다.

그는 생맥주를 시켜서 갈증을 풀듯 꿀꺽꿀꺽 마셨다.

"기분 나쁜 일이라도 있으세요?"

화장을 짙게 한 여급이 그의 곁에 다가와 앉으며 물었다.

"뭐, 별로……."

그는 한숨을 내쉬며 일어섰다.

맥주홀을 나온 그는 부둣가로 갔다.

부두는 안개 때문에 활기를 잃고 있었다. 안개에 덮여 수 미터 앞에 수면이 보이지 않았다. 안개 저쪽에서 뱃고동 소리가 요란스럽게 울려오고 있었다.

그는 부둣가에 줄지어 있는 노상 주점의 한 구석에 주저앉아 소주를 마셨다. 실컷 취하고 싶었다.

"그럴 수가 없어. 당신이…… 그럴 수가 없어."

그는 머리를 흔들며 중얼거렸다.

"무서운 일이야."

그는 타오르는 가스불을 눈을 가늘게 뜨고 바라보았다.

얼마 전에 비명에 간 유한백 박사는 그가 가장 존경하는 은사였다. 유 박사의 죽음에 그는 누구보다도 애통해 했었다.

그런데 지금은 생각이 달라져 있었다. 그는 지금까지 은사에게 품어 왔던 존경과 흠모의 감정이 눈 녹듯이 사라지고 있음을 느끼고 있었다.

"나는 잘못했어. 헛것을 봐 온 거야."

혼자 중얼거리고 있는 그를 주인 여자가 이상하다는 듯 고개를 갸우뚱했다.

다음 날 오후 그는 교수실에서 유보화의 방문을 받았다.

그는 좀처럼 입을 열려고 하지 않았다. 입을 열기가 어려웠던 것이다.

"없는 것으로 해 두지."

"싫어요. 꼭 알고 싶어요."

"보화가 알아서는 안 돼. 유 박사님을 위해서도 없었던 것으로 해. 부탁이야."

그러나 보화는 물러나지 않고 연구 노트의 내용을 알아야겠다고 버티었다.

그녀는 결코 물러날 수 없었다.

방 교수는 곤혹스런 표정을 짓고 있다가 마침내 하는 수 없다는 듯 입을 열었다.

"아무한테도 이야기해서는 안 돼."

"이야기하지 않겠어요."

방 교수는 연구 노트를 손으로 쓰다듬다 말고 두려운 표정으로 그것을 내려다보았다.

"이 연구는 아주 무서운 거야. 세균전이란 거 들어봤어?"

"네, 대강은 알아요."

"세균전이란 세균을 이용한 전쟁을 말해. 가공할 전쟁이지. 적을 죽이기 위해 일부러 세균을 퍼뜨린다고 생각해 봐. 정말 무서운 일이지. 그렇게 비인간적인 전쟁은 없어."

"……."

보화는 숨을 죽인 채 방 교수를 바라보았다.

"그것은 바로 그 세균전에 관한 거야."

방 교수는 말하기가 두렵다는 듯 잠시 침묵을 지키다가 다시 말을 이었다.

"단순히 세균전에 관한 연구라면 문제될 것이 없지. 그렇지만 이것은 그게 아니야."

"뭐예요?"

"세균 무기를 연구한 거야."

보화는 그 말이 현실로 받아들여지지가 않았다. 그래서 표정 없이 방 교수를 바라보기만 했다.

"얼른 실감이 안 가겠지. 좀 더 자세히 말하면…… 이 노트에 있는 것은 세균을 무기로 이용할 수 있는 방법을 연구한 거야. 그러니까 이 노트에 나타난 대로 제조하면 가공할 세균 무기가 되는 거야."

"그렇게 심각한 것인가요?"

"심각한 정도가 아니야. 가공할 일이야. 유 박사님이 세균 무기를 제조하고 있었다는 것은 상상할 수조차 없는 일이야. 그렇지만 이렇게 사실로 드러났으니…… 이를 어쩌면 좋지?"

보화는 비로소 창백하게 질린 모습이 되었다. 그러나 그녀는 그것을 어디까지나 좋은 방향으로 해석하려 들었다.

"아버님은 국가 기관의 부탁을 받고 연구하신 게 아닐까요?"

"무슨 소릴 하는 거야?"

방 교수는 어이없다는 듯 그녀를 바라보았다.

"국가 기관에서 세균 무기 제조를 의뢰하다니, 생각할 수도 없는 일이야. 절대 그럴 리가 없어. 우리나라는 그렇게 비인간 적이고 부도덕한 나라가 아니야!"

"그것이 그렇게 부도덕한 짓인가요?"

"학자의 양심상 그런 걸 제조할 수는 없지. 사람을 세균으로 죽이는 무기를 만드는 것인데, 그런 것을 도덕적이라고 볼 수 있겠어? 세계의 양심은 세균 무기를 규탄하고 있어! 인류를 파멸로 몰아넣는 가증스러운 무기라고 말이야!"

"……."

보화는 이제 아무 말도 할 수가 없었다. 고개를 떨어뜨린 채 가만히 떨고만 있었다.

"유 박사님이 왜 이런 것을 연구했는지 나는 모르겠어. 이 중에는 완성된 것도 있고 연구 단계에 있는 것도 있어. 세균의 종류에 따라 무기도 다르겠지. 유 박사님은 세균학의 권위자야. 오직 순수한 학자야. 학자가 학문을 연구하는 것은 결국 한 가지 목적을 위해서야. 즉 인류의 복지를 위해서야. 특히 세균 학자는 그 사명이 막중해. 인류를 세균의 침입으로부터 보호할 의무가 있어. 세균학의 목적은 그렇게 단순 명료해. 물론 인류에게 도움이 되는 세균도 있긴 하지만…… 결국은 인류를 보호하기 위해 그 학문은 존재해 있고 존재해야 하는 거야. 그런데 유 박사님은 인류를 해치는 세균 무기를 연구하신 거야. 도무지 알다가도 모르겠어. 은사님이 왜 이런 짓을 하셔야 했는지…… 난 도무지 모르겠어…… 내가 알고 있는 유 박사님은 그런 분이 아니었어! 뭔가 잘못된 거야…….”

방 교수는 탁자 위에 놓여 있는 연구 노트를 손바닥으로 두드렸다. 보화는 창백하게 질린 채로 꼼짝도 하지 않고 앉아 있었다. 그녀는 믿을 수가 없었다. 인자하기만 하던 아버지가 그런 것을 연구하다니, 도무지 믿어지지가 않았다.

담배를 들고 있는 손이 떨리고 있는 것으로 보아 방 교수 역시 충격이 큰 모양이었다. 그는 괴로운지 이맛살을 잔뜩 찌푸리고 있었다.

“나는 이걸 검토하고 나서 많이 생각해 보았지. 그렇게 많이 생각해 보기는 내 생전 처음이야. 고인에게 욕되는 말일지 모르지만 나는 지금까지 유 박사님을 잘못 생각해 온 것 같아.”

“선생님, 제발…….”

보화는 눈물이 글썽해서 방 교수를 바라보았다.

“아빠를 그렇게 생각하지 마세요! 제발 부탁이에요! 무언가 잘못되었을 거예요! 아빠는 그런 분이 아니에요!”

“나도 그렇게 생각하고 싶어! 나한테는 은사님이야! 누구보다도 은사님을 이해하고 싶은 게 내 심정이야! 그렇지만 이건 너무 엄청난 충격이야…….”

"무, 무슨…… 피치 못할 사정이 있었을 거예요!"

"그렇지 않아도…… 나도 그렇게 생각하고 있어. 유 박사님이 비명에 가신 것이 혹시 이 연구 노트와 관계가 있는 게 아닐까 하고 말이야. 그렇지 않고서야 박사님이 그런 죽음을 당해야 할 이유가 없지 않아?"

보화는 숨을 흑하고 들이켰다. 새로운 공포에 눌려 그녀는 질식할 것 같았다. 방 교수의 말은 그녀의 가슴을 후비고 들어왔던 것이다. 그렇지 않아도 아버지의 죽음에 어떤 흑막이 있다고 생각해 온 터였다. 그것이 방 교수의 말을 듣고 보니 더욱 구체화 되는 기분이 들었던 것이다. 세균 무기와 아버지의 죽음 …… 거기에는 과연 어떤 관계가 있을까? 그녀가 갈피를 못 잡고 있을 때 방 교수가 다시 말을 이었다.

"하여간 이 사실은 우리 두 사람만 알기로 하지. 만일 이것이 잘못되서 외부에 누설되면 유 박사님의 이미지는 치명적인 상처를 입게 되니까 절대 비밀로 해야 해. 이것은 지금 당장 소각해 버리도록 해."

"제가 집에 가서 없애겠어요."

보화는 연구 노트를 들고 일어섰다.

"잃어버리면 안 돼. 꼭 없애야 해."

방 교수가 미심쩍다는 듯 말했다.

그들은 다음 날 연구실을 조사해 보기로 하고 헤어졌다.

집으로 돌아온 보화는 약속과는 달리 아버지의 연구 노트를 없애지 않고 그녀만이 아는 곳에 숨겨 두었다. 어쩐지 없애기는 싫었던 것이다.

다음 날 보화의 집을 방문한 방 교수는 먼저 노트를 처분했느냐고 물었다.

"네, 태워 버렸어요."

보화는 잡아떼듯이 거짓말을 했다. 방 교수는 준비해 온 것들을 꺼내 놓았다. 가운 · 마스크 · 고무장갑 · 소독약 등 연구실에 들어가는 데 필요한 것들이었다. 준비를 갖춘 다음 그들은 '출입금지' 라고 쓰인 철문을 열고 연구실 안으로 들어갔다.

내부는 밀폐되어 있었기 때문에 낮인데도 불을 켜야 했다.

내부는 10평 정도의 넓이였다. 생전에 그 누구도 출입이 금지되어 있었기 때문에 보화 역시 한 집에 살았으면서도 처음 들어가 보는 곳이었다.

실내 중앙에 장방형의 탁자가 길게 놓여져 있었고 그 위에 각종 실험 기기들이 질서 정연하게 자리를 잡고 있었다.

맞은편 벽에는 선반이 층층이 만들어져 있었고, 각 선반 위에는 투명한 액체가 담긴 병들이 가지런히 놓여 있었다. 그리고 병마다 각종 기호의 원어 표시가 붙어 있는데 보화는 그 어떤 것도 알 수 없었다.

실내는 으스스한 분위기를 띠고 있었다. 안으로 들어서는 순간 그녀는 오싹 소름이 끼쳤다. 그런 데서 아버지가 연구에 몰두하고 있었다는 사실이 도무지 믿어지지가 않았다. 그녀는 다시 한 번 아버지의 다른 얼굴을 보는 것 같아 몹시 언짢았다.

방 교수는 연방 줄담배를 피워 대면서 하나하나 꼼꼼히 살펴

보고 있었다.

한참 후 그는 이마에 배인 땀을 소맷자락으로 닦으면서,

"틀림없어."

하고 중얼거렸다.

창백한 모습으로 서 있는 보화에게 그는 다시 속삭였다.

"노트에 있는 그대로야. 저것들을 봐. 저 병 속에는 가장 무서운 전염병 세균들이 배양되고 있어. 페스트 · 콜레라……. 내가 모르는 새로운 것들도 있어. 저것들을 강력하게 배양해서 분말로 처리하면 세균 포탄을 만드는데 이용할 수가 있어. 이것 봐. 이것이 그 분말이야."

방 교수는 벽장문을 열어젖혔다. 과연 벽장 선반 위에는 하얀 분말이 담겨 있는 병들이 한 줄로 줄지어 놓여 있었다. 그것들을 보는 순간 보화는 숨이 컥 막혀 비틀거렸다. 방 교수가 급히 다가와 부축하지 않았다면 쓰러졌을 것이다.

벽 한쪽에는 철문으로 폐쇄된 벽난로가 있었다.

"이것은 폐기물을 소각할 때 사용하는 거야. 섭씨 1천도까지 올릴 수가 있어."

밑에 장치된 스위치를 틀자 쉭 하면서 불길이 치솟는 것이 보였다. 가스 불이었다.

"여기에 있는 것들을 하나 남가지 말고 소각해야 해. 하나라도 밖으로 누출되거나 하면 무서운 결과를 초래할 거야."

보화는 방 교수가 시키는 대로 이것저것 닥치는 대로 긁어모았다.

실내는 열기로 금방 더워졌다. 두 사람은 땀을 뻘뻘 흘리며 작업에 열중했다.

눈금이 9백도를 가리켰을 때 방 교수는 쇠뚜껑을 잡아당겼다. 뜨거운 열기가 확 끼치면서 시퍼런 불길이 난로 가득히 치솟고 있는 것이 보였다.

"자, 던져 넣어!"

그들은 손에 닿는 대로 아무거나 집어 들어 불길 속에 던져 넣었다.

유리가 튀는 소리가 펑펑 하고 들려왔다. 유리는 금방 녹아 버렸다. 실험 기구들도 불길 속으로 던져졌다.

남김없이 모두 집어넣고 뚜껑을 닫았을 때 그들의 몸은 땀으로 온통 후줄근히 젖어 있었다.

방 교수는 마지막으로 소독 처치를 했다. 분무기를 들고 스위치를 틀자 연기 같은 흰 소독약이 뿜어져 나왔다.

그들은 5분 정도 그 속에 서 있다가 밖으로 나왔다.

"이제 됐어. 완전히 됐어."

방 교수는 마스크와 가운을 벗으며 숨을 깊이 들이켰다.

보화는 한동안 어지러워 정원에 멀거니 서 있었다.

방 교수가 간 뒤에도 그녀는 그 자리에 넋이 빠진 채 한동안 서 있었다. 한참 후 그녀는 2층으로 올라와 옷을 벗고 욕실로 들어갔다.

따뜻한 물 속에 들어앉아 눈을 감았다. 여러 가지 생각이 주마등처럼 머리를 스치고 지나갔다. 그러나 어느 것 하나 뚜렷한 것이 없었다.

특히 아버지에 대해서는 더욱 그랬다. 그녀는 가슴을 도려내는 것 같은 소외감을 느꼈다.

생전에 아빠는 얼마나 나를 아껴 주었던가. 아빠는 나에게 숨기는 것이 없었다. 우리 부녀는 엄마만 안 계셨다 뿐이지 누가 보기에도 다정했고 행복했었다. 얼마나 행복한 나날이었던가.

그런데 이제 보니 그것이 아니었다. 그녀가 알고 있었던 아버지는 한쪽 면뿐이었다.

"아빠! 미워요! 미워요! 아빠한테 그런 면이 있었다니, 정말 미워요! 미워요!"

그녀는 욕조 속에 들어앉은 채 흐느껴 울었다. 소외감과 함께 배신감이 물밀 듯이 가슴 속으로 흘러 들어왔다.

한참 흐느끼고 난 그녀는 젖은 몸 그대로 밖으로 나와 가운을 걸치고 소파에 털썩 주저앉았다. 그리고 고개를 쳐들고 시야를 가로막고 있는 장벽을 바라보았다.

그것은 그녀의 힘으로써는 도저히 뛰어넘을 수 없는 어마어마한 장벽이었다. 그녀는 숨이 막히는 것 같았다. 저 장벽 뒤에는 상상도 할 수 없는 엄청난 흑막이 있을 것이다. 아빠의 죽음과 관계 있는 흑막이 말이다.

저 장벽을 뛰어넘을 수 있을까? 그녀는 고개를 설레설레 저었다. 불가능하다는 생각이 하나의 확신처럼 가슴 속에 와 닿았다. 포기하자. 그러면 마음 편하게 바보처럼 살 수 있겠지. 굳이 고통스러운 길을 택할 필요가 있을까? 아빠가 남긴 유산은 내가 다 쓰지도 못하고 죽을 정도로 많다. 그 속에 들어앉아 망각의 시간을 즐기자.

"안 돼!"

그녀는 소리치면서 벌떡 일어났다. 그녀는 실내를 왔다 갔다 했다.

"안 돼!"

그녀는 다시 소리쳤다. 불타는 눈으로 장벽을 노려보았다. 손바닥이 다 해지고 손톱이 문드러지더라도 저 장벽을 기어올라야 해. 모른 체 덮어 둘 수는 없어. 기어코 사실을 밝혀내고 말 테야. 그리고 그 자를 내 손으로 잡고야 말 테야.

그녀는 한숨을 내쉬면서 다시 소파에 주저앉았다.

그녀는 얼굴빛이 백지장처럼 창백했다. 눈물은 더 이상 흐르지 않고 있었다.

세균으로부터 인간을 보호해야 할 학자가 인간을 대량 살육할 수 있는 무기를 만들다니! 아빠는 그런 사람이었을까?

그녀는 눈을 크게 뜨고 경악했다. 방 교수의 말이 비로소 무서운 사실로 가슴을 후비고 들어왔다. 그녀는 믿고 싶지 않았다. 그러나 엄연히 드러난 사실을 부인할 수는 없었다.

그 사나이만큼이나 아버지도 안개 속에 싸여 있었다. 그녀는 자신이 아버지에 대해서 얼마나 모르고 있었던가를 새삼 확인했다. 아버지에 대해서 알고 있는 것이란 그 부드러운 미소뿐이었다. 아버지가 딸에게 던지는 그 일상적이고 평범한 미소, 그것밖에 아는 것이 없다는 것을 그녀는 분명히 깨달았다.

그녀의 생각은 더욱 확대되어 갔다. 생각할수록 의심나는 점이 한두 가지가 아니었다.

세균 무기와 아버지가 남긴 그 엄청난 돈과의 사이에 어떤 연관성이 있을지도 모른다는 생각에 이르러서는 그녀는 숨 막히는 긴장까지 느꼈다.

그녀가 생각하기에도 아버지의 수입이 그렇게 많을 리가 없었다. 그런데도 호화 주택에서 자가용과 운전사까지 두고 살아온 것이다. 어디 그 정도인가? 금고 속에 들어 있는 엄청난 돈과 45만 평에 이르는 어마어마한 부동산은 도대체 어디서 난 것인가? 그렇다고 그것이 선대로부터 물려받은 것은 아니었다.

아버지의 선대가 당대의 거상이긴 했지만 얼마 못 가 망했기 때문에 후대에 와서는 별로 물려받을 재산이 없었다.

보화는 5억짜리 예금 통장을 살펴보았다. 입금 날짜가 불과 2년 전부터 시작되고 있었다. 그러니까 그녀의 아버지는 2년 동안에 5억을 저축한 셈이었다. 상상할 수도 없는 거액이었다. 그것뿐이 아니다. 금고 속에는 3만 달러와 2천만 원이 또 들어 있었다. 45만 평의 토지는 시가로 쳐서 얼마나 갈까?

생각할수록 아버지는 안개의 베일에 가려져 있었다. 아버지는 겉과 다른 인생을 살다가 세상을 떠난 것이다.

창가에 황혼이 깃들 무렵 보화는 외출했다. 감색 바바리코트에 보랏빛 머플러를 하고 부관 페리호 부두로 나갔다.

그녀의 머릿속에는 나까네 나오꼬(中根千直子)의 이름이 깊이 박혀 있었다. 아버지의 아기를 배었다고 주장하는 일본 여인,

아버지에게 계속 협박 편지를 보내 온 여인. 부관 페리호를 타고 건너가면 그녀를 만날 수 있을지도 모른다. 어떤 여자일까?

그녀는 대합실 3층에 있는 레스토랑의 창가의 앉아 부두에 정박해 있는 부관 페리호를 내려다보았다. 사람들이 줄지어 배에 오르고 있는 것이 보였다. 배라고는 제주도에 갈 때 두어 번 타 본 것이 고작인 그녀로서는 부관 페리호를 타고 현해탄을 건너간다는 것이 매우 로맨틱하게 생각되었다.

부두의 시끄러움이 닫힌 창문을 울리면서 전해져 오고 있었다. 그녀는 시켜 놓은 주스 잔을 집어 들었다.

아버지에게 나오꼬 같은 여자가 있었다는 것도 놀라운 사실이었다. 여자 관계에는 초연한 것 같던 아버지였다. 그런 아버지에게 숨겨 놓은 여자가 있었다니! 더구나 그녀는 임신 중인데 일본 여자다! 7순을 바라보는 아버지의 나이를 생각하고 그녀는 불현듯 얼굴을 붉혔다.

"내가 일본에 직접 다녀와야 한다. 그렇지 않으면 추적이 불가능하다."

그녀는 자기도 모르게 중얼거렸다. 동시에 시이나 에이사꾸라는 또 하나의 이름이 머리를 스치고 지나갔다. 그 사나이는 아버지에게 이상한 편지를 보내 온 사람이었다. 시이나 에이사꾸…… 어떻게 생긴 사람일까? 아빠와는 어떤 관계가 있는 사람일까? 그녀는 백을 열고 편지를 펴 들었다. 일어 편지였는데 옆에다 한글로 번역한 것이었다.

'C5 때문에 100을 1천 번 토함. 관부 연락선 2월 15일 착.

당신 22시 정각에 동방의 별이 뜬다.'

부관 페리호를 굳이 관부 연락선이라고 쓴 것을 보면 일제시대에 대해 향수를 느끼고 있는 사람인지도 모른다.

'C5' 는 무엇이고 100을 1천 번 토했다는 것은 무엇인가? '동방의 별' 이 뜬다는 것도 이상하다. 모두가 이해할 수 없는 말들뿐이다.

레스토랑을 내려와 대합실을 나오다가 보화는 신문을 한 장 샀다. 그리고 택시 속에서 무심코 신문을 펴 들었다. 그녀로 하여금 전류가 흐르는 것 같은 섬뜩한 전율을 느끼게 한 그 몽타주는 경찰에서 발표한 것이었는데 그녀가 그린 몽타주와 비슷한 데가 많았다.

'베일에 가린 연쇄 살인 사건의 범인.'

이것이 그 기사의 제목이었다. 사건은 대대적으로 보도되어 있었다. 서울에서 발생된 연쇄 살인 사건으로 진범으로 확정된 사나이의 신원이 모두 가짜라는 것이었다. 처녀 두 명을 목 졸라 죽인 그 범인은 주일우라는 가명으로 도쿄 종합상사 서울 지점에 근무하고 있었는데 경찰에 체포되기 직전 자신에 대한 인사 카드를 빼내 도주해 버렸다.

그래서 경찰은 범인의 사진을 입수하지 못한 채 직원들의 말을 토대로 몽타주를 만든 모양이었다. 주일우라는 이름이 가짜임이 판명된 것은 회사에 비치된 주민 등록 초본 때문이었다.

범인은 미처 시간이 없었든지 아니면 대수롭지 않게 생각했든지 거기에는 손을 대지 않았던 것이다. 경찰이 거기에 나타난 대로 찾아가 보니 주일우는 전혀 엉뚱한 사람이었다.

진짜 주일우는 행방불명되어 그 부인이 애타게 기다리고 있었다. 집에 있는 주일우의 사진을 회사 사람들에게 보이자 모두가 도쿄 상사 직원 주일우가 진짜 주일우를 살해한 다음 대신 진짜 행세를 한 것으로 판단했다.

그것을 입증하는 것으로서 가짜 주일우의 도쿄 상사 입사 시기와 진짜 주일우가 행방불명된 시기가 서로 일치했다.

범인은 완전히 안개 속에 가려져 있었다. 체포 직전에 범인을 놓친 경찰은 몹시 허탈에 빠져 있는 듯했다. 그럴 만도 했다.

"바로 이 자야!"

보화는 자기도 모르게 부르짖었다.

운전사가 뒤를 힐끔 돌아보면서,

"네, 뭐라고 그러셨죠?"

하고 물었다.

"아니에요! 내려 주세요!"

택시에서 내린 보화는 뛰는 가슴을 진정하기 위해 조용한 살롱을 찾았다.

구석진 자리에 앉아 커피를 시켜 놓고 다시 신문을 펴 들었다. 보면 볼수록 확신은 더욱 굳어지기만 했다.

"틀림없어! 지금도 서울에 숨어 있을 거야!"

그녀는 그 기사를 오려 백 속에 집어넣었다. 그것은 범인에 대한 최초의 자료였다. 비록 추적의 실마리를 잡을 수 없는 범인의 그림자만을 그린 자료에 불과했지만 그녀에게는 아주 귀중한 것으로 받아들여졌다. 마음을 가라앉힌 그녀는 살롱을 나와 여행사로 갔다. 그리고 저녁 7시 30분에 출발하는 서울행 KAL기편을 예약했다.

서두를 필요가 있었다. 급히 집으로 돌아온 그녀는 여행 준비를 했다. 그때 가정부가 말했다.

"전화가 왔었는데요."

"어디서요?"

"서울에서요. 조 형사라고 하던데요."

보화의 눈이 빛났다.

"뭐라고 하던가요?"

"다시 걸겠다고 하면서 끊었어요."

재회(再會)의 밤

보화는 창밖을 내다보았다.

점멸하는 불빛들이 어둠의 바다 속으로 깊이 침몰하고 있었다. 그것을 보고 있는 동안 그녀는 자신이 알고 싶어 하는 사실들이 그렇게 어둠 속으로 사라지는 것 같은 기분을 느꼈다.

저 어둠의 바다 속으로 나는 뛰어들고 있다. 마치 무엇에 떠밀리듯이…….

그녀는 움직이지 않고 창밖만 바라보고 있었다.

비행기가 날고 있다는 기분이 들지 않았다. 그것은 흐르고 있는 것 같았다.

1시간이 채 못 돼 KAL기는 김포 공항에 도착했다.

출구를 빠져나온 그녀는 콜택시를 잡아탔다. 시간은 8시 35분을 가리키고 있었다.

"어디로 가실까요?"

중년의 운전사가 백미러로 그녀를 바라보며 물었다.

"P호텔로 가 주세요."

그녀는 등받이에 상체를 깊이 묻고 눈을 감았다.

라디오에서는 유명한 외국 여가수가 부르는 샹송이 흘러나오고 있었다.

차는 어둠에 잠긴 김포 가도를 빠른 속도로 질주하고 있었다. 스피드가 주는 쾌감을 전신에 느끼면서 그녀는 줄곧 눈을 감고 있었다.

반시간쯤 지나 그녀는 P호텔의 회전식 도어를 밀고 로비로 들어갔다. P호텔은 서울에서도 일류로 꼽히는 호텔이라 입구부터가 호화로웠다.

먼저 프론트 데스크로 가서 방을 구했다.

"어떤 방을 원하십니까?"

"더블로……."

카드를 내미는 프론트맨의 표정이 조심스러워 보였다.

"혼자 투숙하실 건가요?"

"네……."

여자 혼자서 일류 호텔에 투숙한다는 것이 어쩐지 수상쩍다는 표정이다.

그녀는 카드에 이름과 주소 및 주민등록증 번호를 적은 다음 3일분의 숙박비를 선불했다. 프론트 맨의 표정이 금방 부드럽게 변했다. 방은 15층 11호실이었다. 시청 광장이 한눈에 내려다보이는, 전망이 아주 좋은 방이었다. 그러나 방이 커서 혼자 지내기에는 허전한 느낌이 들었다.

교환을 통해서 시 경찰국 전화번호를 알아낸 다음 그녀는 시경 살인과로 전화를 걸었다.

"네, 살인괍니다."

전화를 받는 목소리는 무뚝뚝했다.

"조문기 씨 계신가요?"

"안 계십니다."

"그럼 전화 좀 부탁하겠습니다. P호텔 1511호실로 전화 좀 걸어 달라고 전해 주세요."

"알겠소."

그녀는 10분쯤 광장을 내려다보다가 밖으로 나왔다.

지하도를 통해 명동 쪽으로 걸어갔다. 오랜 만의 서울 나들이였다.

명동은 과거의 명동이 아니었다. 그 호화찬란하던 쇼윈도의 불빛은 많이 사라져 있었고 거리에 넘치던 인파도 훨씬 줄어들었다. 대공황이 몰고 온 찬바람은 사치와 허영의 거리를 을씨년스럽게 만들어 놓고 있었다. 사람들의 모습은 하나같이 음산한 그림자를 안고 있었다.

"한 푼 줍쇼."

두 다리가 없는 걸인이 지하도 계단에서 손을 내밀었다.

보화는 지나치다 말고 멈춰 섰다. 그녀는 몹시 거북했다. 자기도 모르게 돌아섰다. 알 수 없는 부끄러움과 분노를 동시에 느끼면서 천 원짜리 한 장을 걸인에게 내밀었다.

"고맙습니다. 고맙습니다."

걸인은 처음으로 큰 돈을 받았던지 코가 땅에 닿도록 머리를 숙였다.

걸인은 하나가 아니었다. 그들은 시커먼 모습으로 지하도 여기저기에 웅크리고 앉아 추위에 떨고 있었다.

보화는 암담한 기분에 싸여 지하도를 빠져 나왔다.

골목으로 들어서는데 주정뱅이 하나가 벽에다 오줌을 갈기고 있다가 그녀를 보고,

"이리 와."

하면서 그것을 흔들어 보였다.

그녀는 돌아서지 않고 그대로 지나쳐 갔다.

"이리 오라니까!"

주정뱅이가 그녀의 등에 대고 소리쳤다.

"빌어먹을……."

그런 말을 듣고도 그녀는 불쾌하지 않았다. 그전 같으면 도망쳤을 것이다. 그러나 지금의 그녀는 많이 달라져 있었다. 뭐라고 할까? 그러니까 그녀는 세상에 대한 이해의 폭이 넓어져 있었고 한편으로는 도전적이 되어 있었다.

고전 음악이 흐르는 찻집으로 들어갔다. 대학 시절에 자주 가던 곳이었다. 카운터에 앉아 있던 중년 마담이 그녀를 보고 반색을 했다.

가볍게 인사를 나눈 다음 자리에 걸터앉아 커피를 시켰다.

실내는 거의 텅 비어 있었다. 장사가 신통치 않은 것 같았다.

담배를 꺼내어 불을 붙인 다음 연기를 길게 빨았다가 한숨과

함께 후우하고 내뿜었다. 실내에는 장송곡 같은 음악이 흘러나오고 있었다.

커피를 마시고 나서 밖으로 나왔다. 마땅히 갈 데가 없었다. 무작정 천천히 걸었다. 쇼윈도에 진열되어 있는 그 어느 것 하나도 사고 싶은 마음이 없었다. 그런 것은 이제 자신과는 아무 상관이 없는 것으로 생각되었다.

칼국수 집으로 들어갔다. 반쯤 먹다가 나왔다. 자신의 행동이 갑자기 공허하게 생각되었다. 이 넓은 도시의 미로에서 그 자를 찾겠다니, 혹시 나는 어리석은 게 아닐까? 물론 어리석고말고. 어리석은 줄 알면서도 찾아 나선 것 아닌가.

그녀는 성난 눈초리로 어둠 저편을 쏘아보았다. 그 자는 지금 어디서 무엇을 하고 있을까? 내가 자기를 찾고 있다는 것을 알고 있을까?

그녀는 다시 걸었다. 그 때 누가 그녀의 팔을 낚아챘다.

"기분 안 좋으면 한 잔 하지. 어때?"

흰 이를 드러내고 웃는다. 남자 두 명이었다. 그녀는 하이힐 끝으로 상대의 정강이를 걷어 차 버리고 싶었다.

"이쪽은 괜찮아요."

"아, 빼지 말고……. 자, 가지."

팔을 놓으려고 하지 않는다.

"저기 경찰이 오고 있는데 부를까요?"

"제기랄…… 멘스가 나오나 보지."

그들은 투덜거리며 가 버렸다.

그녀는 천천히 걸어서 호텔로 돌아왔다. 11시가 거의 다 된 시간이었다.

방안으로 들어서는데 입구에 메모지가 디밀어져 있는 것이 눈에 띄었다. 얼른 집어 들고 들여다보았다.

“커피숍에서 기다리고 있겠습니다. 조문기.”

그녀는 즉시 커피숍으로 전화를 걸어 조 형사를 찾았다. 조 형사는 그때까지 가지 않고 기다리고 있었다.

보화는 그를 방으로 오게 했다.

5분쯤 지나 조 형사가 나타났는데 몹시 피로한 모습이었다. 그는 희미하게 웃으면서 조금 멋쩍은 표정을 지었다.

“다시 만나게 되는군요.”

“네, 안녕하셨어요!”

“네, 이런 데 혼자 있기 무섭지 않습니까?”

“괜찮아요.”

그들은 타는 듯한 눈으로 상대를 바라보았다.

“연락받고 바로 달려왔더니 안 계시더군요.”

“네, 오랜 만에 명동에 좀 가 봤어요. 오래 기다리셨겠네요.”

“두 시간 정도……. 오랜 만에 본 명동은 어땠습니까?”

“많이 변했더군요. 그 찬란하던 영광도 사라지고, 을씨년스럽기만 해요.”

“잘 봤습니다.”

보화는 냉장고 속에서 캔 맥주 두 개를 꺼내 들고 소파로 와서 앉았다.

"재회를 축하합시다."

그들은 웃음도 없이 캔을 부딪쳤다. 가까이서 보니 조 형사는 전보다 더욱 말라 있었다. 가끔씩 미간을 찌푸리는 것이 어디가 아픈 모양이다.

"몸이 불편하신가 보지요."

"아니, 괜찮아요."

그는 주머니 속에서 구겨진 신문지를 꺼내 탁자 위에 펴 놓았다. 보화는 그가 가리키는 곳을 응시했다.

"이 사건 아시나요?"

"네, 신문에서 봤어요."

조 형사는 긴장한 얼굴로 잠시 침묵하다가,

"이 자를 본 적 없습니까?"

하고 물었다.

보화는 얼른 대답하지 않고 조 형사를 뚫어지게 바라보기만 했다.

"몽타주가 제대로 나왔는지 모르겠는데…… 여러 사람들의 증언을 듣고 보니까 범인의 인상이 어쩐지 유 박사님을 살해한 범인과 비슷한 것 같아요. 그래서 연락을 취했던 겁니다."

"그래요?"

움푹 들어간 조 형사의 두 눈이 날카로운 빛을 띤다. 보화는 차분하게 말했다.

"이 몽타주를 보는 순간 그 자와 좀 비슷하다고 생각했어요. 그래서 좀 더 자세히 확인해 보려고 서울에 올라온 거예요."

"확인해 보려구요?"

형사의 눈에서 빛이 스러지고 있었다.

보화는 망설이다가 백 속에서 복사된 몽타주를 꺼냈다.

"이 몽타주가 더 정확할 거예요."

"이건 누가 그린 겁니까?"

"제가요."

조 형사는 눈을 부릅떴다.

"이럴 수가……."

"잊을 수가 없어서 그린 거예요."

형사는 맥주를 단숨에 들이켠 다음 소파에 등을 기대면서 한 손으로 얼굴을 가렸다.

한동안 무거운 침묵이 흘렀다. 한참 후 조 형사는 얼굴을 가린 손을 거두고 곤혹스런 표정으로 보화를 바라보았다.

"그 자를 잊으세요."

"잊을 수 없어요!"

보화는 세차게 머리를 저었다. 얼굴빛이 창백해지고 있었다.

"잊어야 합니다. 수사는 경찰에 맡기고……."

"절대 잊을 수 없어요. 잊지 않을 거예요. 그리고 저는 경찰에 크게 기대하지 않아요!"

"그 심정 알 만합니다. 그렇지만 공연한 짓을 해서는 안 됩니다. 이 몽타주로 범인을 찾으려 했나요?"

"네……."

조 형사는 잠시 어리벙벙한 표정을 지었다.

이윽고 그는 완곡하게 그녀를 타일렀다.

"안 돼요. 그래서는 안 돼요. 그것은 쓸데없는 짓이요. 그래도 경찰에 맡기는 게 나을 거요. 그리고 그것은…… 여자가 할 짓이 아니요. 너무 위험해요. 범인은 살인마요. 함부로 접근할 상대가 아니에요."

보화는 잠자코 고개를 숙이고 있다가 조 형사의 시선을 피해 어두운 창문을 바라보았다.

"말씀은 정말 고마워요. 그렇지만 제가 무슨 짓을 하든 상관 마세요."

그것은 나직하면서도 단호한 한 마디였다. 거기에서 조 형사는 결코 거슬릴 수 없는 강한 결의를 느끼고는 더 이상 할 말을 잃었다.

보화는 아버지의 연구 노트에 대해 이야기하려다가 그만두었다. 방 교수의 말대로 비밀로 묻어 두는 것이 좋겠다는 생각에서였다.

조 형사는 자정이 지나 돌아갔다.

이튿날 10시께에 그들은 다시 만났다. 조 형사는 뚱뚱한 형사와 동행이었다.

그들은 즉시 도쿄 상사 서울 지점을 찾아갔다.

조 형사가 보화가 그린 몽타주를 내보이자 직원들은 이구동성으로,

"네, 바로 그 놈입니다!"

하고 말했다.

"틀림없나요?"

"네, 틀림없습니다! 너무나 닮았습니다!"

조 형사는 새삼 보화의 솜씨에 탄복하고 말았다. 머릿속에 있는 기억력만으로 그만큼 그려 낼 수 있다는 것은 분명 놀라운 일이었다.

"처음에는 애를 먹었어요. 쉬운 일이 아니었죠. 그때마다 눈을 감고 범인의 영상을 잡아내곤 했어요. 한 달 동안 꼬박 그렇게 해서 그린 거예요."

도쿄 상사를 나오면서 보화가 하는 말이었다.

아무튼 이로써 두 처녀를 살해한 가짜 주일우가 유 박사 살해범과 동일 인물임이 밝혀진 셈이었다. 충격적이고 수사에 활기를 불어넣어 줄 수 있는 사실이었다.

조 형사는 강 형사에게 보화를 경호하도록 은밀히 지시한 다음 수사 본부로 직행했다. 새로 밝혀진 사실을 보고하지 않을 수 없었던 것이다.

보고를 받은 수사 본부는 술렁이기 시작했고 그 사실은 즉시 부산 시경 살인과에도 보고되었다.

자포자기 상태에 빠져 있던 부산의 유 박사 살해 사건 전담반은 보고를 접수하자마자 즉시 서울로 날아왔다.

그날 오후 1시 조금 지나 수사 본부에서는 합동 수사 회의가 열렸다. 중요 안건을 토의하기 위한 회의였으므로 기자들의 출입은 통제되었다.

안건은 공개 수사를 해야 할 것인가 아니면 비공개 수사를 해야 할 것인가 하는 것이 주 의제였다.

수사진은 그것을 놓고 둘로 나뉘어 격론을 벌였는데 공개 수사를 해야 한다는 쪽의 수가 더 많았다. 부산 팀도 그쪽을 편들고 있었다.

"그건 토의할 것도 없는 문젭니다. 이렇게 정확한 몽타주가 나온 이상 신문지상에 발표해서 시민들의 협조를 구해야 합니다. 대대적으로 보도하면 범인은 얼굴이 알려져 옴치고 뛸 수도 없을 겁니다. 공개 수사는 빠르면 빠를수록 좋습니다."

"공개 수사는 적당치 않습니다. 공개 수사를 하게 되면 범인으로 하여금 대책을 세우게 해 주는 계기가 됩니다. 자기 얼굴이 세상에 알려지는데 그대로 얼굴을 쳐들고 다니는 범인이 어디 있겠습니까? 틀림없이 재빨리 대책을 세워 숨어 버릴 겁니다."

"비공개로 하면 범인에게 도망칠 수 있는 시간적 여유를 주게 됩니다. 공개해서 신속하게 체포해야 합니다. 이 기회를 놓치면 체포가 어려워질지도 모릅니나."

"범인이 변장하고 다니면 공개 수사도 허탕입니다. 시민들의 신고를 기대할 수도 없습니다."

"검문검색을 강화하면 됩니다. 아무리 변장해도 오래 가지 못합니다."

토론은 쉽게 끝날 것 같지 않았다. 서로가 한 치의 양보도 없이 팽팽히 맞서고 있었다.

조 형사는 비공개 수사를 강력히 주장하고 있었다. 공개 수사를 한다고 해서 수사망에 걸려들 리는 없다는 것이 그의 생각이었다. 범인을 어느 정도 알고 있다고 생각하고 있는 그로서는 당연한 생각이었다.

"그 놈은 미꾸라지 같은 놈입니다. 거기다가 대담무쌍한 데가 있습니다. 공개 수사에 걸려들 정도로 그렇게 어수룩한 놈이 아닙니다."

그는 단정적으로 말했다.

"범인을 매우 두려워하는군요?"

누군가가 빈정거리는 듯 말했다.

"두려워할 만한 상대입니다. 지금까지 우리가 상대해 온 그런 잡범이 아닙니다. 놈은 강력하고 교활합니다."

모두가 조 형사를 주목했다. 그들은 갑자기 입을 다문 채 한동안 침묵했다.

"그렇다면……."

살인과의 최고 책임자가 비로소 입을 열었다. 그는 단안을 내리기가 곤란한 듯 수사 요원들을 둘러보다가,

"이런 문제는 투표로 결정하는 게 좋겠군."

하고 말했다.

결국 안건은 거수로 처리되었는데 공개 수사 쪽이 훨씬 우세했다.

기자들이 몰려드는 것을 보고 조 형사는 밖으로 나와 버렸다.

그는 기분이 별로 좋지 않았다. 몽타주가 모든 신문에 게재되고 매스컴이 떠들어대면 범인은 어떻게 나올까? 그의 생각에 범인은 끄떡도 하지 않을 것 같았다.

그날 저녁 조 형사는 보화와 함께 밤거리를 거닐었다. 보화가 방 안에 틀어박혀 있기가 답답하다고 해서 함께 거리로 나선 것이다.

"그럴 줄 알았으면 몽타주를 내주지 않았을 거예요."

그녀는 공개 수사를 한다는 말에 매우 불만을 표시했다.

조 형사는 대꾸할 말이 없었다. 보화에게 미안한 생각까지 들었다. 보화가 한 달에 걸쳐 영감에 의지한 채 그린 그 몽타주를 상부에 제출한 것은 그 자신이었다.

보화는 그것을 따지고 있었다.

"제가 그린 것은 이제 소용이 없게 되었군요. 범인이 그 모습대로 나돌아 다닐 리가 없지 않아요?"

"미안하게 됐습니다. 상부에 보고는 하지 말았어야 하는 건데……."

"저한테 사과하실 필요는 없어요."

그들은 어두운 거리를 지나갔다. 찬바람이 거리의 먼지를 휩쓸며 몰려오자 보화는 얼른 조 형사의 팔짱을 끼면서 얼굴을 숙였다.

"추운데 어디 좀 들어가요."

"그럽시다."

적당한 곳을 찾는 동안 그녀는 조 형사의 팔에 매달리다시피 하고 걸었다. 남들이 보기에는 마치 연인 같았다.

10분쯤 지나 그들은 조용하고 따뜻한 곳으로 들어갔다. 어느 경양식집이었다.

"공개 수사를 하면 가능성이 있을까요?"

"글쎄요."

조 형사는 곤혹스런 표정을 지었다.

그들은 맥주를 시켜서 마셨다. 보화는 사양하지 않고 술잔을 받았다.

"내일부터 대대적인 사냥 작전이 벌어질 겁니다. 범인을 체포하기 위해서 말입니다. 우선 거기에 기대를 걸어 보는 수밖에 없겠지요."

"범인은 쉽게 걸려들지 않을 거예요."

"나도 그렇게 생각하고 있어요."

"도쿄 상사는 뭐 하는 곳이에요?"

"일본 굴지의 종합 무역 상사지요. 범인은 서울 지점에 근무하고 있었지요."

"그럼 일본말도 잘 하겠네요?"

"물론이죠."

"어떻게 해서 입사하게 됐나요?"

"인사 기록 카드가 없어져서 듣기만 했는데……."

조 형사는 수사 수첩을 꺼내 들고 잠시 거기에 적어놓은 것을 들여다보았다.

"에또…… 입사 시험을 치르고 들어왔는데 입사 날짜는 76년 2월이고 입사할 때 성적은 1위였어요. 근무 평점 역시 훌륭했고 남의 눈에 드러나는 행동 같은 것은 일절 하지 않은 선량한 사람으로 평판이 나 있었습니다. 살인마가 그렇게 철저히 위장 할 수 있었다는 것은 놀라운 일입니다. 보통 사람으로서는 불가능한 일이죠."

"하는 일은 무엇이었나요?"

"시장을 확장하기 위해 한국 바이어들을 상대하는 일이었습니다. 수완이 좋아서 성적이 두드러졌는데 한 가지 특이한 것은 진급을 사양한 점입니다. 자리를 올려 주겠다고 하면 굳이 사양하는 바람에 줄곧 평사원으로 남아 있었다고 합니다."

"봉급은 얼마나 됐나요?"

"지난달까지 35만 원 받고 있었답니다."

"가까이 지낸 사람은 없었나요?"

"없었어요. 그 자는 모든 사람들한테 호감을 주면서도 그 누구와도 가까이 지내지는 않았어요. 직원들은 그 자가 사라지고 나니까 비로소 자기들이 그 자에 대해서 아무 것도 모르고 있었다는 것을 깨닫는 것 같았어요. 놀라운 일이지요. 4년 동안이나 함께 지냈으면서도 아무 것도 모르고 있었다니……."

"같은 집에 사는 가족끼리도 모르는 수가 많아요."

그녀는 냉담하게 대꾸했다.

조 형사는 그녀의 말을 이해할 수 있었다. 그래서 가만히 그녀의 다음 말을 기다렸다.

"저 역시 아빠에 대해 아무 것도 모르고 있었어요. 지금까지 함께 살아왔으면서 말이에요. 아빠가 돌아가시고 나니까…… 아빠에 대해서 알고 있는 거라곤 아빠의 따뜻한 미소뿐이었어요. 아빠는 저에게 매우 다정했어요. 저는 아빠의 사랑 속에서 지금까지 만족하고 살아온 거예요. 다정한 아빠…… 그것이 제가 알고 있는 아빠의 전부였어요."

"아버님에 대해서 새로운 사실이라도 발견한 게 있나요?"

"없어요."

그녀는 딱 잡아뗐다.

"유품은 아직 보관하고 있지요?"

"모두 없애 버렸어요."

"없애 버리다니, 어떤 걸 말입니까?"

"편지 · 연구 노트 · 실험실 기재들…… 그런 거 모두 없애 버렸어요."

"아니, 뭐라구요?"

조 형사는 들고 있던 술잔을 소리 나게 내려놓으면서 보화를 쏘아보았다.

"그거, 정말인가요?"

"네, 정말이에요!"

"원, 세상에…… 어디 그럴 수가……. 도대체 왜 그걸 없애 버렸나요?"

"저도 잘 모르겠어요. 아빠의 손때가 묻은 것들이 왠지 싫었어요. 그것들을 볼 때마다 견딜 수가 없었어요."

"그래도 그렇지."

조 형사는 믿어지지 않는다는 듯 그녀를 바라보았다. 그러나 보화는 시침을 떼고 앉아 있었다. 그녀는 아버지의 비밀이 밝혀지는 것을 한사코 막고 싶었다.

조 형사는 한숨을 내쉬며 탄식했다. 수사의 단서가 될지도 모르는 귀중한 자료들이 없어진 데 대한 탄식이었지만 그렇다고 보화를 질책할 수도 없는 노릇이었다.

"편지를 여기다 베껴 두길 다행이었군요."

조 형사는 수첩을 펴 보았다.

"유 박사님께 부쳐져 온 그 이상한 편지 내용들을 여기다 모두 적어 놓았지요. 정말 다행입니다."

보화는 입을 다물고 그 수첩을 쏘아보았다. 조 형사는 상관하지 않고 말했다.

"발신인에 대해 한 번 알아봐야겠어요."

"일본까지 가실 건가요?"

"글쎄…… 우선 일본 경찰에 수사 의뢰를 해 본 다음에 결정해야죠."

"일본 경찰이 잘 응해 줄까요?"

"글쎄, 아마 기대 밖이겠죠. 그 사람들은 모든 일에 냉담하니까요. 우리하곤 달라요. 불쾌한 작가들이죠. 하지만 하는 수 없죠. 아쉬운 건 우리 쪽이니까요."

그들이 그 곳을 나온 것은 11시가 지나서였다. 두 사람은 상당히 취해 있었다.

조 형사는 보화를 호텔 방까지 데려다 주고 가려다 소파에 앉아 잠이 들어 버렸다.

보화는 조 형사를 내버려 둔 채 비틀거리며 욕실로 들어가 샤워를 했다. 그러고 나서 브래지어와 팬티 차림만으로 침대 속에 들어가 곧 잠이 들었다.

이튿날 아침 눈을 떴을 때 조 형사는 가고 없었다.

그녀는 일어나서 탁자 위에 놓여 있는 메모지를 집어 들었다.

"어젯밤에는 실례 많았습니다."

정중한 문구에 그녀는 오히려 반발을 느꼈다.

대강 차려 입고 나서 아래층으로 내려온 그녀는 조간신문을 한 장 사 들고 커피숍으로 들어가 커피를 시켰다. 신문을 펴 들자 먼저 그녀가 그린 몽타주 두 개가 크게 클로즈업되어 나타났다. 하나는 안경을 끼었을 때의 모습이었고 다른 하나는 안경을 끼지 않았을 때의 모습이었다. 사회면 전체가 몽타주와 함께 범인에 관한 기사로 가득 차 있었다. 공개 수사에 매스컴이 적극 협조하고 나선 것이 역력했다.

조 형사의 말을 듣고 예상은 했지만 막상 자신이 그린 몽타주가 자신의 의사와는 상관없이 그렇게 발표된 것을 보자 그녀는 몹시 불쾌했고 그와 함께 실망이 또한 컸다.

"이럴 수가 없어."

그녀는 중얼거리면서 보도된 기사를 자세히 읽어 보았다. 대대적으로 보도되긴 했지만 범인이 아직 오리무중 속에 있다는 것 외에는 새로운 것이 없었다.

문득 범인의 국적에 대해 의심이 갔다. 한국말과 일본말에 동시에 능통하다면 혹시 국적이 일본일지도 모르지 않는가? 아니면 재일 동포일 가능성도 배제할 수 없다.

하나의 계획이 섬광처럼 머리를 스치고 지나갔다. 이대로 호텔에 죽치고 앉아 있을 수 없다는 생각이 들었다.

"범인이 나타나기를 기다리고 있어서는 안 된다! 찾아 나서야 한다!"

다시 방으로 돌아온 그녀는 한 곳으로 전화를 걸었다. 상대는 부재중이었다. 이쪽 전화번호를 다시 알려 준 다음 식당으로 가서 식사를 마치고 거리로 나왔다. 거리에는 눈에 띄게 경찰들이 나와 서서 검문검색을 하고 있었다. 그들은 닥치는 대로 행인들을 불러 세우고 신원을 조사하고 있었다.

보화는 한동안 서서 그 광경을 지켜보았다. 과연 범인이 저기에 걸려들까? 그녀는 고개를 설레설레 저었다. 저기에 걸려들 정도라면 범인은 벌써 잡혔을 것이다. 범인은 저 광경을 보고 웃겠지. 그리고 더욱 단단히 자신을 위장하겠지.

그녀가 호텔로 다시 돌아온 것은 12시경이었다. 방 안으로 들어서자마자 전화벨이 울었다. 수화기를 급히 집어 들자 남자의 굵은 목소리가 들려왔다.

"저, 민대식입니다."

"어머!"

그녀는 반색했다.

"세 번째 전화 거는 겁니다."

"지금 어디 있어요?"

"커피숍에 있습니다."

"좀 올라올래요?"

"네, 그러죠."

민 대식은 건강한 모습으로 활짝 웃으며 들어왔다. 그는 개학을 앞두고 서울에 올라와 있는 중이었다.

"서울엔 웬일이십니까?"

"자, 앉아요."

그들은 마주보고 소파에 앉았다.

"신문 보고 놀랐습니다. 이만저만 놀란 게 아닙니다!"

그는 호주머니에서 신문을 꺼내 펴더니 범인의 몽타주를 손바닥으로 두드렸다.

"우리가 부산에서 찾던 인물 아닙니까? 몽타주가 똑같더군요. 이런 놈인 줄 몰랐습니다."

"미안해요. 사실대로 말하지 않아서……."

"신문을 보고 나니까 식은땀이 쫙 흐르더군요."

심각한 표정으로 이쪽을 바라본다. 보화는 잘 생긴 청년의 얼굴을 응시하다가 시선이 마주치자 눈길을 돌렸다.

"왜 그 자를 찾으시는 겁니까? 혹시 수사 기관에 계시는 거 아닙니까?"

"아니에요."

그녀는 미소하며 고개를 저었다.

"그럼 안심입니다. 전 혹시나 했죠. 그리고 좀 불쾌했습니다. 수사 기관에 이용당한 것 같아서……."

"그런 것하고는 거리가 멀어요."

"그럼 왜 그 자를 찾으시는 겁니까?"

보화는 대답을 못하고 머뭇거렸다. 그렇다고 달리 숨길 말도 생각나지 않았다. 이젠 감춘다고 해서 넘어갈 것 같지도 않았다.

"사실은 저는…… 피해자예요."

"그럼 혹시 유한백 박사님의……?"

"네, 바로 제 아버님이에요."

"그렇군요!"

대학생은 입을 벌리고 한동안 멍하니 그녀를 바라보았다. 놀라운 일일 수밖에 없었다. 그리고 그것은 기이한 일이기도 했던 것이다.

"유 박사님 사건은 신문에서 읽어 잘 알고 있습니다."

그녀는 초점 없이 시선을 허공으로 던졌다. 얼굴빛은 창백했고 냉기마저 띠고 있었다.

"대강 짐작이 갑니다. 그렇지만 잊으십시오. 여자로서는 무립니다. 경찰이 잘 해결해 드릴 겁니다."

그녀는 미동도 하지 않고 있었다.

"듣고 보니까 저도 증오감이 이는군요. 누님의 심정이 어떻다는 거…… 충분히 이해가 갑니다. 그렇지만…… 누님……."

생전 처음 젊은 남자로부터 누님이란 칭호를 듣자 보화는 마치 따뜻한 물속에 몸을 담그는 것 같은 기분을 느꼈다. 감미로운 기분이 가슴 속으로 스며드는 것을 느끼면서 그녀는 가만히 청년을 바라보았다.

"…… 누님…… 잊으십시오. 증오감을 다른 데로 돌리십시오. 여자가 할 일이 아닙니다."

"우리, 그런 말은 하지 말아요. 충고는 고맙지만 저는 절대 포기할 수 없어요. 내 목에 칼이 들어와도…… 절대 안 돼요. 누구도 제 결심을 돌릴 수 없어요."

민대식의 시선이 천천히 밑으로 떨어지더니 이윽고 탁자 위에 놓인 신문의 몽타주 위에 머물렀다. 한참 동안 고개를 숙인 채 그것을 응시하다가 그는 고개를 들어 그녀를 바라보았다.

"미안합니다. 건방진 거 용서하십시오."

"아, 아니에요. 괜찮아요."

침울하게 가라앉아 있던 분위기를 헤치려는 듯 그녀는 미소를 지어 보였다.

"앞으로 그런 말은 하지 않겠습니다."

"이해해 줘서 너무 고마워요. 또 도움이 좀 필요해서 전화한 거예요."

"네, 얼마든지……. 제 힘이 닿는 한 도와드리겠습니다."

"일본어 좀 아시나요?"

"모릅니다."

"영어 회화는?"

"조금 합니다. 아직 서툴러요."

"일본에는 가 보셨나요?"

"아뇨. 외국에 나가 본 적은 없습니다."

"나하고 일본에 좀 갔으면 좋겠는데……."

"일본에요?"

"네, 나 혼자 가기가 두려워서 그래요. 꼭 가기는 가야 하는데……."

민대식은 의혹에 찬 눈으로 보화를 주시했다.

"일본에는 왜 가시려는 겁니까?"

"사건에 관련된 거예요. 누구를 찾으려고 그래요."

"그렇다면…… 사건이 국제성을 띠고 있나 보군요."

"그런 것 같아요."

"좀 자세히 말씀해 주실 수 없습니까?"

보화는 한참 생각해 보다가 무섭게 고개를 저었다.

"아무 것도 말씀드릴 수 없어요. 지금은 아무한테도 말할 수 없어요. 그러고 싶지도 않고요. 나중에 기회가 있으면 자세히 말씀드리겠어요."

"알겠습니다."

민대식은 굳이 캐묻지 않았다. 그러나 몹시 궁금해 하는 눈치였다.

그들은 동시에 무거운 침묵 속으로 빠져들었다. 한참 후 보화가 먼저 입을 열었다.

"곧 개학이라 안 되겠죠?"

"장기간 아니라면 시간은 낼 수 있습니다. 일본에 가 보고 싶기도 하구요."

"그럼 일본에 가는 수속을 밟도록 하죠. 경비 문제는 걱정하지 말아요. 물론 보수도 지급하겠어요. 보수는 얼마나 드리면 될까요?"

"그런 건 필요 없습니다!"

대식은 단호하게 말했다.

"왜요?"

"받고 싶지 않습니다."

"그래서는 안 돼요. 그러면 부탁하지 않겠어요. 무보수로 일하면 제 마음이 편치 않아요. 제가 불편하기 때문에 그러는 거예요. 돈이 많아서 그러는 것도 아니고 누구를 도와주고 싶어서 그러는 것도 아니에요. 그리고 노력에 대한 대가는 반드시 지불되어야 한다는 것이 제 생각이에요. 그건 원칙이 아닌가요? 거북해할 것도 이상하게 생각할 것도 없어요."

순진한 대학생은 민망한 듯 그녀를 쳐다보기만 한다.

"일당 5만 원씩 드리면 어때요? 그 전처럼……."

"너무 많습니다. 1만 원씩만 주십시오."

그들은 승강이를 하다가 결국 2만 원 선에서 낙착을 보았다.

"또 하나 부탁이 있어요. 우리가 일본에 가면 먼저 언어 장벽에 부딪힐 거예요. 그렇게 되면 아무 일도 할 수 없어요."

"일본말 잘 하는 사람이 필요하겠군요?"

"네, 바로 그거예요. 아는 사람 없어요?"

"한 번 알아보겠습니다."

"일본말을 잘 하는 사람은 많아요. 그렇다고 아무에게나 부탁할 수는 없어요. 지적 수준이 높고 양심적이고 용감한 사람이어야 해요."

"그런 사람이 있을지 모르겠습니다만…… 한 번 알아보겠습니다."

"서둘러 알아봐 주세요. 보수는 출발한 날로부터 계산해 드리겠어요."

"알겠습니다."

그들은 방을 나와 스카이라운지로 올라갔다.

스카이라운지 한 편에는 식당 네 개가 자리 잡고 있었다.

그들은 중국 음식점으로 들어가 자리 잡았다.

"많이 들어요."

"이거…… 너무 눈부신데요."

민대식은 호화로운 분위기에 눈을 굴리면서 거북해했다.

이름도 알 수 없는 여러 가지 음식들이 계속 나왔다. 보화는 조심스럽게 식사하면서 줄곧 젊은 대학생을 바라보았다.

아무리 보아도 그는 젊고 싱싱했다.

이미 자정이 지나고 있었다. 심한 바람에 창문이 덜컹거리고 있었다.

조문기 형사는 어두운 방 안에 누워 있었다. 복통에 잠을 이루지 못한 채 끙끙 앓는 신음 소리가 간헐적으로 흘러나오고 있었다. 병원에 가야 할 날짜가 지났는데도 그는 차일피일 미루고 있었다. 틈을 내어 갈 수는 있지만 어쩐지 가기가 싫었다.

그는 하숙 생활을 하고 있었다. 그러니 곁에서 간호해 줄 사람 하나 있을 리가 없었다. 변두리의 싸구려 하숙방에 누워 있는 그는 그야말로 외롭기 짝이 없었다. 그렇다고 자신의 기분이나 처지를 누구에게 이야기하는 성미도 아니었다.

한참 후 복통이 지나자 그는 일어나서 불을 켰다.

온 몸이 진땀에 젖어 있었다. 밖으로 나가 찬물에 세수를 한 다음 다시 들어와 자리에 누웠다. 몸은 물에 젖은 솜처럼 늘어져 있었지만 왠지 잠을 이룰 수가 없었다.

새벽녘에야 눈을 붙인 그는 9시 조금 지나 하숙집을 나왔다.

국제 전신 전화국에 도착한 것은 반시간쯤 지나서였다.

그는 도쿄 경시청 살인과로 국제 전화를 신청했다. 본부에 가서 전화 거는 것이 편했지만 그 나름대로 우선 은밀히 조사하고 싶어서 전화국을 찾은 것이다.

5분쯤 지나 그는 부스 안으로 들어가 수화기를 들었다.

"네, 도쿄 경시청입니다."

여자 교환수의 목소리가 수화기를 타고 아득히 들려왔다.

"여기 서울인데요…… 살인과의 사또 오사무 형사를 부탁합니다!"

일본말로 소리 지르고 나서 그는 기침을 콜록콜록 했다. 소리 지르는 것이 몹시 싫었지만 통화를 해야 하니 하는 수 없었다. 잠시 후 느린 목소리가 들려왔다.

"네, 사또 오사무입니다."

"아 사또상, 나…… 부산 시경에 있던 조문기입니다. 기억나십니까?"

"아아, 조 형사님, 기억하구말구요! 잊을 리가 있습니까?"

매우 뜻밖이라는 듯 반색을 한다.

"오랜 만입니다……"

"네, 오랜 만입니다. 그 때는 정말 고마웠습니다. 진작 인사드려야 하는 건데…… 용서하십시오!"

일본인다운 예의였다. 조 형사는 터져 나오려는 기침을 간신히 눌러 참았다.

"원, 별 말씀을……. 저는 그동안 부산에서 서울로 자리를 옮겼습니다. 여전히 살인과에서 일하고 있습니다,"

"아, 그러셨군요!"

"한 가지 부탁이 있어서 전화 드렸습니다."

"네, 무슨 일입니까?"

갑자기 경계하는 태도다. 조 형사는 망설이다가 말했다.

"비공식적으로 부탁하는 겁니다. 정식 채널이 아닌 만큼 상부 보고 없이 제 개인적으로……."

"네네, 알았습니다. 입을 다물어 드리죠."

센스가 빠른 친구였다.

"다름이 아니고 최근에 발생한 연쇄 살인 사건에 관계된 건데…… 관계가 있는지 없는지 아직 단정을 내릴 수는 없습니다. 좀 적으시겠습니까?"

"네, 그러죠. 잠깐 기다리십시오."

상대가 메모할 것을 준비하는 동안 조 형사는 입을 가리고 기침을 토했다.

"네, 말씀하십시오."

"한 사람은 시이나 에이사꾸, 또 한 사람은 나까네 나오꼬…… 두 사람 다 도쿄에 살고 있습니다."

사또 형사는 주소를 자세히 묻고 나서,

"이 사람들 뭐 하는 사람들입니까?"
하고 물었다.

"모릅니다."

"은밀히 조사해야 하나요?"

"네, 그렇습니다."

"어디로 연락해 드릴까요?"

"제가 연락하겠습니다."

"알겠습니다. 급한 것인가요?"

"네, 가급적이면 빨리……."

"알겠습니다."

"바쁘신데 미안합니다."

"원, 천만에 말씀을……."

"안녕히 계십시오."

수화기를 놓고 돌아서는데 다시 복통이 밀려왔다.

어느 때보다도 격심한 복통이었다. 배를 움켜쥐고 나무 의자에 주저앉자 사람들이 모두 그를 쳐다보았다.

"괜찮으십니까?"

경비원이 다가와 허리를 굽히고 묻는다.

"화장실이 어디죠?"

"저쪽입니다."

화장실로 달려간 그는 진통제를 입 속에 털어놓고 정신없이 수돗물을 마셨다.

고개를 쳐들고 거울에 비친 자신의 모습을 바라본다. 앙상한 모습이다. 눈은 더욱 움푹 꺼진 것 같다. 턱에는 수염이 까칠하게 나 있다. 얼굴 전체가 주름살로 덮인다.

눈물이 나오도록 심하게 기침한 다음 그는 밖으로 나와 택시를 집어탔다.

"S대 부속 병원으로 갑시다!"

택시 속에서 그는 줄곧 눈을 감고 있었다.

"약속을 안 지키시는군요."

담당 의사가 그를 보고 차갑게 말했다. 눈에 노기가 서린 듯했다.

"죄송합니다."

"자기 몸 자기가 알아서 하겠지만……."

의사는 X레이 필름을 들여다보더니 고개를 무겁게 흔들었다. 그리고 연민에 찬 눈으로 그를 바라보았다.

"가족은 몇이나 되나요?"

"혼잡니다."

"다행이군요."

중얼거리더니 갑자기 입을 다물어 버린다. 담배 한 대를 모두 태울 때까지 한숨만 내쉰다. 조 형사는 불길한 예감과 함께 가슴이 답답해 왔다. 그가 답답해하는 기색을 보이자 의사가 다시 입을 열었다.

"실례지만…… 직업이 뭡니까? 카드에는 무직이라고 돼 있는데……."

조 형사는 머뭇거렸다. 그는 부득이한 경우 외에는 절대 자신의 직업을 밝히지 않고 있었다.

"경찰입니다."

"그렇군요."

고개를 크게 끄덕인다.

"무슨 일을 하고 계십니까?"

"살인과에 있습니다."

의사는 다시 한숨을 내쉬고 나서 그를 물끄러미 바라보았다.

"그러시다면…… 자신의 문제에도 냉정히 받아들일 수 있겠군요."

"필요하다면 그래야 되겠죠. 솔직히 말씀해 주십시오. 병명을 말입니다."

"네……."

의사는 안경을 벗어 그것을 옷자락에 비비고 나서 도로 얼굴에 끼었다. 그리고 결심한 듯 빠른 어조로 말했다.

"암입니다. 위암……."

"중증인가요?"

"네……."

조 형사는 무릎 위에 포개 놓은 두 손을 내려다보았다.

욕실에서 나온 안개의 사나이는 벌거벗은 채로 거울 앞에 섰다. 몸에는 물방울이 맺혀 있었다. 군살 하나 없는 매끄럽고 탄탄한 육체였다.

조금 후 그는 수건으로 물에 젖은 머리를 닦아 낸 다음 머리에다 회색빛이 나는 약품을 발랐다. 매우 정성들여 바른 다음 빗질을 하자 머리칼이 잿빛으로 빛나기 시작했다. 머리 중간에 가르마를 타서 머리칼을 양쪽으로 빗어 넘겼다.

다음에 역시 잿빛의 콧수염을 코 밑에다 붙였다. 강한 접착제를 사용했기 때문에 여간해서는 떨어질 염려가 없었다. 그것만으로도 얼굴 모습이 많이 변해 있었다. 거기에다 가는 금테 안경을 끼자 사람이 완전히 달라 보였다. 그는 어느새 멋진 노신사로 변해 있었다.

탁자 위에 펴 놓은 007가방 속에는 변장에 필요한 갖가지 물건들이 질서 정연하게 들어 있었다.

검정 바지에다 목까지 올라오는 검정 털셔츠를 껴입고 난 그는 천천히 담배를 피워 물었다. 그리고 창가로 다가가 커튼을 젖혔다.

잿빛 바다가 눈 아래로 시야 가득히 들어왔다. 하늘은 잔뜩 흐려 있었고 파도는 거칠게 울부짖고 있었다.

그는 미동도 하지 않고 한동안 바다를 바라보고 있었다.

그는 지금 제주도 K호텔 10층의 한 방에 투숙하고 있었다.

이윽고 그는 수화기를 집어 들고 필요한 것을 주문했다.

"여기 10층 9호실인데…… 장어 정식 하나와 신문을 부탁합니다. 장어는 너무 짜게 졸이지 말아요. 20분 후에 커피도 한 잔 부탁합시다."

식사가 올 때까지 그는 라디오 뉴스를 들었다.

톱뉴스를 단연 연쇄 살인 사건에 관한 것이었다. 경찰은 유한백 박사 살해범과 연쇄 살인 사건 범인을 동일 인물로 보고 정확한 몽타주에 의거해서 범인을 찾고 있다고 했다.

식사와 함께 조간 신문이 들어왔다. 그는 직원에게 후한 팁을 주었다.

직원이 정중히 인사하고 사라지자 그는 먼저 신문을 펴 들었다. 그리고 거기에 크게 게재된 자신의 몽타주를 뚫어지게 들여다보았다. 이윽고 그의 입에서

"으음……."

하는 신음 소리가 흘러 나왔다.

몽타주의 정확성에 자못 놀란 것이 분명했다.

그는 식사하면서도 줄곧 몽타주를 들여다보고 있었다. 그리고 고개를 끄덕이기도 하고 흔들기도 하면서 기묘한 표정을 짓기도 했다.

그는 판단하는 것이 매우 빨랐다. 그리고 정확했다. 마침내 그의 입에서,

"그 계집애 짓이야!"

하는 중얼거림이 흘러 나왔다.

"죽여 버릴걸……."

그는 불쾌한 빛으로 뇌까렸다. 식사를 깨끗이 끝내고 난 그는 커피까지 마시고 나서 방 안을 한동안 거닐었다.

잠시 후 그는 서울로 직통 전화를 걸었다. 특실이었기 때문에 방 안에는 직통 전화가 가설되어 있었다.

다르르 하고 신호 가는 소리가 한참 계속되다가 이윽고 찰칵

하고 신호 떨어지는 소리가 들려왔다.

그는 가만히 숨을 몰아쉬면서,

"거기 박물관입니까?"

하고 물었다.

"네, 그렇습니다만……."

남자 목소리가 들려왔다. 긴장한 목소리였다.

"관장님 좀 부탁합니다."

"잠깐 기다리십시오."

조금 후 쉬어 빠진 듯한 남자 목소리가 들려왔다.

"네, 전화 바꿨습니다."

"여기는 아마……. 당신은……?"

"제로…… 제로……."

"할 이야기가 있습니다."

"오랜 만입니다. 그렇지 않아도 연락을 바라고 있었는데…… 잘 됐습니다."

"지금 저는 불리한 상황에 놓여 있습니다."

"대강 알고 있습니다. 신문에 크게 났더군요. 왜 그런 실수를……!"

"이젠 할 수 없습니다. 부탁을 하나 드리려고 하는데……."

"무슨 부탁입니까?"

"국외로 나가려고 합니다. 홍콩으로 나갈 수 있게 손을 좀 써 주십시오."

"글쎄…… 생각해 봅시다."

"우물쭈물할 시간이 없습니다."

"조건이 있는데……."

"무슨 조건인가요?"

"새로운 계약입니다. 계약 없이 일에 착수할 수 없지 않습니까? 1차 계약은 모두 끝났기 때문에 이제 우리 관계는 백지 상태나 다름없습니다. 따라서 다른 일을 위해서라면 새로 계약을 맺어야겠죠."

"부탁을 들어 줄 수 없다는 말인가요?"

"아, 아니죠. 서로 조건이 맞으면 가능하다 이거죠."

암호명 야마는 잠시 미동도 하지 않다가,

"조건이 뭡니까?"

하고 물었다.

"우리는 가장 적합한 사람에게 일을 맡깁니다. 당신은 역시 당신의 전문 분야가 있지 않습니까?"

"또 그 일인가요?"

"네, 바로 그겁니다."

"그런 일이라면 싫소! 내가 분명히 한 번만이라고 말했을 텐데……."

웃음소리가 희미하게 들려왔다. 기분 나쁜 소리였다.

"흐흐흐흐…… 당신은 의외로 고지식하군요."

"……."

킬러는 얼어붙은 듯 침묵하고 있었다.

"우리는 다시 한 번 당신의 솜씨를 빌리고 싶습니다. 마지막으로 한 번만 말입니다."

"당신들은 언제나 그런 식이죠. 이쪽의 약점을 잡아서 곤란한 일을 부탁하는 게 당신들의 수법이니까요."

"서로가 그런 걸 따질 입장이 아니란 걸 잘 아실 텐데……. 당신은 개인이지만 우리는 조직입니다. 나는 지시대로 움직이고 있을 뿐입니다."

"그런 짓이라면 사양하겠소."

"그러면 당신은 국외로 빠져 나가기 어려울 겁니다. 아니, 불가능하죠. 그리고 당신은 조만간 체포되어……."

"닥쳐!"

그는 낮게 소리치면서 수화기를 철컥 내려놓았다.

분노에 떨면서 그는 실내를 빙빙 돌아갔다. 마치 우리에 갇힌 맹수처럼…….

바다는 더욱 거칠게 울부짖고 있었다. 높이 치솟는 파도 사이로 가물가물 사라지고 있는 조그만 배를 바라보다가 그는 밖으로 나가려고 문을 열었다. 그때 전화벨이 요란스럽게 울었다.

그는 흠칫 놀라며 돌아섰다.

전화벨은 계속 울어대고 있었다. 누굴까? 자기에게 전화를 걸어 올 사람이 없다는 것을 그는 잘 알고 있었다. 그런데 지금 전화가 걸려 온 것이다. 그가 제주도 K호텔에 투숙하고 있다는 것을 아는 사람은 아무도 없다. 그는 그것을 자신하고 있었다. 아마 호텔 종업원이 거는 것이겠지 하고 생각하면서 그는 수화기를 집어 들었다.

"네……."

"아, 야마……."

"당신은 제로."

"하하하하…… 흐흐흐흐……."

쉬어 빠진 웃음소리에 킬러는 소스라치게 놀라는 표정을 지었다. 이윽고 그의 얼굴은 분노로 일그러지고 있었다.

"미행했군요!"

"흐흐흐…… 미안합니다."

"왜 그런 짓을 했죠. 내가 그런 것을 싫어한다는 걸 잘 알 텐데……."

"미행한 게 아닙니다. 우리 조직은 전국적으로 세포 조직이 다 돼 있어서 당신의 움직임이 레이더망에 포착된 것뿐입니다. 당신이 어디를 가나 우리는 당신의 움직임을 텔레비전을 보듯 훤히 볼 수가 있습니다."

"경고해 두는데 지금 당장 미행을 중지시키시오."

"그럴 수는 없지. 우리 요구를 들어 주기 전에는……."

"거기에 대해서 말하고 싶지 않아!"

"만일 끝까지 거부한다면 우리도 생각이 있어."

"……."

"우린 어느 때라도 당신을 경찰에 넘길 수가 있어. 전화 한 통화로 말이야."

"이젠 협박하는군. 이 악당들 같으니……."

"공짜로 하자는 게 아니야. 당신의 출국을 보장해 주는 대가로 그러는 거야. 세상에 공짜가 없다는 걸 잘 알 텐데……. 안 그렇소? 야마, 당신은 총명한 줄 아는데……. 거절하면 결국 당신 손해란 걸 잘 알 텐데……."

"생각해 보겠다. 오후 5시 정각에 전화를 걸어 줘."

방을 나온 그는 호텔 아래층에 있는 낚시 가게로 갔다. 그 가게에서는 손님들을 위해 낚시 도구를 빌려 주고 있었다.

"이렇게 파도가 심한데 낚시 나가시려구요?"

나이 많은 주인이 눈을 크게 뜨고 물었다.

"네, 이런 날이 저는 좋습니다. 배를 하나 빌렸으면 좋겠는데……."

"아이구, 누가 이런 날 배를 내겠습니까?"

"요금을 많이 드리죠. 10만 원 드리겠습니다."

주인은 굴복했다.

한 시간 후 킬러는 통통선 한 척을 빌려 타고 바다로 나갔다. 중년의 배 주인은 거친 파도에 겁을 잔뜩 집어먹은 표정이었지만 그는 태연했다.

한 시간쯤 바다 가운데로 나가자 파도가 차츰 가라앉기 시작했다. 조금 후에는 구름이 걷히면서 햇빛이 비쳤다.

그는 잠들기 시작한 바닷물에 낚시를 드리우고 난간에 기대 앉았다. 그러한 그의 모습은 마치 세상에서 가장 한가로운 사람 같았다. 사실 배 주인만 해도 그를 서울서 내려온 돈 많은 서울 신사쯤으로 생각하고 있었다.

점심때가 가까워 왔을 때 그는 묵직한 참돔 한 마디를 낚아 냈다. 갑판 위에 동댕이쳐지자 놈은 길길이 날뛰기 시작했다. 황금빛 비늘이 햇빛을 받아 반짝이는 것이 너무도 싱싱하고 아름다워 보였다.

배 주인이 몽둥이로 후려치려는 것을 제지하고 그는 고기를 바다 위로 집어 던졌다. 배 주인은 세상에 별꼴 다 보겠다는 듯이 어이없는 표정으로 그를 바라보았다.

"아니, 왜 고생해서 잡아 놓고 도로 살려 줍니까? 그거 한 마리에 값이 얼만데요?"

"……."

그는 배 주인에게 대꾸도 하지 않은 채 다시 바다 속으로 낚시를 드리웠다. 주로 참돔이 걸렸는데 그때마다 그는 고기를 도로 놓아 주곤 했다. 배 주인이 한 마리 얻자고 했지만 그는 끝내 응하지 않았다.

5시에 호텔 방으로 돌아온 그는 암호명 제로에게 다시 전화를 걸었다.

"생각해 봤나요?"

제로는 은근히 물어 왔다.

"생각해 봤소. 조건을 받아들이겠소."

"반가운 일이요."

"약속은 지켜야 합니다. 만일 지키지 않을 경우에는 난 가만있지 않을 거요."

"아, 물론…… 약속은 지킵니다."

"필요한 자료를 보내 주십시오."

"우리 사람을 그리 보내지요. 내일 중으로 보내겠소."

"내일 낮 12시에 K호텔 앞 바닷가에서 만나 볼 수 있게 해 주십시오. 내가 알아볼 수 있는 표시를 해 주시오."

"윗주머니에 붉은 장미꽃 한 송이를 꽂은 사람을 보거든 담뱃불을 청하시오. 빈 성냥갑을 내줄 거요."

"그 성냥갑 속에 백 원짜리 동전 하나를 넣어 주겠소."

"알았습니다."

"일이 끝나고 닷새 이내에 출국할 수 있게 해 주시오."

"네, 약속하지요."

그것으로 계약은 끝난 셈이었다.

이튿날 12시 10분 전에 그는 소음 장치를 끼운 독일제 9미리 와루사 IPPK 피스톨을 겨드랑이 밑에 감추고 호텔 앞 백사장으로 나갔다.

K호텔 앞 백사장은 모래 결이 고운데다 드넓어서 사철을 두고 사람들의 발길이 끊이지 않고 있었다. 주로 신혼부부와 연인들이 대부분이었다.

남쪽이라 이미 날씨가 봄 날씨처럼 포근했다. 날씨가 따뜻해지자 바닷가를 찾아오는 사람들이 부쩍 늘어나고 있었다. 그날은 하필 일요일이라 사람들이 더욱 많았다.

그는 선글라스를 쓰고 바지에 두 손을 찌른 채 모래밭 위를 천천히 걸어갔다.

윗주머니에 붉은 장미꽃을 꽂은 사람을 본 것은 정확히 12시 3분경이었다. 키가 큰 사나이였는데 그 자 역시 검은 안경을 쓰고 있었다. 회색 반코트에 체크무늬의 목도리를 두르고 있었고 머리는 스포츠형이었다.

그는 모래밭 끝에 있는 큰 바위에 기대서 있다가 킬러가 다가가자 곁눈질로 그를 쳐다보았다. 오른손을 주머니 속에 넣고 있었는데 몹시 불룩한 것이 무기를 숨기고 있는 것 같았다. 보통 사람 서너 명은 단숨에 때려눕힐 것 같은 건장한 사나이였다.

거기에 비해 킬러는 왜소해 보였다.

그는 주위를 둘러보았다. 백사장이 끝나는 곳이었기 때문에 그 주위에는 사람이 없었다.

"담뱃불 좀 빌릴까요?"

그가 물었다. 키 큰 사나이가 몸을 움직였다. 오른손은 여전히 반코트 주머니 속에 들어가 있었다.

바위에 기댔던 몸을 천천히 일으키면서 말없이 성냥갑을 내민다. 킬러는 그것을 받아 열어 보았다. 성냥개비는 없었다. 백 원짜리 동전 한 개를 그 속에 집어넣은 다음 성냥갑을 돌려주면서,

"감사합니다."

하고 말했다.

키 큰 사나이의 몸에서 경계의 빛이 사라지고 있었다. 완전히 몸이 풀렸다고 보이는 순간 킬러는 주먹으로 번개처럼 상대의 복부를 후려쳤다. 연달아 세 번 후려치자 상대는 무릎을 꿇으며 모래밭에 코를 처박았다. 처음부터 죽이려고 그런 것은 아니었다. 죽이려 들었다면 급소를 한 번 치는 것으로 끝났을 것이다. 상대의 권총을 빼내 바다에 던져 버린 다음 소음 권총의 총구를 뒤통

수에 박았다.

"제로가 있는 곳을 대!"

"모, 모릅니다!"

거친 숨결에 모래 먼지가 일었다. 총구를 더 깊이 박았다.

"제로가 있는 곳을 대!"

"모릅니다. 정말 모릅니다!"

"누가 보냈어!"

"누가 보냈는지 모릅니다! 시키는 대로 왔을 뿐입니다!"

조직의 끄나풀이란 사실 아무 것도 모르기 마련이다. 단지 시키는 대로 움직이는 것이 대부분이다. 그것을 잘 알고 있는 킬러는 곧 자신의 행동이 쓸데없는 짓이라는 것을 깨달았다.

"일어나."

그는 뒤로 물러섰다.

모래에 범벅이 된 키 큰 사나이는 일어나서도 정신을 차리지 못하고 비틀거리고 있었다. 충격이 컸던지 반격해 올 기미 같은 것은 전혀 보이지 않았다.

"가져온 거 내놔."

킬러는 손을 내밀었다. 키 큰 사나이는 안주머니에서 봉투를 꺼내 조심스럽게 내밀었다.

이윽고 킬러는 몸을 돌려 호텔 쪽으로 걸어갔다. 한 번도 뒤돌아보거나 하지 않은 채.

그때 K호텔 맨 꼭대기 층인 15층의 한 방에는 처음부터 끝까지 킬러의 움직임을 낱낱이 살피고 있는 감시의 눈이 있었다.

젊은 여자였는데, 그녀는 성능이 좋은 망원경으로 그의 움직임을 손바닥 보듯이 들여다보고 있었다.

킬러의 모습이 사라지자 그녀는 망원경을 눈에서 떼고 돌아섰다. 몸에 두르고 있던 타월이 흘러내리면서 벌거벗은 몸이 드러났다. 실오라기 하나 걸치지 않은 나체였다.

침대 위에는 남자가 하나 누워 있었다. 그 역시 나체였는데 시트로 국부만을 가리고 있었다. 비스듬히 누운 채 담배를 피우고 있었고 무료한지 한쪽 다리를 구부린 채 흔들고 있었다.

"호텔로 돌아왔어요."

침대 위로 오르는 여자의 육체가 온통 섹스의 덩어리가 되어 물결쳤다.

"굉장한 남자 같아요."

그녀의 손이 남자의 그것을 건드렸다.

그것은 조그맣게 오므라들어 있었다.

"기다리다 지쳐서…… 죽었어."

남자가 말했다. 비쩍 마른 30대의 사나이였다.

"글쎄…… 그 큰 덩치가 끽 소리 못 하고 엎어지더라구요. 그렇게 센 사람 처음 봤어요."

여자는 아까 백사장에서 일어났던 일을 말하고 있었다.

"꼭 번개 같았어요. 그렇게 빠른 사람 처음 봤어요."

"알았어 알아. 좀 정성들여 하라구."

"아, 배고파."

여자는 비스듬히 앉더니 남자의 성기를 들여다보았다. 그리고 킥킥거리고 웃었다.

"왜 그래? 왜 웃는 거야?"

"남자마다 모두 다르게 생겼어요. 어떤 건 소시지 같고 어떤 건 가지 같고 어떤 건 버섯 같고 어떤 건 장어 같고……."

여자의 손이 그것을 어루만지기 시작하자 남자는 눈을 스르르 감는다. 손을 뻗어 젖가슴을 움켜잡는다. 젖꼭지를 비틀자 여자의 얼굴이 일그러지면서 신음이 흘러나온다.

방으로 들어선 킬러는 봉해진 봉투를 뜯었다. 타이핑된 서류와 함께 여러 장의 사진이 나왔다. 그는 사진을 젖혀 두고 먼저 서류부터 읽었다.

▲ 황병규(黃炳圭) = 65세. 서울 중구 G동 221의 5에 거주. 대동(大東)그룹 회장. 한국 5대 재벌의 1인. 산하에 대동 물산 · 대동 건설 · 대동 운수 · 대동 전자 · 대동 화학 · 대동 호텔 · 대동 자동차 · 대동 백화점 · 대동 조선 등을 거느리고 있음.

① 특징 = 밖에 거의 얼굴을 드러내지 않은 신비의 인물로 알려져 있음. 위암에 걸렸다는 풍문이 있으나 확실하지 않음. 사진 찍히는 것을 극도로 싫어해 최근의 사진은 입수하지 못했음. 동봉하는 사진은 5년 전의 것.

오른쪽 다리를 약간 절고 있으며 외출 때에는 인의 장막에 가려 접근이 어려움. 언제나 허름한 점퍼 차림으로, 겉으로 보기에는 재벌이라는 인상이 조금도 풍기지 않는다.

② 근황 = 대동 그룹 본부인 대동 빌딩에는 거의 모습을 나타내지 않으며 모든 지시는 전화로 내리고 있음. 인천 앞바다에 있는 무인도(청도라고 부름)를 최근에 개발, 그곳에 대규모의 별장을 지어 대부분의 시간을 그 곳에서 지낸다는 말이 있으나 확실하지 않음.

③ 가족 관계 = 슬하에 배 다른 2남 1녀를 두고 있으며 두 아들은 전처 소생이고 외동딸은 현재의 부인에게서 태어남. 장남 진석(鎭碩)은 40세로 현재 대동 물산 사장으로 근무 중이며 대동 그룹 계승자로 인정받고 있음. 차남 진명(鎭明)은 35세. 대동 호텔 사장으로 근무 중이나 그것은 명색일 뿐이고 장안의 플레이보이로 수문난 자임. 외동딸 진애(鎭愛)는 26세. 현재 유명한 피아니스트로 활약 중이며 유럽에서 공연 중임. 부인 김희련(金希蓮)은 48세. 남편과 사이가 좋지 않으며 G동에 칩거 중인 것으로 알려지고 있음.

서류를 자세히 읽고 난 킬러는 동봉한 사진들을 집어 들었다. 모두 석 장이었는데 황병규가 60세 때 찍은 것들로 석 장 다 손바닥 크기만 했다.

한 장은 얼굴 정면을 찍은 것으로 길고 메마른 얼굴에 가는 테의 안경을 끼고 있는 모습이었다.

흑백 사진이었지만 반백의 머리칼이 뚜렷이 드러나 있었다.

넓은 이마 밑에서 부드럽게 웃고 있는 길게 찢어진 두 눈에 전체적으로 인자한 인상을 풍기고 있었다. 아무리 보아도 서민풍이지 대재벌 같은 모습이 아니었다.

두 번째 사진은 어떤 사람과 악수하는 사진이었다. 상반신을 드러내고 있었는데 키가 크고 호리호리해 보였다.

세 번째 사진은 선글라스를 끼고 있는 모습이었다. 바바리 차림에 어느 젊은 여자와 함께 다리 위에 서 있었는데 배경으로 보아 영국인 듯했다. 그는 젊은 여자를 뚫어지게 들여다보았다. 황가와 닮은 것이 아마 그의 외동딸인 듯했다. 미인은 아니었지만 기품 같은 것이 풍겨지는 처녀였다.

잠시 후 그는 다시 서울로 전화를 걸었다.

"박물관입니까?"

"네, 그렇습니다."

"관장님 좀 부탁합니다."

"지금 안 계십니다. 급하시면 연락을 취해 드릴 수 있습니다."

"이쪽은 야마…… 급히 전화 좀 해 달라고 전해 주시오."

그는 짐을 챙겼다. 짐이라야 007가방과 보스턴백이었다. 공항에 전화를 걸어 3시 10분 발 서울행 KAL기편을 예약하고 나자 때르릉 하고 전화벨이 울렸다.

"제로……."

"야마……."

"무슨 일인가요? 그건 받았겠지요?"

"받았소. 그런데 이건 너무 거물이요. 일도 쉬울 것 같지 않고…….”

“약속해 놓고 못 하겠다는 거요?”

“못 하겠다는 게 아니라…… 내가 너무 손해 보기 때문에 하는 말이요. 거래란 공정해야 하는 줄로 알고 있는데…… 출국 조건으로는 너무 부담이 커요. 다시 조정합시다.”

“그럴 줄 알았소. 얼마면 되겠소?”

“50만 달러…….”

“왜 달러로 요구하는 거요?”

“여기를 떠나야 하기 때문에…….”

“그런 거액을 달러로 마련하기에는 어려워요. 외국이라면 몰라도 여기서는 바닥이 좁아서 금방 들통이 나요.”

“여기서 받자는 게 아니오. 스위스 은행에 넣어 달라는 거요. 내가 지정하는 은행 계좌에다 말이요.”

“그렇다면 좀 생각해 봅시다. 나 혼자 결정할 일이 아니니까…… 오늘 밤 9시에 알려 주겠소.”

“난 지금 여기를 떠나요. 내가 전화를 걸겠소.”

그는 20분쯤 기다렸다가 교환을 불렀다.

“아, 교환, 조금 전에 서울서 전화가 왔을 텐데…… 어느 방으로 왔습니까?”

“왜 그러세요?”

“아, 난 경찰인데…… 좀 알아볼 게 있어서 그래요.”

“네에, 저기 15층 10호실로 왔어요.”

“아, 고마워요. 이건 비밀로 합시다.”

"네, 알았어요."

그는 수화기를 내려놓고 성난 눈으로 허공을 노려보았다.

조금 후 그는 프론트로 전화를 걸었다.

"네, 프론트입니다."

"아, 여기 15층 10호실인데…… 숙박비가 지불됐는지 알아보려고 전화를 했습니다."

"손님께서 모르시는가요?"

"아, 누가 대신 지불해 주겠다고 했는데, 지불했는지 확인해 보려고 그러는 겁니다."

"잠깐 기다리십시오."

잠시 후 프론트맨은

"하루 분이 밀려 있습니다."

라고 대답했다.

"알겠습니다. 곧 지불하겠습니다."

킬러는 캡슐 두 개를 호주머니에 집어넣고 나서 방을 나와 15층으로 올라갔다.

15층 복도는 쥐 죽은 듯 조용했다.

10호실 앞으로 다가선 그는 가만히 노크했다. 한참 후,

"누구세요?"

하는 여자 목소리가 들려왔다.

"네, 죄송하지만 숙박비 좀 지불해 주셨으면 하고요."

"이따가 내면 안 되나요?"

"원칙적으로 선불을 하도록 돼 있습니다."

안에서 문 손잡이를 비트는 것과 동시에 그는 문을 박차고 방 안으로 뛰어들었다.

"쉿! 조용히!"

여자를 침대 쪽으로 동댕이치면서 그는 뒷발질로 문을 닫았다. 여자는 타월로 몸을 두르고 있었는데 방바닥에 거꾸로 처박히는 바람에 타월이 벗겨지면서 나체가 훤히 드러났다. 그녀는 한 손으로는 젖가슴을, 다른 한 손으로는 음부를 가리면서 무릎걸음으로 구석으로 밀려갔다.

이 소동에 침대 속에서 낮잠을 즐기고 있던 사내가 눈을 떴다.

"아니, 당신……."

"조용히 해!"

사내의 벌거벗은 몸이 침대 위에서 덮치듯 날아왔다. 킬러의 무쇠 같은 주먹이 턱을 후려치자 사내는 탁자 위로 엎어졌다. 킬러는 피스톨을 꺼내 총구를 사내의 입 속에 틀어박았다.

"이건 소음 권총이다! 소리 안 나게 너를 죽일 수 있어! 나를 미행하고 있지?"

사내는 식은땀을 흘리며 고개를 끄덕였다.

"제로가 시킨 짓인가?"

고개를 끄덕인다. 킬러는 입에서 총구를 빼냈다.

"제로는 누군가?"

"모, 모릅니다."

"어디에 있나?"

"모, 모릅니다. 전화로만 연락이 가능합니다."

킬러는 남녀를 한 곳으로 몰고 갔다.

"자, 이걸 하나씩 먹어."

캡슐을 내밀자 받으려고 하지 않는다.

"마취제니까 먹어. 그렇지 않으면 죽든가."

캡슐을 던져 주고 나서 그는 총구로 두 사람을 겨누었다.

"열을 셀 때까지 먹어라. 열이 끝나면 방아쇠를 당길 테다. 하나…… 둘…… 셋…… 넷……."

남녀는 허겁지겁 캡슐을 입에 집어넣고 주전자 물을 꿀꺽꿀꺽 마셔 댔다. 10분 후에 그들은 의식을 잃고 쓰러졌다.

그곳을 나온 킬러는 10층으로 내려와 짐을 들고 호텔을 떠났다. 2시 40분에 공항에 도착한 그는 수속을 마치고 3시 10분발 KAL기에 몸을 실었다.

도쿄의 안개

서울에 도착한 안개의 사나이는 곧장 새로 구한 아파트로 향했다. 그 아파트는 30평짜리로 혼자 지내기에는 너무 넓었다. 보증금을 내지 않는 대신 월 20만 원씩 내기로 하고 얻어든 아파트였다. 거기에는 전화도 가설되어 있었다. 그런 아파트는 어느 때나 얻을 수가 있었다. 서울에는 그런 아파트가 수없이 널려 있었고 그런 곳이야말로 숨어 있기에는 가장 안성맞춤인 곳이었다. 일단 그런 곳에 숨어 버리면 아무리 경찰이 대대적으로 사냥 작전을 벌인다 해도 범인을 찾아낸다는 것은 불가한 일이다. 서울은 그런 점에서 아주 좋은 온상인 셈이다.

그 아파트는 한강 변에 자리 잡고 있었다. 그는 거기에다 짐을 고스란히 옮겨 놓고 있었다.

창문을 열자 찬바람과 함께 악취가 풍겨 왔다. 강물이 썩는 냄새였다. 도로 창문을 닫고 욕실로 들어가 샤워를 했다.

그날 밤 그는 약속대로 암호명 제로에게 전화를 걸었다. 제로는 이렇게 말했다.

"50은 너무 비싸다는 거요."

"상대는 거물 아닙니까?"

"그렇긴 하지만…… 당신은 두 가지를 요구하는 거 아니오?"

"길게 이야기하고 싶지 않아요."

"나도 마찬가지요. 뚝 잘라 20으로 합시다. 20이면 한화로 1억이 넘는 액수요."

그는 생각해 보고 나서 대답했다.

"20을 양보하겠소. 30을 내시오."

"고집이 세군요. 내가 양보할 수 있는 선은 25요. 그 이상은 내 권한으로 할 수 없어요. 25로 한계를 지으라고 지시를 받았으니까 말이요. 25만 달러…… 결코 적은 돈이 아니오."

"좋소. 마지막이니까 동의하겠소. 그 대신 선금 10만을 주시오. 착수금조로……."

"그야 드려야지요."

"나머지는 일이 끝나는 것과 동시에 주시오."

"알겠소. 어떻게 전해 드릴까?"

"스위스 뱅크 서울 지점에 입금시켜 주시오. 계좌 번호는 F35—73—5920……."

"잠깐……."

상대는 메모 준비를 한 다음 계좌 번호를 받아 적었다.

"됐습니다."

"선금이 입금된 것이 확인되면 즉시 착수하겠소."

"알겠소. 내일 중으로 입금시켜 드리겠습니다."

"그리고 부탁할 게 있소. 나를 미행할 생각은 하지 마시오. 앞으로 미행자가 있으면 살려 두지 않겠소."

"명심하겠소. 역시 당신 솜씨는 대단하더군요."

실로 감탄하는 듯한 목소리였다. 킬러는 좀 더 날카롭게 쏘아붙였다.

"두 연놈을 죽여 버리려다 놔두었소."

"미안하게 됐습니다. 내 심부름으로 당신을 만나러 갔던 거한은 지금 병원에 입원해 있습니다. 갈비뼈가 다섯 개나 부러진 모양이오."

그는 대꾸하지 않고 수화기를 내려놓았다.

다음날 오전 그는 택시를 타고 중고차 매매센터로 가서 녹색의 시무카 소형을 한 대 구입했다. 김동영(金東榮)이라는 가명으로. 그것을 몰고 그는 두 시간 동안 고속도로를 달려 보았다. 시속 1백 20킬로미터까지 올려 보았는데 이상이 없었다.

도쿄의 사또 오사무 형사는 조금 귀찮은 생각이 들었다.

그가 서울 시경의 조문기 형사로부터 전화를 받은 것은 어제 아침이었다. 수첩에 대강 메모한 다음 일에 쫓겨 바쁘게 뛰어다니다 보니 만 하루가 지나도록 까맣게 잊고 있었다. 조만간 조 형사로부터 전화가 올 것이라고 생각하니 그대로 있어서는 안 될 것 같았다.

그는 왜 비공식적으로 의뢰를 해 왔을까? 국경을 넘는 수사는 으레 정상적인 루트를 통해 의뢰해 오기 마련이다. 한데 그는 비밀을 요하면서 부탁해 온 것이다.

창문을 통해 어둠이 밀려들어오고 있었다. 그는 그것을 상사에게 보고할까 말까 망설이다가 좀 더 두고 본 다음에 보고하기로 마음먹었다.

그가 조 형사와 관계를 가진 것은 1년 전쯤의 일이었다. 마약 관계를 수사하기 위해 부산에 출장간 것이 계기가 되어 알게 된 것이었다. 원래 그는 한국인을 싫어하고 있었다. 백인을 우러러 보는 반면 유색 인종, 특히 한국인에 대해서는 대부분의 일인들처럼 알레르기 반응을 일으켰고 멸시감과 함께 우월의식을 느끼고 있었다.

조 형사는 매우 성실하게 수사에 협조해 주었고 그래서 소기의 성과를 거두고 그는 본국으로 귀국할 수가 있었다. 어느새 가슴 속에는 그 초라한 한국인 형사가 좋은 인상으로 남아 있었다. 그렇다고 그의 우월감이 사라진 것은 아니었다. 그는 자신의 우월감을 강자의 포용력으로 바꾸려고 노력함으로써 유화적인 태도를 취할 줄을 알았다. 일본인 특유의 오만과 교활함이 적절히 배합된 것이다.

40대 초반인 그는 그렇게 뛰어난 형사는 아니었다. 만년 형사로 딱지가 붙어, 운명이거니 하고 생각하면서 그럭저럭 살아가고 있는 그런 사나이였다. 그래서 딱 부러지게 정의감이 강하다거니 그런 것도 아니었다.

적당히 불의와 타협하면서 자신을 보호할 줄 아는 그런 형사였다.

중키에 적당히 살이 오른 그는 언제나 깨끗이 차리고 다녔다. 거기다가 검은 테의 안경까지 끼고 있어서 겉보기에는 마치 재벌 회사의 간부쯤으로 보였다. 도쿄 거리를 걸어가는 그의 모습은 바로 안정된 샐러리맨의 모습 그것이었다.

"한 잔 어때? 예쁜 애가 하나 있던데……?"

옆자리의 동료가 퇴근하려고 책상을 정리하면서 그에게로 곁눈질해 왔다.

"오늘은 안 되겠는데."

"마누라가 투정인가?"

"아니, 그게 아니라…… 어디 좀 들를 데가 있어."

"2호 집인가?"

"그럴 수 있다면 얼마나 좋겠나."

그는 일어서서 벽에 걸린 거울을 들여다보았다. 기름 바른 머리는 아침 출근 때처럼 한 올 흐트러짐이 없이 찰싹 달라붙어 있다. 굴곡이 없는 밋밋한 얼굴에 쌍꺼풀진 두 눈이 풀려 있고 입술은 두툼하다. 지극히 평범한 모습이었지만 자신은 미남이라고 생각하고 있었다.

그는 바바리를 걸친 다음 경시청을 나와 인파로 붐비는 거리를 느릿느릿 걸어갔다.

거리는 흡사 전쟁이라도 일어난 듯 사람들로 홍수를 이루고 있었다. 하루 일을 끝낸 샐러리맨들은 긴장이 풀린 모습으로 거리를 휩쓸고 있었다.

사또 형사가 그 지역에 당은 것은 7시 30분께였다. 시내에서 어슬렁거리다 보니 그렇게 시간이 지난 것이다.

그곳은 시 변두리로 조용한 주택가였다. 집들을 보니 거의가 호화 주택들로 으리으리해 보였다. 형사인 그로서는 꿈도 꾸지 못할 그런 집들이었다.

그는 반쯤 넋이 나간 채 호화 주택들을 바라보면서 넓은 골목길을 어슬렁어슬렁 걸어갔다.

반시간쯤 그렇게 걷다가 그는 우뚝 걸음을 멈추었다. 그가 찾던 주소가 눈에 띈 것이다. 그는 가까이 다가가서 문패를 바라보았다. 검은 대리석에 흰 글씨로 '保利素夫' 라고 인각이 되어 있었다.

"호리 모또오라…… 맞지 않는데……."

그는 고개를 갸우뚱하면서 수첩을 꺼내 외등 불빛에 비쳐 보았다. 거기에는 분명히 시이나 에이사꾸(椎名榮作)와 나까네 나오꼬(中根千直子)의 이름밖에 적혀 있지 않았다. 주소는 맞는데 이름이 다르다.

"거 참, 곤란한데……."

그는 입맛을 쩍 다시면서 어떻게 할까 망설였다.

조문기 형사는 두 사람에 대해 신상 조사를 해 달라고 했다. 조사란 은밀히 해야 하는 것이다. 그렇게 하려면 물론 적지 않은 노력이 든다. 자신의 이익에 관계 없는 일에 노력을 기울인다는 것은 귀찮은 일이다. 얼른 해치워 버리자.

그는 대문 앞으로 다가서서 초인종을 눌렀다.

그 집은 대문부터가 으리으리했다. 담이 높은데다 정원이 드넓어서 안채는 보이지도 않았다. 대문의 양쪽 기둥과 머리 위에는 감시 장치까지 설치되어 있었다. 자신의 움직임이 낱낱이 감시받고 있다고 생각하자 그는 약간 불쾌한 기분이 들었다.

"누구십니까?"

인터폰을 통해 거친 남자 목소리가 울려왔다.

안쪽에서는 세퍼드 두 마리가 문을 긁어대면서 미친 듯이 짖어 대고 있었다.

"실례합니다. 뭐 좀 여쭤 볼 게 있어서 왔습니다."

"어디서 왔느냐구요?"

"경찰입니다."

그는 주눅이 들어 대답했다.

"경찰이오? 무슨 일로 그럽니까?"

"그, 그럴 일이 있어서 그럽니다. 만나서 말씀드리겠습니다."

"잠깐 기다리슈."

조금 후 건장한 사나이가 나타났다. 30대의 사나이로 흰 셔츠를 입고 있었는데 셔츠 위로 근육질이 그대로 드러나 있는 것이 운동으로 단련된 몸 임을 알 수가 있었다. 머리를 짧게 깎은 것이 운동선수 같았다.

"밤에 죄송합니다."

"네……."

사나이는 당연하다는 듯 고개를 끄덕였다. 그리고 팔짱을 끼고 그를 날카롭게 바라보았다.

사또 형사는 안으로 들어가 보고 싶었지만 사나이가 안내할 기미를 보이지 않았기 때문에 문전에서 몇 마디 물어볼 수밖에 없었다.

"저기…… 이 댁에 혹시 시이나 에이사꾸라는 분이 살고 있지 않는지요?"

"시아나 에이사꾸……?"

"네, 시이나 에이사꾸씨 말입니다."

"그런 사람 없습니다."

사내는 단호하게 고개를 저었다.

사또 형사는 겸연쩍은 표정으로 다시 물었다.

"그러면 혹시 그런 사람에 대해서 아시는지요?"

"모릅니다. 그런 사람 알지도 못해요."

"그렇다면…… 죄송합니다만…… 나까네 나오꼬라는 여인은 없습니까?"

"없습니다. 잘못 찾으신 것 같습니다."

사내는 안으로 들어가려고 한다. 사또는 다급하게 물었다.

"여기 주인 되시는 분은 무엇 하시는 분인가요?"

"공무원입니다."

"아, 그러신가요. 어느 기관에서 근무하고 계시는가요?"

"방위청입니다."

"아, 그렇군요."

그는 열린 문 사이로 드넓은 정원과 정원 저편에 자리 잡고 있는 저택을 힐끗 쳐다보았다. 방위청 간부쯤 되나 보다. 그렇지만 방위청 간부의 집 치고는 너무 으리으리하지 않은가.

“저기, 실례지만 선생께서는 어떻게 되시는가요?”

“나 말인가요?”

“네, 선생 말입니다.”

주눅이 든 듯이 보이면서도 그는 얼른 물러나지 않는 것이 역시 형사답게 질긴 데가 있었다.

젊은 사나이는 설명하기 곤란한 듯 얼굴을 찌푸리다가 신경질적으로 대답했다.

“난 볼 일이 있어서 와 있는 사람입니다.”

“그럼 이 댁에 계신 분이 아니시군요.”

“네, 그래요.”

“그러시면서 이 댁에 계신 것처럼 대답하셨나요? 저는 시이나 에이사꾸와 나까네 나오꼬라는 사람을 찾고 있습니다.”

그는 불쾌한 듯 말했다.

“그런 사람이 없다니까요!”

“이 댁 식구도 아니시면서 그 사람들이 있는지 없는지 어떻게 안다는 겁니까?”

“이 집 식구는 아니지만 이 집에 대해서 누구보다도 잘 알고 있기 때문에 하는 말이오.”

“어떻게 그렇게 잘 알고 있다는 겁니까?”

사또는 처음보다는 사뭇 강하게 나오고 있었다. 젊은 사나이는 비웃는 듯한 눈초리로 그를 바라보았다.

“나는 이 댁 주인의 개인 비서요. 이제 알겠소?”

"비서라구요?"

"네, 그래요. 그러니까 잘 알고 있는 겁니다. 경찰이 찾는 그런 사람은 여기 없어요. 자, 이제 가 보시죠."

사또는 할 말이 없어졌다. 모욕을 당한 듯 그의 얼굴은 뻘겋게 상기되어 있었다.

"실례했습니다."

그는 고개를 꾸벅 하고 돌아서다 말고 마지막 질문을 던졌다.

"참, 선생 존함은 어떻게 되시는가요?"

"네, 다누마 요시오(田沼良雄)라고 합니다."

"잘 알겠습니다. 기억해 두죠."

그는 허둥지둥 그곳을 떠났다. 몹시 기분이 상해 있었다.

"방위청 간부의 개인 비서라는 자가 저렇게 건방지다니…… 정말 꼴불견이야. 짜아식, 걸려들면 가만두지 않을 테다."

집에 돌아올 때까지 사또 형사는 내내 기분이 상해 있었다.

벽시계는 8시를 가리키고 있었다. 밖에는 봄비가 추적추적 내리고 있었다.

그들은 어느 호텔 레스토랑에 앉아 식사하고 있었다. 남자 두 명과 여자 한 명이었다.

여자는 유보화였고 남자 중 젊은 쪽은 대학생인 민대식이었다. 그리고 40대의 중년 남자는 민대식을 통해 보화가 일당 5만원씩 주기로 하고 고용한 사람이었다.

민인식(閔仁植)이라고 하는 45세의 그 중년 사나이는 민대식의 사촌형 되는 사람으로 1년 전 어느 여학교에서 영어를 가르치다가 제자와 스캔들을 일으켜 학교에서 쫓겨난 전력이 있었다. 보화가 그에 대해 물었을 때 대식은 숨김없이 모든 것을 털어놓았기 때문에 그것이 오히려 보화의 호감을 살 수가 있었다. 그는 민인식에 대해 이렇게 말했다.

"외국어 실력이 대단한 양반입니다. 영어 · 불어 · 일어는 우리말처럼 구사하는 분이죠. 그런데 사생활이 좀 비정상적입니다. 부인과 이혼해서 혼자 살고 있습니다. 원래 부인과는 대학 동기 동창이었는데 부인이 실력이 더 좋았던지 미국으로 유학을 갔어요. 딸 하나와 형님을 놔두고 말입니다. 한데 여자가 돌아올 생각을 안 하는 거예요. 그러다가 느닷없이 이혼하자고 연락이 온 모양이에요. 형님은 전화로 욕을 퍼붓고 이혼에 응했죠. 그 뒤로 딸 하나를 데리고 아파트에서 혼자 살아오고 있습니다. 한데 여학교 선생이라 제자들이 잘 따르는 모양입니다. 생긴 것은 추남인데 이상하게도 여자들이 따르거든요. 사실 딸 같은 제자와 선생이 연애한다는 것은 일반적인 도덕률로 볼 때는 용서할 수 없는 일이죠. 하지만 남녀 사이를 어디 도덕 따위로 막을 수 있겠습니까? 아마 예쁜 제자와 불이 붙은 모양이에요. 그 동안 정말 외롭게 지내다가 느지막이 소녀를 뜨겁게 사랑한 모양이에요. 주위에 소문이 나고 학부모가 항의를 하자 어리석게도 그 제자와 결혼하겠다고 우겼죠. 그걸 들어 줄 부모가 어디 있습니까? 나이는 40대에다 이혼 경력이 있고 딸까지 딸려 있는 남자한테 세상 어느 부모가 18세 딸을 시집보내겠습니까? 두 사람은 뜨겁게 사랑한 모양인데 결국 헤어질 수밖에 없었죠. 형님은 나이만 먹었지 소년 같은 데가 있어요. 그 비통함이란 곁에서 볼 수가 없을 정도였죠. 불쌍한 사람이죠. 퀸에 대해 대강 말씀드렸더니 쾌히 응했습니다."

보화는 식사하면서 유심히 살폈지만 민인식은 거의 그녀에게 신경을 안 쓰고 있는 듯했다.

대화는 보화와 대식이 주로 했고 인식은 묵묵히 듣고만 있었다. 외국 여행길에 나서는데도 그는 너절한 옷차림을 하고 있었고 턱수염도 깎지 않고 있었다.

식사를 마친 그들은 밖으로 나와 콜택시에 올랐다. 모두가 바바리 차림이었고, 백을 하나씩 들고 있었다.

빗발이 굵어지고 있었다. 차창에 부딪히는 빗소리가 쾌적한 기분을 안겨 주고 있었다.

그로부터 1시간 30분이 지난 밤 10시 5분에 그들은 도쿄행 KAL기에 나란히 앉아 있었다.

일본에는 모두가 초행인 만큼 긴장과 호기심에 싸여 있는 듯했다.

보화는 자신이 점점 수렁 속으로 빠져드는 것 같은 기분이 들었지만 일단 가 보는 데까지 가 볼 생각이었다. 사건의 실마리를 풀기 위해 국경을 건너간다는 것 자체가 여자로서는 상상을 불허하는 행동이었고 매우 모험적인 일이었다. 그전 같았으면 전혀 생각할 수도 없는 짓이었지만 지금의 그녀는 그것을 실천에 옮기고 있었다.

아버지의 죽음이 몰고 온 충격적인 체험이 그녀를 영 딴판으로 만들어 놓고 있었던 것이다.

"어떤 험난한 일이 닥친다 해도…… 아무리 위험해진다 해도…… 나는 기필코 해내고야 말 테야. 그 자를 내 손으로 잡고야 말 테야. 만일 기회가 주어진다면…… 그 자를 이 손으로 죽일 수도 있어."

그녀는 어금니를 깨물면서 두 주먹을 꼭 쥐었다. 그녀의 가슴 속에서 생에 대한 어떤 희망 같은 것이 사라진 지는 이미 오래였다. 그녀는 그런 것을 품어 보려고도 하지 않았다. 그녀에게는 오직 복수의 일념만이 존재 가치로 남아 있었다. 그녀는 복수를 위해 존재하고 있었고 복수를 위해 움직이고 있었다. 오직 복수만이 그녀의 모든 것이었다.

"복수가 끝나는 날…… 나도 이 세상에서 사라지겠지. 존재해야 할 이유가 없어졌으니까."

그녀는 우울한 눈으로 허공을 바라보았다. 자신의 심정을 하소연할 데 하나 없다는 것을 알자 갑자기 고독이 엄습했다. 그것은 마치 뼛속으로 얼음물이 스며드는 것처럼 섬뜩한 전율을 안겨주고 있었다.

"왜 이렇게 외롭지? 외로워해서는 안 되는데…… 내가 왜 이러지? 나는 한낱 연약한 여자에 불과하나 보지."

그녀의 옆에는 남자 수행원 두 명이 앉아 있었다. 그 남자들 사이에 샌드위치가 되어 앉아 있으면서도 그녀는 고독을 느끼고 있었다.

왼쪽에 앉아 있던 중년 사나이는 말없이 창밖만 바라보고 있었다. 비행기는 비바람에 요동을 치고 있었다.

민인식은 옆에서 바라볼 때도 추남이었다. 뒤통수가 툭 불거진 것은 그렇다 치고 광대뼈가 툭 튀어나오고 콧잔등이 매부리코처럼 구부러지고 머리칼이 곱슬곱슬한 것이 마치 못생긴 유태인 같았다.

꼼짝하지 않고 창밖만 바라보고 있는 것이 이쪽을 전혀 의식하고 있지 않는 듯했다.

"……한 시간 후에는 나리따 공항에 도착하겠습니다. 나리따 공항은 도쿄에서 65킬로미터 떨어져 있으며 하네다 공항에 대신해서 지난 78년 5월에 일본의 관문으로 개항되었습니다. 나리따 공항에서 도쿄로 가시려면 나리따와 마꾸바리간 20여 킬로미터의 전용 고속도로 외에 도쿄와 지바를 연결하는 게이요 고속도로, 도쿄도 내의 수도 고속도로를 거쳐야 하며 다음과 같은 세 가지 방법이 있습니다. 첫째는 공항에서 공항 리무진을 타고 가는 방법입니다. 요금은 1천 9백 엔이며 1시간 20분 만에 하꼬자끼의 시티 터미널에 닿을 수가 있습니다. 두 번째는 게이세이 전철의 특급열차를 이용하는 방법입니다. 공항 터미널에서 5분 남짓 전용 버스를 타고 게이세이 나리따 공항 역에 가서 특급 열차를 타시면 1시간 만에 우에노 역에 도착할 수가 있으며 요금은 1천 1백 20엔입니다. 세 번째는 택시를 이용하는 방법입니다. 도쿄 도심까지의 택시 요금은 약 1만 5천 엔입니다. 도쿄에는 지금 봄비가 내리고 있습니다……."

아나운스먼트가 끝나고 조용한 음악이 흘러 나왔다.

"우리는 어떤 걸 이용할까요?"

민대식이 물었다.

"글쎄, 택시는 너무 무미건조하겠죠?"

보화는 민인식을 힐끗 바라보았다. 추남은 상체를 조금 움직였다.

"열차를 이용하는 게 좋겠지."

그는 아무도 보지 않고 말했다. 목소리가 매우 저음인 것이 특징이었다.

"그럼 그렇게 해요. 저도 그게 좋겠다고 생각했어요."

"나는 좀 미안한 생각이 듭니다."

추남이 뚱딴지같은 말을 했다. 여전히 그녀를 외면하고 있었다. 보화는 의아한 눈으로 그를 바라보았다.

"괜한 짓을 하는 것 같기도 하고…… 뒤죽박죽입니다."

"……."

"마치 순진한 처녀를 속이는 것 같은 기분이에요. 일본 관광을 위해서 말입니다."

"저는 모든 것을 감안하고 있어요. 얼마든지 관광하세요."

"그런 뜻이 아니고…… 불가능한 일을 가능하다고 거짓말하고 가는 것 같아요."

"일본말을 못 하시나요?"

"그게 아니라…… 일 자체가 우리 같은 사람들이 할 수 있는 것이 아니기 때문에 하는 말입니다."

그녀는 똑바로 그를 주시했다. 그도 비로소 그녀를 잠깐 바라보았는데 눈빛이 매우 부드러워 보였다.

"그것은 제 개인에게 관계되는 일이에요."

"상관 안 할 수가 있나요?"

"고마운 말씀이지만…… 상관 말아 주세요."

"쓸데없는 짓입니다. 내가 손해 볼 것은 없지만……."

"모든 경우를 다 생각하고 있으니까 염려하지 마세요."

"나는 여자가 이런 일을 한다는 것이 싫습니다. 비록 분명한 이유가 있다 해도 말입니다."

"……."

보화는 한숨을 내쉬었다. 몹시 괴로워서 가슴이 저려 왔다.

"아가씨는 자신을 보호해야 합니다. 그것이 가장 시급하고 중요한 일입니다."

추남은 그 말을 끝으로 더 이상 말하지 않았다.

그들은 공항에 도착할 때까지 계속 침묵했다. 나리따 공항에 내려 벽시계를 보니 이미 자정이 지난 시간이었다.

공항은 경제대국답게 크고 호화로웠다. 대합실은 세계 각국의 인종들로 혼잡을 이루고 있었다.

밖에는 비가 세차게 내리고 있었다. 그들은 구내매점에서 우산을 하나씩 사 들고 밖으로 나가 공항 전용 버스에 올랐다.

공항에 도착하면서부터는 추남이 전적으로 그들을 리드했다. 보화와 대식은 일본말이라고는 전혀 모르기 때문에 마치 강아지처럼 추남을 졸졸 따라갈 수밖에 없었다.

5분 후 그들은 게이세이(京畿) 나리따 공항 역에 내려 도쿄행 특급열차에 올랐다. 밤이 깊은 탓인지 열차에는 손님들이 반쯤 차 있었다.

열차는 매우 고급스러웠고 속도가 빨랐다. 눈앞에 스치는 어둠속의 모습들이 정신을 차릴 수 없을 정도로 빠르게 지나가고 있었다.

한 시간 후 열차는 우에노 역에 닿았다.

10분 후 보화 일행은 도심의 밤거리를 걸어갔다. 여전히 비가 내리고 있었고 밤이 깊은데도 행인들이 꽤나 많았다. 밤이면 통금에 묶여 살아온 그들의 눈에는 그것이 신기해 보였다.

"부럽군."

추남이 중얼거렸다.

"우린 태어나서 통금 속에 살다가 죽을지도 모르죠."

대식이 맞장구쳤다.

"그래도 주부들한테는 얼마나 좋아요."

보화의 말에 모두가 작은 소리로 웃었다.

늙은 취객 하나가 우산도 없이 비틀거리며 빗속을 걸어가고 있었는데 박자가 빠른 노래를 흥얼거리고 있었다.

"옛날 일본군 군가를 부르는군. 저 노인은 일제 때가 그리운 모양이야."

그들은 긴자 거리로 들어섰다. 일본 역시 경기 침체로 거리 모습이 어쩐지 을씨년스러워 보였다. 가로등도 하나 걸려 켜져 있었고 네온사인은 이미 꺼진 지 오래였다.

"값싼 여관이 어때요?"

추남의 의견에 보화는 완강히 반대했다.

"고급 호텔로 들어요. 여관은 불편해요."

그들은 도심에 위치한 '인터내셔널 호텔' 에 들어갔다. 도어맨이 구십 도 각도로 허리를 꺾으면서 그들을 맞았다.

그들은 그 호텔 10층에 방을 정하고 여장을 풀었다. 보화의 방은 1005호실이었고 대식과 추남은 1006호실에 함께 사용하기로 했다. 그들은 5호실 소파에 둘러앉아 한숨을 놓고 맥주 한 잔씩을 들었다.

"이렇게 호화스러운 여행을 하리라고는 저는 생각지도 못했습니다."

추남이 겸연쩍은 듯이 말하자 대식이 보화의 눈치를 살폈다.

"불편한 점이라도 있으면 말씀해 주세요."

보화는 한 술 더 떴다.

"너무 호화로워서 불편합니다."

"저는 호화로운 걸 좋아해요."

"나는 그런 데 익숙하지가 않아서……."

추남은 못마땅한 눈치였다. 보화는 자신의 재력을 과시한 것 같아 입을 다물어 버렸다. 대식이 중간에서 거북살스러운 표정을 짓고 있었다.

방으로 돌아온 그녀는 옷을 훌훌 벗어 붙이고 욕탕으로 들어가 샤워를 틀었다. 몸에 비누를 잔뜩 칠하고 나서 따뜻한 물로 씻어 냈다. 욕탕에 물을 채운 다음 들어가 앉았다. 절로 눈이 감겨졌다. 머리를 뒤로 젖히고 눈을 스르르 감았다.

"나는 일본까지 날아왔다. 그냥 물러나지는 않을 거다."

그녀는 속으로 말했다.

죽은 듯이 한참 동안 눈을 감고 있었다.

밖으로 나오자 살갗이 빨갛게 익어 있었다. 거울에 자신의 모습을 비춰 보았다. 혼자 보기에는 너무 아까운, 무르익은 육체가 수줍은 듯 거기에 서 있었다. 그녀는 침대 위에 벌렁 드러누웠다. 혼자 지내기에는 너무 호화로운 방이었다.

실내 장식은 전부 클래식한 프랑스풍으로 되어 있었다. 샹들리에 · 전화기 · 재떨이 · 소파 · 탁자 등이 모두 최고급으로 되어 있었고 벽의 한쪽 면은 천정부터 아래까지 온통 거울이었다. 바닥에는 푹신한 카펫이 깔려 있었고 침대는 원형으로 머리맡의 버튼 하나로 자유자재로 움직일 수 있게 만들어져 있었다. 조명등은 한 가지 색깔이 아닌 여러 가지 색깔이었다. 그리고 놀랍게도 천정에는 비디오카메라가 침대를 향해 걸려 있었고 한쪽에는 비디오 수상기까지 놓여 있었다.

그녀는 몸을 돌려 머리맡에 붙어 있는 설명문을 읽어 보았다. 설명문은 영어와 일어로 되어 있었다. 그녀는 영문을 해독해 나갔다.

"여러분의 사랑의 장면을 보고 싶으시면 ①번 버튼을 눌러 주십시오. 버튼을 누르면 천정에 달려 있는 비디오카메라가 30분 동안 자동적으로 여러분의 아름다운 베드 신을 촬영하게 됩니다. 그리고 그것은 자동적으로 수상기에 재생되어 여러분 앞에 생생한 모습을 다시 보여 주게 됩니다. 감상하시고 난 다음에는 ③번 버튼을 눌러 주십시오. 그러면 비디오테이프의 화면은 자동적으로 소멸되어 여러분의 프라이버시는 영원히 베일 속에 가려지게 됩니다."

그녀는 기가 막혀 천정을 멀거니 바라보았다. 침대를 향해 조준이 되어 있는 카메라 렌즈가 갑자기 살아 있는 눈처럼 움직이는 것 같았다.

방 안은 하나부터 열까지 온통 섹스 분위기로 가득 차 있었다. 모든 것이 섹스를 즐기기 위해 마련되어 있었다.

그 철저함에 보화는 오싹 소름이 돋았다. 그러나 그것도 잠깐이고 이내 몸이 뒤틀리기 시작했다.

자신이 왜 도쿄까지 날아왔는가 하고 생각하자 문득 부끄러운 생각이 들었다.

그녀는 새우처럼 몸을 웅크리면서 낮게 신음을 토했다.

"다른 생각을 해서는 안 된다. 그 자를 잡는 데 몸과 마음을 바쳐야 한다."

불을 끄자 창문으로 거대한 도시의 숨결이 흘러 들어오기 시작했다. 그녀는 어슴푸레한 빛 속에 누워 있었다.

비바람이 창문을 두드리는 소리가 들려왔다.

방 안은 더웠기 때문에 그녀는 벌거벗은 채로 베드 위에 누워 있었다. 팬티라도 입어야 한다고 생각했지만 손가락 하나 움직이기 싫어 그대로 꼼짝 않고 있었다.

잠이 드는 것과 동시에 그녀는 악몽에 빠져들었다.

얼굴에 스타킹을 뒤집어쓴 사내가 그녀를 베드 위에 뉘어 놓고 강간하고 있었다. 자세히 보니 그 사내는 그녀가 찾고 있는 인물이었다. 그런데 이상하게도 그녀는 적극적인 자세로 그 자를 받아들이고 있었다. 그 자가 힘을 가할 때마다 그녀는 미친 듯이 울부짖으면서 몸부림치고 있었다.

"이건 꿈이야! 빨리 꿈에서 깨어나야 해. 아니야, 깨어나고 싶지 않아!"

그녀는 뒤죽박죽이었다. 그 사내는 자기 마음대로 그녀를 희롱하고 유린했다. 상상할 수 없는 기교와 정력에 그녀는 몇 번이나 까무러치곤 했다. 그래도 성이 차지 않는지 사내는 그녀를 침대 밑으로 끌어내려 끌고 다녔다.

"죽여 버릴 테다! 나를 찾지 말라고 그랬지? 약속을 어겼으니 죽여 버릴 테다! 이것으로 너를 죽일 거야!"

그는 섹스를 흔들었다. 그것은 정말 무기 같았고 그것으로 충분히 살인할 수 있을 것 같았다.

"나도 당신을 죽일 수 있어!"

그녀는 외치면서 그 자와 세차게 부딪쳤다. 하복부에 격렬한 통증이 왔다.

"앗!"

그녀는 눈을 번쩍 떴다. 땀에 젖은 몸이 침대 밑에 굴러 떨어져 있었다.

그녀는 카펫 위에 주저앉은 채 두 손으로 얼굴을 가리고 흐느껴 울기 시작했다.

조문기는 어두운 골목을 빠져나와 국제 전신 전화국 쪽으로 걸어갔다. 겨울이 다 가고 봄의 문턱에 와 있었지만 날이 저물자 거리에는 찬바람이 으스스 불어 대고 있었다. 찬바람과 함께 비까지 뿌리고 있었다. 그는 어깨를 웅크리고 전화국 안으로 들어섰다.

거기에는 국제 통화를 기다리는 사람들이 꽤나 많이 대기하고 있었다. 그는 30분을 기다렸다가 도쿄 경시청과 통화했다. 사또 형사는 기다렸다는 듯이 나왔다.

"아, 그렇지 않아도 기다리고 있었습니다."

"부탁드린 거 알아보셨습니까?"

"네, 알아봤는데…… 그런 사람이 없더군요."

"주소는 있던가요?"

"네, 지요다구 고단기다 3다시 5다시 7…… 있긴 있습니다. 그러나 시이나 에이사꾸나 나가네 나오꼬 같은 사람은 살고 있지 않았습니다. 전혀 엉뚱한 사람이 살고 있었습니다."

"어떤 사람인가요?"

"어떤 사람이냐구요?"

사또는 반문하고 나서 조금 낮은 소리로 말했다.

"조금 특별한 사람입니다. 함부로 입에 굴리면 좋지 않은 사람입니다."

"그렇다면……"

"네, 강력한 사람입니다."

"잘 알겠습니다."

"수고스럽지만 이따가 밤에 집으로 전화를 좀 걸어 주시겠습니까?"

"네, 그러죠."

사또 형사가 불러 주는 집 전화번호를 받아 적은 다음 그는 전화를 끊었다.

사또 형사의 의중을 그는 충분히 납득하고 있었다.

경찰은 외부에서 걸려 오는 전화를 모두 녹음해 두었다가 샅샅이 체크하는 것이 불문율처럼 되어 있다. 도쿄 경시청이라고 해서 예외일 리는 없다. 사또는 그것을 경계하고 있는 것 같았다.

전화국을 나온 조 형사는 비닐우산에 몸을 가린 채 밤거리를 천천히 걸어갔다.

밤 9시가 지난 시각이었다. 바람에 우산이 뒤집히자 그는 그것을 내던지고 걸어가다가 어느 빌딩의 입구 처마 밑으로 들어서서 비를 피했다.

강력한 진통제를 복용하고 있기 때문에 약효가 남아 있을 때까지는 통증이 없었다. 자신의 병이 위암이라는 것은 이제 움직일 수 없는 사실로 굳어져 가고 있었다. 다른 병원에 가서 다시 진찰을 받아 볼 필요는 없을 것 같았다. 문제는 언제까지 살아 있을 것인가 하는 점이었다.

죽음이 가까워 오고 있다는 것을 그는 직감하고 있었다. 미련이 없는 것은 아니었다. 후회가 없는 것도 아니었다. 그렇다고 살기 위해 몸부림치고 싶지는 않았다. 몸부림친다고 해서 이미 꺼져 가는 생명이 살아나는 것도 아니었다. 그는 더없이 쓸쓸하고 억울했지만 죽음을 받아들일 준비가 되어 있었다.

"몸부림치면서까지 생명을 붙들 것은 못 돼. 죽음이란 자연에 귀의하는 것이니까……. 거기에 순종해야 돼. 내가 죽으면 사람들은 한창 일할 나이에 죽었다고 혀를 차겠지. 한창 일한다는 게 무엇인가? 그렇다. 그것은 생명의 불꽃이다. 그러나 그 불꽃이 언젠가는 스러진다는 것을……. 그리하여 우리가 어둠 속에 잠긴다는 것을 우리는 왜 굳이 모르는 체하는가? 태양을 맞이하듯이 우리는 어둠도 맞이해야 한다."

그는 다시 걸어갔다.

의사는 그에게 사형 선고를 내렸다. 그러나 아직 언제쯤 죽을 것이라고 말하지는 않고 있었다. 돈이 많은 부자라면 그 돈으로 생명을 얼마쯤 연장시킬 수 있을 것이다. 그러나 그는 돈도 없었고 돈이 있다 해도 그런 짓을 하고 싶지 않았다.

병명과 증상이 알려지면 형식적으로나마 그를 살리기 위해 모금함이 돌려질 것이고 그는 몇 개월 병가원을 낼 수도 있을 것이다. 그러나 그는 그런 것이 싫었다. 누구한테도 자신의 병을 말하고 싶지 않았다. 쓰러지는 날까지 지금대로 살고 싶은 것이 그의 심정이었다.

"나는 살인과 형사야. 살인과 형사답게 일하는 거야. 누구한테 동정을 바라서는 안 돼. 그건 구역질나는 짓이야. 마지막으로 이번 사건을 해결하는 거야. 이번 사건은 내 손으로 해결해야 해. 이것이 나에게 주어진 마지막 기회일 거야."

옷이 축축이 젖어 들고 있었다. 수사본부에 도착했을 때는 코트가 물에 빠진 듯 늘어져 있었다. 본부는 여전히 초조와 긴장 속에 싸여 있었다. 거기서 나온 그는 뒷골목에 자리 잡은 조그만 식당으로 들어가 가볍게 저녁 식사를 마친 다음 다시 전화국으로 돌아가 사또 형사의 집으로 전화를 걸었다.

사또 형사는 집에 돌아와 있었다. 그는 대뜸

"호리 모또오는 방위청 정보국의 실력자입니다."

라고 말했다.

"그런가요?"

조 형사는 바짝 긴장했다. 사또는 계속 말했다.

"정보국 소련 담당 책임자입니다. 그걸 알고 저도 좀 놀랐습니다. 호리 모또오란 이름도 사실은 가명입니다. 본명은 호리 겐로(保利謙郎)입니다."

"호리 겐로라구요?"

"네, 그래요. 상대가 거물이라 조사고 뭐고 할 필요가 없습니다. 오히려 제 쪽에서 조사를 당할 판입니다."

"그렇겠군요."

"그쪽에서 벌이고 있는 수사 선상에 호리 과장의 주소가 걸려 있다는 것은 심상치 않습니다. 우리도 모르고 있는 일이 벌어지고 있는 것 같은데……."

"우연의 일치이겠죠. 제가 찾고 있는 인물은 나까네 나오꼬와 시이나 에이사꾸입니다. 호리 과장은 아닙니다. 주소를 도용한 건데 우연히 호리 과장 댁과 일치한 거겠죠."

"그러기를 바라겠습니다만…… 대강 조사한 바로는 호리 과장이 그 주소에 거주하기는 5년 전부터였습니다. 그의 일가와 주변 인물 중에 나오꼬나 시이나 같은 이름은 없었습니다. 사건을 좀 자세히 말씀해 주실 수 없으실까요?"

조 형사는 잠깐 생각해 보고 나서 입을 열었다.

"자세한 내용은 편지로 써서 보내 드리겠습니다. 전화로 말씀드리기는 좀 곤란합니다."

"알겠습니다. 그럼 기다리겠습니다."

"댁으로 보내 드릴 테니 주소를 좀 알려 주십시오."

그 주소에 일본국 방위청 정보국 실력자가 살고 있다는 것은 놀라운 일이자 또 하나의 벽이었다. 더구나 그는 소련 담당 책임자라고 한다.

안개의 사나이는 감색 싱글에 밤색 줄무늬의 넥타이를 매고 밖으로 나왔다. 잿빛 머리칼에 코밑수염을 달고 안경을 낀 그의 모습은 바로 50대 사나이 모습이었다. 워낙 교묘한 변장이라 조금도 이상해 보이지 않았다.

점심때가 지난 2시경, 그가 아파트 앞에 주차 시켜 놓은 녹색 시무카 소형차를 몰고 아파트 단지를 미끄러지듯 빠져나가자 밖에 나와 있던 여자들이 호기심 어린 눈으로 그를 바라보았다.

"뭐 하는 사람인데 저렇게 멋있는 외제차를 굴리지?"

30대 여인이 껌을 짝짝 씹으며 묻자 아기를 안고 있던 여인이 재빨리 나선다.

"혼자 산다나 봐요."

"그럼 홀아비란 말이에요? 저렇게 멋진 사람이……?"

"홀아비는 아니고…… 일본에 처자식이 있다나 봐요."

"재일 동포군요."

임신 8개월의 여인이 배를 어루만지며 아는 체한다.

"아마 그런가 봐요. 재일 동포 사업가인가 봐요."

"기집애 하나 데리고 살겠네?"

"기집애는 못 봤어요."

"하나 데리고 오겠지 뭐. 지금 물색 중일 거예요."

"그게 무슨 말이에요? 기집애라니요?"

시골에서 이사 온 지 얼마 안 된 촌스러운 여인이 눈을 깜빡거린다.

"콜걸도 몰라요? 콜걸?"

"그게 무슨 말이에요?"

여인들은 재미있다는 듯이 뱃살을 쥐고 웃음을 터뜨린다. 그러다가 그들은 리더격인 키 큰 여인의 말에 일순 표정들이 굳어진다.

"콜걸 같은 것을 데려다 살면 쫓아내야 해. 아이들 교육에도 안 좋으니까. 말 만한 처녀들이 보면 어떻게 생각하겠어요."

"그건 그래요. 그런 짓 하면 여기에 못 살게 해야 해요."

그녀들은 멋대로 결론을 내리고 만족한 표정을 지었다.

시내로 들어온 안개의 사나이는 스위스 은행 서울 지점 부근에 있는 주차장에 차를 맡긴 다음 은행 쪽으로 걸어갔다.

그 은행은 다른 은행에 비해 조그마했다. 그러나 사실 알고 보면 그 어느 외국 은행 지점보다도 거래액이 월등히 많았다. 그 이유는 무엇보다도 해외로 재산을 도피시키는 데 있어서 그 은행만큼 비밀이 보장되고 신용이 있는 곳이 없기 때문이었다.

은행 안으로 들어선 그는 예쁜 여직원이 앉아 있는 쪽으로 곧장 다가가 창구 안으로 통장을 디밀었다. 그것은 스위스 은행이 발행한 통장이었다. 통장 겉면에는 'YAMA'라는 이상한 이름과 함께 계좌 번호가 적혀 있었다.

"입금이 되었는지 확인해 주시면 고맙겠습니다."

그는 영어로 유창하게 말했다.

"감사합니다. 기다려 주십시오."

여직원도 영어로 대답했다.

그는 소파에 앉아 기다렸다.

기다리는 손님들은 10여 명쯤 되었는데 거의가 외국인들이었다.

잠시 후 여직원이 놀란 토끼눈을 하고 그를 바라보았다.

"야마 씨……."

그는 일어서서 창구로 다가갔다. 여직원은 통장을 내주면서

"10만 달러가 입금되었습니다."

라고 말했다.

"감사합니다."

그는 고개를 끄덕였다.

"찾으실 건가요?"

"아니요."

은행을 나오면서 그는 심호흡을 했다. 25만 달러의 대금 중 선금 10만 달러를 받은 것이다. 이제 약속대로, 즉 행동에 들어가야 하는 것이다.

그는 곧 행동에 옮겼다.

거기서부터 대동 빌딩이 있는 곳까지 차로 15분 거리였다.

대동 그룹이 들어 있는 대동 빌딩은 지상 30층의 위용을 자랑하는 현대식 건물로 단연 그 일대를 압도하고 있었다.

주차장에 차를 주차시킨 다음 그는 반들반들한 대리석 계단을 지나 두꺼운 회전식 유리문을 밀고 안으로 들어갔다. 입구에서 눈을 굴리며 지키고 있던 경비원들이 안으로 들어서는 그에게 시선을 집중했다. 그러나 상대가 초로의 멋진 신사임을 알자 곧 경계의 눈초리들을 풀었다.

그는 티 하나 없이 반들거리는 대리석 홀을 지나 엘리베이터 앞에 섰다.

모두 여섯 대의 엘리베이터가 가동 중이었다. 통로를 사이에 두고 세 대씩 마주 보고 있었는데 한쪽의 세 대는 15층까지 운행되고 있었고 다른 쪽의 세 대는 15층까지 논스톱으로 올라간 다음 30층까지 정상 운행하도록 되어 있었다.

그는 벽 한쪽에 붙어 있는 사무실 안내판을 잠시 주시했다. 그가 찾고 있는 대동 그룹 회장실은 25층에 자리 잡고 있었다.

그는 기회를 보고 있다가 빈 엘리베이터 속으로 들어갔다.

푸른 제복의 엘리베이터 아까씨가

"어디까지 가세요?"
하고 물었다.

"아, 30층……."

그는 흰 이를 드러내며 소리 없이 웃었다.

엘리베이터 아가씨는 자그마한 키에 귀염성이 있어 보였다.

"회장님은 매일 나오시나요?"

그는 지나가는 투로 물었다.

"아니에요. 거의 안 나오세요."

"아, 그래요. 어디 아프신가 보지?"

"잘 모르겠어요."

그는 30층에서 일단 내렸다가 다시 엘리베이터를 타고 25층으로 하강했다.

25층 복도에는 온통 붉은 카펫이 깔려 있었다. 엘리베이터에서 내리자마자 그는 수위 두 명과 부딪쳤다.

"어떻게 오셨습니까?"

"아, 비서실에 볼 일이 있어서 왔습니다."

"네, 저쪽으로 가시죠."

회장실 쪽은 출입이 통제되어 있었다.

'회장실에 용무가 있으신 분은 비서실을 통해 주십시오.'
라는 안내문이 벽에 붙어 있었다.

그는 비서실 출입문을 한 번 바라보고 나서 지나치고 화장실로 들어갔다.

5분 후에 그는 화장실을 나와 다시 엘리베이터를 타고 아래층으로 내려왔다.

대동 빌딩을 나온 그는 주차장으로 가서 시무카를 끌어냈다. 10분 후 그의 차는 경인 고속도로를 시속 100킬로미터로 달리고 있었다.

20분 후 그는 인천 시내로 들어서서 빙빙 돌아다니다가 택시들이 많이 주차해 있는 어느 식당 앞에 차를 세웠다. 운전사 식당이었는데 낯선 초로의 신사가 안으로 들어서자 모두가 그를 바라보았다. 그런 곳에 출입하기에는 어울리지 않는 너무 세련된 신사였던 것이다.

식당 안을 둘러보며 빈자리를 찾던 그는 이윽고 자기 또래의 머리가 희끗희끗한 늙은 운전사가 앉아 있는 식탁으로 다가가,

"실례합니다."

하고 정중히 인사한 다음 맞은편 자리에 조심스럽게 앉았다.

당황한 것은 오히려 늙은 운전사 쪽이었다. 그는 신사의 눈치를 보면서 서둘러 식사했다.

안개의 사나이는 식사와 곁들여 소주를 시켰다. 그리고 먼저 한 잔을 마신 다음 상대의 자존심이 상하지 않도록 신중하게 잔을 내밀었다.

"저기, 한 잔 하시겠습니까?"

"아이구, 이거 원…… 고맙습니다."

운전사는 몹시 황송해 하며 두 손으로 술잔을 받아 들었다.

술이 한 순배 돌자 킬러는 비로소 넌지시 질문을 던졌다.

"저기, 청도에 가려면 어디서 배를 타야 하나요?"

"청도 말입니까?"

운전사가 진지한 태도로 되물었다.

"네, 청도 말입니다."

"거기 가는 배는 없습니다."

운전사는 마치 그것이 자기 책임이나 되는 듯 미안해하며 대답했다. 킬러는 고개를 끄덕였다.

"아, 그런가요? 배가 없군요?"

"거기 가시려구요?"

"네, 한 번 가 볼까 하는데 배가 없다면 곤란하군요."

운전사는 식사를 끝냈는데도 머무적거리고 있었다.

"그 섬에는 무슨 볼일이라도 있으신가요?"

"아니, 특별한 볼일은 없고…… 고기가 잘 잡힌다고 해서 낚시질이나 갈까 해서 그런 겁니다."

"아, 그렇군요. 한데 거긴 출입이 금지되어 있습니다. 아직 모르시는가 본데……."

"거기 가서는 안 되는 이유라도 있습니까?"

"네, 그게 과거에는 사람이 살지 않는 무인도였는데 지금은 재벌 손에 들어가 있습니다. 왜 저기…… 대동 그룹의 황병규 회장 있지 않습니까? 바로 그 사람 소유로 되어 있습니다."

"아, 그런가요?"

그는 금시초문이라는 듯 눈을 크게 떴다.

"그 양반이 그 섬을 사들여 가지고는 거기에다 별장을 지었지요. 어마어마한 별장이지요. 완전히 섬을 낙원으로 만들었지요.

야생 동물을 수입 해다가 기르고, 나무를 심고, 전기 시설을 하고, 수도 시설을 하고…… 사냥터를 만들고, 골프장을 만들고…… 하여간 지상의 낙원이라고 합니다. 저는 가 보지는 못했지만 소문이 자자합니다. 거기서 일하는 사람들만도 2백 명이 넘는답니다. 워낙 큰 섬이니까요."

운전사는 열을 내어 지껄이고 있었다.

"외부인 출입은 금지되어 있습니까?"

"네, 그렇습니다. 그…… 황 회장이라는 사람이 유별나서 외부 사람 출입을 절대 금지시킨 모양입니다. 사람 만나는 것을 아주 싫어하는 모양이에요. 그 사람 얼굴 보기가 대통령 보기보다 더 어렵다고 합니다. 듣기로는 무슨 병에 걸렸다고 그러기도 하고…… 별별 소문이 다 돌고 있지요."

킬러는 운전사에게 또 잔을 내밀었다. 상대방은 별로 사양하지 않고 잔을 받았다.

"별별 소문이라니요?"

"그 섬에 세운 별장이 한 마디로 아방궁이랍니다. 절세 미인들이 시중을 들고 있고 일류 요리사들이 식사를 만든답니다. 섬은 경비원들이 개를 풀어 놓고 지키고 있기 때문에 접근할 수도 없습니다. 거기에는 헬리콥터도 있고 호화 요트도 있습니다. 요트는 가끔 선착장에 나타나기 때문에 볼 수가 있지요. 호주에서 수입한 배라는데 그야말로 호화판입니다."

"어느 선착장에 나타납니까?"

"연안 부두 쪽입니다."

"황 회장이 그 배를 이용하나 보지요?"

"그 배를 타고 출입하기도 하고 헬리콥터를 이용하기도 하나 봅니다."

"요즘도 거기서 지내나요?"

"네, 주로 거기서 지내나 봅니다."

"그 사람을 본 적이 있습니까?"

"한 번도 못 봤어요."

"선착장에 있는 사람들은 봤겠군요?"

"아니오. 그렇지 않아요. 그 배가 닿는 선착장은 부두에서 멀리 떨어져 있고 경계가 심해서 가까이 갈 수가 없어요. 차가 지나갈 때 속이라도 들여다보고 싶지만 차창이 검은 색이라 들여다볼 수도 없어요."

"그 선착장까지 좀 안내해 주실 수 없겠습니까? 수고비는 드리겠습니다."

"그거야 뭐 어렵지 않습니다."

식당을 나온 그들은 각기 차에 올랐다.

킬러는 시무카를 몰고 택시를 따라갔다.

연안 부두에 도착한 택시 운전사는 그에게 한 곳을 가리켰는데 그곳은 철조망으로 차단된 보호 구역이었다. 바다에 면한 넓은 대지 위에는 창고가 열을 지어 서 있었다.

"저것도 모두 그 사람 겁니다. 저것뿐 아니라 이 일대 땅이 모두 그 사람 소유입니다. 저기로 헬리콥터가 내리고 뜨지요. 요트도 저기로 들어오고요. 그리고 수시로 모터보트가 섬까지 왔다

갔다 하는 모양이에요. 저기 수평선 왼쪽에 있는 섬이 바로 그 섬입니다."

"아, 네, 감사합니다."

만 원짜리 지폐 한 장을 집어 주자 운전사는 몹시 감사해 하면서 자기 이름과 연락처까지 적어 주었다.

"필요하시면 부르십시오. 언제든지 달려오겠습니다."

"네, 그러지요."

운전사가 가고 나자 그는 수평선을 바라보았다. 수평선 왼쪽에 섬이 하나 떠 있었는데 너무 멀어 조그맣게 보였다. 그는 망원경을 꺼내 거리를 조준해 보았다. 초점이 맞춰지자 섬의 윤곽이 어느 정도 떠올랐지만 자세히 보이지는 않았다.

그는 계속 망원경으로 청도를 바라보고 있었다.

그때 엔진 소리가 요란스럽게 들려 고개를 들어 보니 철조망 저쪽에서 모터보트 한 대가 막 떠나고 있는 것이 보였다.

보트는 엔진 소리도 요란스럽게 물살을 가르며 바다 위를 달리고 있었다. 그는 망원경으로 그 보트를 쫓았다.

보트 위에는 감색 파커에 빨간색의 운동모를 쓴 남자 두 명이 타고 있었고 짐이 잔뜩 실려 있었다.

보트는 청도를 향해 곧장 달려가고 있었다. 보아 하니 청도의 일군들인 것 같았다.

조금 후 보트는 조그만 흑점으로 변해 시야에서 가물가물 흔들리더니 이윽고 섬에 포개져 보이지 않게 되었다.

"뭘 그렇게 보십니까?"

그는 천천히 망원경을 내리고 그에게 말을 걸어온 사람을 바라보았다.

순찰 경관 두 명이 거기에 서 있었다.

"아, 네, 바다를 좀 보고 있었습니다."

그는 웃으며 점잖게 말했다.

"뭘 찾으시는 것 같던데……?"

그들은 그가 들고 있는 망원경을 바라보았다.

"아, 아닙니다. 그냥 드라이브하는 길에 구경한 것뿐입니다."

"저 차는 선생님 것인가요?"

"네, 그렇습니다."

"차가 좋군요."

그들은 부러운 듯이 시무카를 바라보았다.

"네, 프랑스제입니다."

"어디서 오셨나요?"

"서울에 살고 있습니다."

"증명 좀 보실까요?"

"네, 여기 있습니다."

그는 증명을 내보였다. 경찰은 그것을 잠깐 들여다보고 나서 고개를 끄덕였다.

"실례했습니다. 여기는 취약 지구라 놔서요."

"알고 있습니다. 저 섬에는 갈 수 없나요?"

그는 손을 들어 청도를 가리켰다. 경찰은 고개를 저었다.

"개인 소유라 놔서요."

"아, 그런가요?"

"대동 그룹의 황 회장 소유입니다. 거기에 별장이 있죠."

"아, 그렇군요."

"거긴 낙원이죠. 특별히 신청을 하면 관광 정도는 할 수 있습니다."

"어떻게 신청해야 하나요? 한 번 가보고 싶은데……."

"해안 경비대에 부탁을 하면 경비대에서 1일관광 추천을 해줍니다. 그러면 그쪽에서 배가 나옵니다. 그것도 일요일에만 가능합니다."

"실례지만 해안 경비대에 계십니까?"

"네, 그렇습니다."

"그럼 이번 일요일에 한 번 찾아뵙겠습니다."

"신원은 확실합니까?"

"확인해 보셔도 좋습니다."

"뭐, 선생님 같은 분한테 그럴 필요는 없고…… 그럼 일요일 낮 12시에 나와 보십시오. 연락은 해 두겠습니다."

"감사합니다."

경찰이 가고 나자 그는 차 속에 들어가 시동을 걸었다. 의외의 수확을 거둔 셈이었다.

인천 시가를 벗어난 그는 경인 고속도로를 올 때처럼 시속 100킬로미터로 달려갔다. 1백 20까지 올렸을 때는 같은 방향으로 달리는 차들이 뒤로 휙휙 떨어져 나갔다.

차 속은 조용한 경음악이 흐르고 있었다. 그는 마치 잔잔한 바다 위를 수상 스키를 타고 달리는 기분이었다.

야릇한 쾌감이 머리끝에서부터 발끝까지 퍼지고 있었다. 스피드가 안겨 주는 쾌적한 기분을 음미하면서 그는 시야 가득히 들어오는 도로와 그 양편의 산야를 바라보고 있었다.

제 2한강교를 지나면서 그는 시계를 바라보았다. 정각 4시였다. 그는 라디오 스위치를 틀었다. 뉴스가 막 흘러나오고 있었다. 정치 뉴스에 이어 연쇄 살인 사건에 대한 뉴스가 흘러나오고 있었다. 그는 차의 속도를 줄이면서 라디오 볼륨을 높였다.

"세균 학자 유한백 박사에 이어 두 여인을 살해한 범인을 쫓고 있는 경찰은 아직 수사에 진전을 보지 못한 채 공전을 거듭하고 있습니다. 범인의 신원마저 파악하지 못한 경찰은 전국에 비상망을 펴는 한편 범인의 해외 도주를 봉쇄하기 위해 공항과 항만에 대한 검문검색을 강화하고 있지만 범인의 행방은 여전히 오리무중에 빠져 있습니다. 범인의 정확한 몽타주까지 확보한 상태에서 경찰이 지금까지 범인을 검거하지 못하고 있다는 것은 경찰 수사에 허점이 있다는 것을 말해 주는 것이라고 하겠습니다. 그동안 경찰은 시민들의 제보에 기대를 걸고 있었지만 수사에 도움이 될 만한 이렇다 할 제보는 아직 들어오지 않고 있습니다. 시민의 신고 정신에도 문제가 없는 것은 아니지만 오직 시민의 제보만을 기다린 채 제자리걸음을 하고 있는 경찰의 태도에도 문제가 많다고 하겠습니다."

경찰을 비판하는 소리가 계속 이어지고 있었다. 그는 라디오를 끈 다음 자세를 바로 했다.

출발한 지 한 시간 뒤 그는 아파트 단지로 들어섰다.

햇빛을 즐기던 한 떼의 여인들이 일제히 그를 바라보았다.

차에서 내린 그는 여인들에게 한 번도 눈을 주지 않은 채 아파트 입구로 들어갔다.

수위가 그를 보고 아는 체를 하자 그는 고개를 끄덕이며 미소했다.

이윽고 아파트에 들어선 그는 창가로 다가가서 커튼 사이로 여인들을 바라보았다.

그가 보고 있는 줄도 모른 채 여인들은 신이 나서 지껄이고 있었다.

"역시 멋있어."

"정말 그런 것 같아요. 보면 볼수록 멋있는 것 같아요."

"나이 든 사람치고 저렇게 멋있는 사람 첨 봤어요."

"남자는 나이 들수록 멋있어진다구요."

"아이구, 말도 말아요. 이 아파트 단지에 저렇게 멋있는 영감 보셨수?"

"하긴 그래."

여자들은 까르르 웃음을 터뜨렸다.

"내가 과부라면 한 번 접근해 보겠어."

"아이구, 콧방귀도 안 뀌게 보이던데요. 쌀쌀맞아 보여요."

"안 그래요. 남자란 겉으로 그러지 사실은 꿍꿍이속이 다 있다구요."

그들은 도쿄의 인터내셔널 호텔 레스토랑에서 함께 아침 식사를 들었다. 햇빛이 가득 들어오는 창가에 앉아 천천히 식사를 하고 있는 그들의 모습은 누가 보아도 한가로운 여행객들 같았다. 식당에는 그들 외에도 적지 않은 수의 외국인 여행자들이 담소를 즐기며 식사하고 있었다.

보화는 햇빛에 눈이 부셔 눈을 가늘게 뜨고 있었다. 간밤에 잠을 설친 그녀는 머리가 무겁고 자꾸만 헛구역질이 나왔다. 그래서 억지로 식사를 들다시피 하고 있었다.

반면 두 남자는 왕성한 식욕을 과시라도 하는 듯 열심히 밥을 먹어 대고 있었다. 특히 대식의 식욕은 대단해서 옆에서 보기에도 흐뭇해 보였다.

민인식은 식사하면서도 맥주를 곁들여 마셨다. 반주 정도로 가볍게 마실 줄 알았는데 그게 아니고 마구 마셔 대는 것이었다. 그것을 보면서 보화는 적이 염려스러웠다. 그러다가 실수라도 하면 어쩌랴 싶었는데 그 눈치를 아는지 모르는지 아침부터 마시는데 열중하고 있었다.

"형님, 지금부터 일을 해야 하니까 적당히 마시세요."

보다 못한 대식이 보화의 눈치를 보면서 민인식에게 이렇게 말했지만 그는

"응응, 알았어. 반주로 한 잔 마시는 건데 뭐……"

어쩌고 하면서 영 술잔을 놓지 않는 것이었다.

보화는 속으로는 걱정스러우면서도 겉으로는 조금도 내색하

지 않으면서 얼마든지 술을 마시라고 권했다. 그때마다 민인식은 기분이 좋아서 소리 없이 웃곤 했다.

식사가 거의 끝났을 때 그는 도쿄 지도를 펴 놓고 들여다보기 시작했다. 그리고 혀 꼬부라진 소리로,

"지요다구가 어디 있더라……"

하고 중얼거리다가 한 곳을 손가락으로 짚었다.

"음, 바로 여기군."

보화와 대식이 머리를 숙이고 들여다보았다.

"여기가 바로 지요다구야. 고단기다 357 번지라…… 옳지, 고단기다가 여기군. 번지수는 안 나왔어. 빌어먹을 것, 무슨 지도가 이래."

"지도에 번지까지 나올 수 있나요?"

"바보 같은 자식……. 무슨 헛소리야? 지도에 번지가 없어도 나는 찾아낼 수 있어. 거기 찾아가서 시이나 에이사꾸라는 자를 불러내는 거야. 그리고 나까네 나오꼬라는 여자도 말이야. 안 나오면 쳐들어가서 끌어내는 거야."

목소리가 커지는 바람에 그들은 당황했다.

"형님, 목소리가 너무 큽니다. 여긴 서울이 아니고 도쿄입니다. 그리고 우리는……"

"알았어! 젊은 애가 왜 그렇게 겁이 많아? 도쿄가 어떻다는 거야? 예전에 즈그놈들은 서울에 와서 떠들지 않았나? 떠든 정도가 아니지. 온갖 만행을 다 저질렀지. 이놈들은 해적들이야. 천하에 고약한……."

"형님, 무턱대고 찾아가시면 안 됩니다. 대책을 세운 다음에 찾아가야 합니다."

"하아, 나 원…… 이것 봐, 달리 방법이 없어. 쳐들어가서 단도직입적으로 들이대는 거야."

보화와 대식은 멀거니 서로를 바라보기만 했다.

민인식은 그들의 반응에는 아랑곳하지 않고 자기 방침을 이야기했다.

"우선 그 주소에 그런 사람들이 살고 있는지 어쩐지 그것부터 알아야 해. 그리고 나서 대책을 세워야 해. 안 그런가요?"

"네, 그래요."

보화는 얼결에 대답했다. 그녀로서도 달리 방법이 생각나지 않았기 때문에 그렇게 대답할 수밖에 없었던 것이다.

"자, 그럼 가 보세."

추남은 이미 일어서고 있었다.

"괜찮으시겠습니까?"

대식이 따라 일어서면서 불안한 기색으로 물었다.

"이것 봐, 내가 취한 줄 알아? 난 아무렇지도 않아."

그렇게 말은 하면서도 눈빛은 풀려 있었다.

밖으로 나온 그들은 택시를 잡아탔다. 추남은 운전사 옆에 앉으면서 주소를 적은 메모지를 내놓았다.

"이 주소를 찾아 주시오."

술 냄새에 운전사가 미간을 찌푸렸다.

"뭘 꾸물거리우? 빨리빨리 가지 않고……."

그는 안하무인격으로 운전사를 대했다. 운전사는 몹시 불쾌한 표정으로 차를 몰았다.

"선생, 조센징 아닌가요?"

"그렇소! 뭐가 잘못된 거 있소?"

"아니, 잘못된 게 아니라…… 조센징은 본래 그렇게 예의가 없나요?"

"일본인보다야 예의가 있지. 당신, 조센징 조센징 하는데 우리들은 당신들을 뭐라고 그러는 줄 아시오?"

"네, 뭐라고 그럽니까?"

"왜놈이라고 부르지."

차가 끼익 하면서 급정거했다.

"내리시오. 내가 참겠소."

"이것 봐, 숙녀도 있는데 이럴 수가 있어?"

"내리라구요."

"형편없는 작자군."

보화와 대식은 영문을 모르고 따라 내렸다. 일본말을 모르는 그들은 어리둥절할 수밖에 없었다.

"저 왜놈의 자식이 나한테 조센징이라고 그랬어. 건방진 자식 같으니!"

보화는 빙그레 웃었다. 난처한 쪽은 대식이었다.

"형님, 취하셨습니다. 나중에 가죠."

"이것 봐, 잠자코 따라와."

추남은 지나가는 택시를 잡아 먼저 차에 올랐다. 보화와 대식은 하는 수 없이 뒤따라 차를 탔다.

그들이 찾는 지역은 불과 15분 거리에 있었다.

차에서 내린 그들은 주소를 적은 메모지를 들고 사람들에게 물어 가면서 주소를 찾아 나섰다.

주소를 찾는 데는 그렇게 오래 걸리지가 않았다. 워낙 으리으리한 집이라 쉽게 찾을 수가 있었다.

"음, 바로 이 집이야."

추남은 비틀거리며 문패를 들여다보더니 고개를 갸우뚱했다.

"주소는 맞는데…… 이름이 틀려."

보화와 대식도 문패의 이름을 확인하고 나서 의아한 시선을 교환했다.

"뭐라고 읽습니까?"

대식이 물었다.

"음, 호리 모또오란 이름이야. 호리 모또오……. 내가 만나 볼 테니까 저리 비켜."

궁금증에 두 사람은 멀리 피하지 않고 그 부근에서 서성거렸다. 추남은 머뭇거리지도 않고 초인종을 눌렀다.

"누구십니까?"

인터폰을 통해 굵은 남자 목소리가 들려왔다.

"아, 실례합니다."

그는 마치 이웃집을 방문한 것처럼 말했다.

"누구십니까?"

"용건이 있어 찾아왔습니다."

"어디서 오신 누구신데요?"

"서울에서 온 아무개라고 합니다."

그의 목소리에는 다분히 빈정거리는 투가 섞여 있었다.

"서울에서 왔다구요?"

"네, 그렇습니다."

"잠깐 기다리십시오."

잠시 후 운동선수같이 생긴 30대의 사나이가 나타났다. 그 사나이 뒤에는 세퍼드 두 마리가 으르렁거리고 있었다.

"저 개를 좀 치울 수 없습니까?"

추남은 담배를 꼬나문 채 얼굴을 찌푸리면서 말했다. 주정뱅이 같은 초라한 사내가 사뭇 건방지게 말하자 운동선수는 어이가 없다는 듯 방문객을 아래위로 훑어본다.

"저리들 가."

개를 쫓고 나서 그는 팔짱을 끼었다. 흰 셔츠 위로 근육이 꿈틀거리는 것이 마치 무쇠 같은 느낌이었다. 점을 찍어 놓은 것 같은 조그만 두 눈에는 아무 반응도 나타나 있지 않다.

그 눈이 조금 떨어진 곳에 서 있는 두 남녀에게 머문다.

"서울에서 오셨다구요?"

"네, 그렇습니다."

"무슨 일로 오셨는지요?"

"사람을 좀 만나러 왔습니다."

"사람을 만나러 왔으면 술이 깬 다음에 오십시오."

"이것 봐요, 서울에서 일부러 여기까지 만나러 왔는데 이렇게 푸대접하기요?"

조그만 눈이 깜박거린다.

"도대체 누구를 만나러 온 거요?"

"나까네 나오꼬 여사를 만나러 왔습니다."

"나까네 나오꼬?"

"네, 나오꼬 여사 말입니다."

"나오꼬라…… 그런 여자는 여기 없습니다."

무엇을 탐색하듯 눈빛이 날카로워진다. 추남은 담배꽁초를 떨어뜨린 다음 구두 끝으로 비벼 댔다.

"없다, 이 말이죠? 정말입니까?"

운동선수는 고개를 무겁게 끄덕였다.

"좋습니다. 없다는 데야 할 수 없죠. 시이나 에이사꾸라는 사람은 있습니까?"

"없어요. 여기는 호리 모또오 씨 댁입니다."

"알고 있습니다. 문패 정도는 읽을 줄 압니다. 시이나 씨가 여기에 살고 있다는 말을 듣고 왔는데…… 없다고 하시면 이상하지 않습니까?"

"이상할 거 하나도 없습니다. 여긴 그런 사람 없습니다."

"없을 리가 없는데……."

그는 충혈된 눈으로 일본인을 쳐다보았다.

"한국인입니까?"

"네, 그렇습니다."

"서울에서 왔다구요?"

"네……."

"저쪽도 동행인가요?"

턱으로 보화 쪽을 가리킨다.

"네."

"안됐습니다."

"혹시 전 주인 이름을 아시나요?"

"이건 호리 모또오 씨가 직접 지으신 집입니다."

"댁은 누구십니까?"

"난 호리 선생의 개인 비서입니다."

"실례 많았소."

추남은 머리를 흔들고 물러났다.

보화와 대식은 추남이 가까이 오기를 기다렸다가 다급하게 물었다.

"어떻게 됐어요?"

추남은 머리를 저었다.

"그런 사람 없대. 나오꼬도 시이나도 없대. 이거 어떡하죠?"

조금 전과는 달리 풀이 잔뜩 죽어 말한다.

그것을 전해들은 두 사람도 벙어리가 된 듯 서로 쳐다보기만 했다.

"지금 현재의 집 주인이 처음부터 저 집을 지어서 살았다는구먼. 어떡하지?"

그것이 자기 죄이기나 한 듯 쳐다본다. 비로소 취기가 깨는 모양이었다.

"할 수 없죠. 뭐."

보화가 걸음을 옮기면서 말했다. 남자들은 기죽은 모습으로 그녀를 따라 걸었다.

"이런 식으로 돌아가기는 좀 억울한데……."

추남이 중얼거렸다.

"그냥 돌아갈 수야 없죠."

대식이 심각한 표정으로 대답했다.

"그냥 돌아가지는 않을 거예요. 일이 쉬울 것이라고는 생각지 않았어요."

보화는 머리칼을 쓸어 넘기며 미소 지었다. 그녀의 웃음은 어쩐지 웃음 같지가 않고 자신의 굳은 결의를 나타내는 것 같았다.

그들은 그 길로 호텔로 돌아와 대책을 숙의했다.

시이나 에이사꾸와 나까네 나오꼬라는 사람을 어떻게 찾아내느냐 하는 것이었다. 뾰족한 수가 있을 리가 없었다. 한국이라면 또 몰라도 남의 나라 일본에서 이름만 가지고 사람을 찾는다는 것은 불가능한 일이었다.

그러나 보화는 단념하려 들지 않았다. 단념하기는커녕 더욱 결심이 굳어지는 것 같았다.

"찾아내기 전에는 돌아갈 수가 없어요. 두 분께서는 언제라도 돌아가셔도 좋아요."

"그런 말씀은 하지 마십시오. 일단 함께 온 이상 행동을 같이 해야지요."

대식의 말에 추남은 동의한다는 듯 끄덕였다.

"그래요. 그건 동생 말이 맞아요."

"도와주신다니 고마워요."

추남은 욕실로 들어가 세수를 하고 나오더니 생각난 듯 이렇게 말했다.

"우선 그 주소의 집 주인을 조사해 보기로 합시다. 이름은 다르지만 일단 호리 모또오란 인물을 조사해 볼 필요는 있을 것 같습니다."

"어떻게 조사하죠?"

대식이 물었다. 그들은 거기서 막히는 듯했다. 그때 보화가 요미우리신문의 광고란을 손가락으로 짚었다.

"이거 혹시 흥신소 광고 아닌가요?"

그것을 들여다본 추남의 눈이 번쩍 뜨이는 것 같았다.

"네, 맞습니다. 흥신소 광고입니다."

"흥신소라는 게 일종의 조사 업무를 맡는 곳이 아닌가요?"

"그, 그렇죠."

"탐정 일도 할 수 있죠?"

"돈만 주면야 얼마든지 해 줄 겁니다."

"그럼 거기다가 부탁하기로 해요."

남자들은 무릎을 탁 쳤다.

"그것 참 좋은 생각입니다. 그보다 더 좋은 방법이 없을 것 같습니다."

추남은 즉시 수화기를 집어 들더니 다이얼을 돌렸다.

"네, 흥신소입니다."

신호가 떨어지면서 일본 여자의 여린 목소리가 들려왔다. 추남은 유창한 일본말로 용건을 이야기했다.

“부탁할 일이 있어서 전화했습니다.”

“아 네, 고맙습니다. 어떤 일이신지요?”

“사람을 조사하고…… 찾는 일입니다. 가능할까요?”

“네, 무슨 일이나 가능합니다. 그러시다면 일단 이리 오셔서 계약을 하도록 하시죠.”

“아니, 그게 아니라……. 그쪽에서 이리루 와 주셨으면 좋겠는데……. 비밀을 요하는 일이라 놔서 그럽니다.”

“잠깐 기다려 보세요.”

아마 상의를 하는 것 같았다. 잠시 후 여직원이 다시 나왔다.

“네, 좋습니다. 계신 데가 어딘가요?”

“인터내셔널 호텔 10층 5호실입니다.”

“한 시간 이내로 가겠습니다.”

“누가 올 건가요?”

“여가 직원이 가게 될 거예요.”

“비밀을 지킬 수 있는 믿을 만한 사람을 보내 주시오.”

“네, 그 점은 염려 마세요. 실례지만 존함은……?”

“아, 그건 비밀이오. 이쪽에 대해서는 알려고 하지 마십시오.”

“네, 알았습니다.”

추남은 수화기를 내려놓고 나서 보화와 대식을 바라보았다. 일본말을 모르는 두 사람은 궁금한 눈치를 보였다.

“흥신소로 오라고 하는 것을 이쪽으로 오라고 했습니다. 한 시간 이내로 흥신소 사람이 이쪽으로 올 겁니다."

그들은 조금 긴장한 태도로 기다렸다.

거의 한 시간쯤 지났을 때 노크 소리가 났다. 문을 열자 두 남자가 밖에 서 있었다.

"전화 받고 왔습니다."

"아, 네, 들어오시죠."

문을 닫고 나서 추남은 다시 한 번 확인하기 위해,

"흥신소에서 왔습니까?"

하고 물었다.

"네, 그렇습니다."

방 안에 세 사람이나 있자 그들은 수상쩍다는 표정을 지었다. 한 사람은 머리에 기름을 잔뜩 바르고 검은 테의 안경을 낀 40대의 신사였고, 또 한 사람은 서른 댓쯤 된 장발의 사나이였다.

보화는 창가에 기대서 있었고 대식은 침대 위에 걸터앉아 있었다.

추남은 탁자를 사이에 두고 일본인들과 마주앉아 거래를 시작했다. 그는 먼저 메모해 둔 것을 내놓았다.

"나는 시이나 에이사꾸와 나까네 나오꼬라는 두 사람을 찾고 있습니다. 내가 알고 있는 것은 이름밖에 없습니다. 나이도 모르고 사진도 없습니다."

그는 메모지를 손가락으로 짚었다.

"이 주소에 있다기에 찾아갔더니 그런 사람들은 없고 엉뚱한 사람이 살고 있었습니다. 호리 모또오란 사람입니다."

"무슨 이유로 두 사람을 찾으려고 하시는가요?"

"그 이유는 말씀드릴 수 없습니다."

"비밀을 요하는 일인가요?"

안경이 날카롭게 물었다.

"네, 매우 중요하고 비밀을 요하는 일입니다."

흥신소 직원들은 결정을 내리기 위해 잠시 침묵했다. 잠시 후 안경이 상체를 움직였다.

"알겠습니다. 우리가 맡겠습니다."

조 문기 형사는 피로한 몸을 이끌고 안으로 들어갔다.

수사본부 안에는 요원들이 거의 다 모여 있었다.

그가 자리에 앉자마자 수사 본부장이 그를 부른다는 전갈이 왔다. 올 것이 왔나 보다고 생각하면서 그는 일어섰다.

"화가 잔뜩 났어. 도쿄 경시청에서 연락이 왔나 봐. 왜 그런 짓을 했지?"

그의 상사가 따라오면서 걱정스러운 듯 말했지만, 그는 무표정했다.

보스는 그가 들어섰는데도 힐끗 한 번 쳐다보고 나서 하던 일을 계속했다.

그는 보스의 말이 떨어질 때까지 책상 앞에 부동자세로 서 있어야 했다.

보스는 한참 지나서야 얼굴을 쳐들면서 상체를 뒤로 젖혔다.

"누가 맘대로 도쿄 경시청에 전화질을 하라고 그랬어?"

"……."

목소리가 실내를 쩌렁 울렸다. 조 형사는 고개를 숙인 채 두 손을 내려다보았다. 피곤하다는 느낌뿐이었다.

"누가 자네에게 도쿄에 전화하라고 그랬느냐 말이야? 내 말이 안 들리나?"

"제 스스로 판단해서 한 짓입니다."

"뭐가 어째?"

책상을 꽝 치는 바람에 재떨이가 뒤엎어졌다.

"외국에 협조를 요청할 때는 공식 루트를 통하라고 하지 않았어? 왜 허락도 없이 함부로 그런 짓을 하는 거야?"

"죄송합니다."

"방위청 정보국에서 이쪽으로 정식 문의가 왔어. 한국 경찰이 그쪽 정보국 간부를 조사하는 이유가 뭐냐고 말이야? 갑자기 그런 문의를 받고 할 말이 있어야지. 사람을 로봇으로 만들어도 분수가 있어야지. 그럴 수가 있어?"

"죄송합니다."

조 형사는 그 말밖에 할 말이 없었다. 변명하기도 싫고 변명해봤자 보스의 기분을 더욱 상하게만 할 것 같았기 때문이다.

"방위청에서는 심상치 않게 보고 있는 것 같아. 그쪽에서 조사가 진행되고 있는 모양이야. 한국에서 발생한 살인 사건이 호리 과장과 어떤 연관이 있는지에 관해서 말이야. 호리 과장 자신이 발 벗고 나서고 있는 모양이야. 어떤 흑막이 있다고 보고 있는 것 같아."

"죄, 죄송합니다."

보스는 굳었던 표정을 조금 풀었다. 그리고 지그시 그를 바라보았다.

"조사 결과를 말해 봐. 호리 과장이 어떤 관계에 있나?"

"관계가 있는 게 아닙니다. 사실은 호리 과장을 찾았던 게 아닙니다."

"알고 있어. 시이나 에이사꾸와 나까네 나오꼬를 찾고 있는 게 아닌가?"

"네, 그렇습니다. 그런데 그 주소에 그런 사람들이 없다는 보고였습니다."

"그 사람들 대신 호리 과장이 살고 있다 이 말이지?"

"네, 그렇습니다."

"그 주소가 유 박사 사건과 관계가 있다고 보나?"

"아직은 뭐라고 단정을 내릴 수 없습니다."

"여하튼 앞으로는 공식 루트를 통해 협조를 구하도록 해. 이쪽 정보기관에서도 조사를 벌일 모양이야."

"알겠습니다."

조 형사는 무거운 걸음걸이로 그 곳을 나왔다.

죽음과의 對話

담당 의사는 그를 외면한 채 창밖으로 시선을 돌리고 있었다.

조 형사도 허공에다 멀거니 시선을 던지고 있었다.

실내는 질식할 것 같은 무거운 침묵으로 뒤덮여 있었다.

두 사람 다 어떤 결정을 기다리고 있었다. 그것이 무엇인지 알면서도 그들은 그것을 밖으로 드러내기를 두려워하고 있었다. 당사자보다도 의사 쪽이 더욱 그랬다.

의사의 얼굴에 드러난 고뇌의 빛을 보고 조 형사는 참을 수가 없었다. 그는 자신이 먼저 결론에 접근할 수밖에 없다고 생각했다. 그래서 마침내 말했다.

"숨기시지 말고 솔직히 말씀해 주십시오. 저는 마음의 준비가 다 되어 있습니다. 죽음 같은 것은 공기처럼 마실 수가 있습니다. 아무렇지도 않습니다. 지금 제 마음은 평온합니다."

의사가 천천히 고개를 돌려 그를 바라보았다. 연민이 담긴 곤혹스런 빛이 얼굴 가득히 담겨 있었다.

"정말 아무렇지도 않은가요?"

"네, 아무렇지도 않습니다."

의사는 한숨을 길게 내쉬었다. 그리고 다음과 같이 사형 선고를 내렸다.

"6개월 이상은 기대하기 어렵습니다."

조 형사는 고개를 끄덕였다.

"그럴 줄 알았습니다. 6개월이면…… 아직도 많이 남았군요."

그는 담배를 꺼내 거기에 불을 붙였다. 그러한 그를 의사는 놀란 눈으로 바라보고 있었다.

암의 권위자인 그는 암환자에게 사형 선고를 내릴 때가 제일 괴로웠다. 사형 선고를 받은 환자들은 하나같이 공포에 질린 모습으로 비틀거리며 떠나기 마련이다. 그런데 지금 그와 마주 앉아 있는 사나이는 전혀 그렇지가 않다. 사형 선고를 받고도 그렇게 태연자약한 환자는 처음이었다.

"가족이 없다고 그러셨죠?"

"네, 없습니다. 그래서 다행이라고 생각하고 있습니다."

그는 일어섰다.

"그동안 실례 많았습니다. 안녕히 계십시오."

"안녕히 가십시오."

의사는 따라 일어서면서 손을 내밀었다.

그들은 굳게 악수를 나누었다. 의사가 잡은 손을 놓지 않으려는 바람에 조 형사는 애를 먹었다.

병원을 나온 그는 비탈길을 천천히 걸어갔다.

마음은 어느 때보다도 차분하게 가라앉아 있었다. 초조하지도 않고 두려움 같은 것도 물론 없었다.

길을 건너간 그는 동물원 쪽으로 걸어갔다. 매표구는 한산하기 짝이 없었다. 경찰관 신분증을 보이면 들어갈 수 있겠지만 그러기가 싫었다. 6개월 시한부 인생이 공짜를 바라서 뭘 하겠다는 것인가.

매표구에서 성인 표를 한 장 구입한 다음 그는 동물원 안으로 들어갔다.

3월이라고 하지만 아직 찬바람이 돌고 있어서 동물원에는 거의 사람이 없었다.

그는 코트에 두 손을 찌른 채 우리 앞을 천천히 거닐었다.

그는 호랑이 우리 앞에서 걸음을 멈추었다.

뱅골산 호랑이 한 마리가 좁은 우리 속에서 왔다 갔다 하고 있었다. 어마어마하게 큰 놈으로 긴 허리가 축 늘어져 있었다. 놈은 쉬지 않고 우리 속을 왔다 갔다 하고 있었다. 시계처럼 규칙적으로 움직이고 있었다. 곧 싫증나서 멈추겠거니 하고 생각했지만 그렇지가 않았다. 얼마나 답답하면 저러고 있을까? 답답하다 못해 미쳐 버렸는지도 모른다.

죽음을 앞둔 그는 자비로운 눈길로 호랑이를 바라보았다. 저 놈은 아마 죽을 때까지 저 속에서 사람들의 눈요깃감이 되어 저러고 있어야겠지. 저 놈은 어쩌면 죽음을 기다리고 있는지도 모른다. 오직 죽음만을 기다리고 있기 때문에 저렇게 초초해 하고 있는지도 모른다.

그는 우리를 떠나 호숫가 벤치 위에 앉았다. 죽음을 생각하지 않으려고 해도 그것은 그림자처럼 그를 따라붙고 있었다. 죽음의 실체가 손에 만져지는 것 같았다.

"너는 곧 죽는다. 6개월 이내에 죽을 것이다."

처음 듣는 목소리가 들려왔다.

그는 잔잔한 수면을 바라보았다.

"몸부림쳐도 소용없어. 얼마 후 곧 죽게 돼. 아무도 그것을 막을 수 없어."

그는 40세였다. 그러나 이미 모든 것을 포기하고 있었다. 그렇다고 가만히 앉아서 죽음을 기다릴 생각은 없었다. 그때까지 미친놈처럼 일을 할 생각이었다. 지금까지와는 다른 전혀 새로운 일을 하려는 것도 아니었다. 하던 일을 계속할 생각이었다. 거기에 정신을 쏟다 보면 어느 날 갑자기 숨을 거두게 되겠지. 지저분한 것은 모두 정리해 놓아야지.

그는 보트를 빌어 타고 호수 가운데로 저어 나갔다. 바람이 불자 물결이 일면서 보트가 흔들렸다. 물에 뛰어들어 자살해 버릴까. 그는 픽 웃었다. 어차피 죽게 될 건데 이런 데 빠져 죽어 소란을 떨게 뭐람.

나뭇가지 사이로 남녀 한 쌍이 꼭 끌어안고 있는 것이 보였다. 정신없이 키스하고 있었다. 그는 부끄러웠다. 그리고 부러움을 느꼈다. 그들에게 방해가 되지 않게 배를 급히 돌렸다. 소나무 가지 위에서 까치가 울었다.

햇빛이 약해지고 있었다.

낙엽이 수면 위로 떠다니고 있었다. 오리들이 호숫가로 떼를 지어 돌아가고 있었다.

그는 찬 공기를 깊이 들이마셨다. 마치 소생하는 기쁨을 음미하듯이. 그때 안 호주머니에 넣어 둔 무전기가 삑삑 울렸다. 버튼을 눌렀다.

"5호! 5호! 5호는 즉시 본부로 출두하라!"

무전 지시는 다시 한 번 반복된 다음 끊어졌다.

그는 담배 한 대를 다시 피울 때까지 보트 위에 웅크리고 앉아 있었다. 오랜 만에 젖어 보는 명상의 시간이었다.

"이제부터 열심히 일하는 거야. 대가 같은 거 바랄 필요도 없겠지. 누가 보든 말든 열심히 일하는 거야."

그는 보트를 저어 나갔다.

잠시 후 동물원을 나와 택시를 잡아탔다.

수사본부에는 여러 사람들이 테이블에 앉아 있었다. 거기에는 수사 본부장을 비롯한 간부들과 낯선 사람들이 그를 기다리고 있었다.

"아, 인사하지. 이분들은 S5에서 오신 분들로……."

두 사람이 조 형사를 향해 고개를 끄덕였다. 한 사람은 풍채 좋은 40대였고 다른 한 사람은 그보다 훨씬 젊어 보였다. 두 사람 다 매끈하게 차려 입고 있었다.

'S5' 라는 말에 조 형사는 숨이 멎는 것 같았다. 그도 그럴 것이 'S5' 는 일반에게는 전혀 알려지지 않은 극비 정보기관으로서 그가 알기로는 국가 안위에 관한 중요 업무를 관장하고 있었다.

그러나 형사인 그도 자세한 것은 알지 못한 채 막연히 그런 기관이 있다는 것, 그리고 매우 용감한 사나이들에 의해 강력하게 운영되고 있다는 정도로만 추측하고 있을 뿐이다. 그런 기관에서 불쑥 사나이들이 찾아온 것이다. 그는 놀랄 수밖에 없었고 그래서 바짝 긴장했다.

"일본 방위청 정보국에서 의뢰가 와서 찾아왔습니다. 어디 아프신가요? 안색이 좋지 않은데……."

풍채 좋은 사나이가 그를 지그시 바라보다가 그에게 담배를 권했다.

"아, 아닙니다. 괜찮습니다."

"피우세요."

"감사합니다."

그는 공손히 담배를 받아 불을 붙였다.

"그쪽에서는 극비로 조사해 달라고 신신 당부했습니다. 우리는 그쪽과 협력 관계에 있기 때문에 거절할 수가 없지요. 그리고 우리의 이해와 관계가 있는 일일지도 모르기 때문에 우리도 외면할 수가 없게 되었습니다."

조 형사는 잠자코 다음 말을 기다렸다. 아직까지는 상대가 무슨 말을 하려는 것인지 알 수가 없었다.

"그쪽에서 보내 온 보고 내용에 의하면 유보화라는 아가씨가 한국인 남자 두 명과 함께 이미 일을 벌이고 있다고 합니다. 그들은 직접 일하는 것을 삼가고 흥신소에 부탁해서 일을 추진하고 있습니다."

"유보화가 말입니까? 그게 정말입니까?"

조 형사는 상체를 앞으로 세우며 눈을 크게 떴다. 사나이는 무겁게 끄덕이면서 담배 연기를 힘차게 내뿜었다.

"모두 사실입니다. 혹시 민인식과 민대식이라는 두 남자를 아십니까?"

"모, 모릅니다."

그는 식은땀을 흘리며 초조하게 대답했다.

"그 두 사람이 현재 유보화 양을 에스코트하고 있는데, 우리가 조사한 바로는 신원이 확실한 사람들입니다."

이미 'S5' 에서는 자세한 조사가 진행 중인 것 같았다.

"그들은 지금 어디 있습니까?"

"인터내셔널 호텔 10층 5호실과 6호실을 빌리고 있는데, 유보화 양은 5호실에 있습니다."

"그들의 신변이 위험해질지도 모릅니다."

"그쪽 정보국 요원들이 철저히 감시하고 있어서 그 점은 염려하지 않아도 될 겁니다."

다른 사람들은 그들의 대화에 귀를 기울이고 있었다. 그들의 대화는 매우 진지하게 보였다.

"유보화 양이 일본에 간 것은 아버지의 죽음 때문인가요?"

"네, 그럴 가능성이 많습니다. 유보화 양은 자기 손으로 살인범을 찾고야 말겠다고 그랬습니다. 설득해 보았지만 듣지를 않았습니다."

"그렇다면 유 박사의 죽음이 국제성을 띠고 있는 사건이라는 말인데…… 조사를 해 봐야겠군요. 유 박사를 살해한 범인에 대해서는 무슨 단서라도 잡았습니까?"

"아직 답보 상태입니다."

수사 본부장이 민망한 듯 대답했다.

"그 자를 빨리 잡아야겠군요. 방위청 정보국이 신경을 쓰는 이유는 왜 하필 호리 과장의 집 주소가 등장하게 됐는가 하는 점인 것 같아요. 그것도 한국에서 발생한 살인 사건과 관련해서 말입니다. 처음에는 사또 형사라는 사람이 멋모르고 찾아와서 누굴 찾더니 다음에는 한국인들이 찾더라는 겁니다. 그래서 심상치 않게 본 거지요. 그들은 흥신소 직원을 시켜서 호리 과장에 대해서도 조사를 하고 있나 봐요. 그래서 호리 과장이 직접 나서서 수사를 지시하게 된 모양이에요. 제가 호리 과장과 직접 통화한 바에 의하면…… 그 사람은 유 박사의 살인 사건에 대해서 금시초문인 것 같아요. 그렇지만 어떤 복선이 있을지도 모르기 때문에 현재 신경이 날카로워져 있는 것 같아요. 그 사람은 우리 쪽의 수사 자료를 모두 보고 싶어 하고 있습니다. 제 의견 같아서는 협조했으면 하는데 경찰은 어떻게 보고 있는지요?"

"그거야 당연히 협조해 드려야지요."

수사 본부장이 두말할 필요 없다는 듯이 말했다.

"그럼 수사 자료를 전부 우리한테 주십시오. 우리가 보내 드리겠습니다. 우리가 직접 보내는 것이 더욱 안전을 유지할 수가 있을 겁니다."

S5의 사나이는 잠시 반응을 살피다가 다시 말을 이었다.

"어쩌면 우리와 수사가 중복될지도 모르고 그러다 보면 본의 아니게 마찰이 일지도 모르니까 앞으로 협조 체제를 유지하는 게 어떨까요?"

"합동 수사본부 같은 거 말씀입니까?"

"네, 그렇지요. 아직은 그럴 단계가 아니지만…… 일본에서 연락이 오는 걸 봐서 만일 그럴 필요가 있다면 그렇게 하도록 하죠. 어떻습니까?"

"좋습니다."

이로써 경찰과 S5는 협조 체제를 위한 준비 단계에 들어갔다.

실내는 긴장에 싸여 있었다.

S5의 사나이는 유보화 일행이 일본에서 파문을 일으키지 않기를 바라면서 사라졌다.

조 형사는 그때까지도 쇼크에서 벗어나지 못하고 있었다. 그는 아무래도 믿어지지가 않아 부산의 유보화에게 전화를 걸어 보았다. 가정부가 전화를 받았는데 유보화의 행방을 모른다는 대답이었다.

"다 알고 있으면서 거짓말하지 말아요. 일본에 갔죠!"

이쪽에서 다그치자 가정부는 하는 수 없이 자세히는 모르지만 그런 것 같다고 대답했다.

"조 형사가 도쿄로 즉시 가서 그 아가씨를 끌고 와! 그대로 내버려 둘 수 없어!"

수사 본부장이 성이 나서 말했다. 성을 내는 것도 무리가 아니었다.

피해자 가족이 경찰보다 앞서서 수사를 벌이고 있으니 화가 날만도 했고 무엇보다도 그 때문에 경찰 수사에 찬물을 끼얹는 셈이 되었던 것이다.

"오늘 당장 건너가서 조 형사가 책임지고 그 여자를 끌고 와. 남자들도 끌고 오라구!"

조 형사가 대답을 하지 않고 가만히 서 있자 본부장은 버럭 고함쳤다.

"조 형사, 내 말 안 들려?"

"들립니다."

"그럼 왜 대답이 없어?"

"자신이 없어서 그럽니다. 그 여자는 끌려올 여자가 아닙니다. 경찰을 불신하고 있습니다."

"뭐라구? 그게 말이라고 하는 거야?"

"아직까지 범인을 체포하지 못했으니 그 아가씨가 경찰을 불신하는 것도 무리는 아닙니다."

"그래서?"

"자기 손으로 범인을 잡겠다는데 강제로 막을 수야 없지 않습니까?"

"뭐가 어쩌고 어째?"

성질 급한 본부장은 더 참지 못하고 재떨이를 집어 던졌다. 재떨이는 조 형사가 등지고 있는 벽에 부딪혀 산산조각이 났다. 본부장은 얼굴이 시뻘겋게 달아올라 씩씩거렸고 조 형사는 창백하게 굳어 있었다.

"가서 끌고 오라면 끌고 오지 웬 잔소리야! 명령에 불복종하는 건가?"

"……."

"일하기 싫으면 옷을 벗어! 당신 같은 사람 필요 없어!"

"일하기 싫은 게 아닙니다. 그 사람들을 강제로 끌고 올 수야 없지 않습니까?"

"나가! 나가라구! 썩 꺼져!"

조 형사는 직속상관에게 떠밀려 밖으로 나왔다.

"이 사람아, 어찌 그리 답답해! 저 양반이 그걸 몰라서 하는 말이야! 강제로 그 사람들을 끌고 올 수 없다는 걸 알면서도 화가 나니까 괜히 해 보는 소리야. 눈치 없이 거기서 버티고 있으면 어쩌겠다는 거야?"

"미안합니다. 저도 화가 나서 그런 겁니다."

화가 났다기보다 그는 답답했다. 귀가 멍멍하도록 야단을 맞았지만 이상하게도 불쾌감은 일지 않았다.

"이왕 나온 말이니까 한 사람 데리고 일본에 건너가 봐. 잘 설득해서 데리고 오라구."

"듣지 않을 겁니다."

"경시청 힘을 빌려서라도 어떻게 해 봐. 정 안 되면 추방시켜 달라고 해."

"범법 행위가 아닌 이상 쉽지 않을 겁니다."

"안 되면 할 수 없는 거지 뭐. 누굴 붙여 줄까?"

"강 형사와 함께 가겠습니다."

"그래, 즉시 출발하도록 해."

강창일 형사는 일본에 가게 된 것을 알자 거구를 흔들며 몹시 기분 좋아했다.

조 형사로서는 기쁠 리가 없었다. 그는 오히려 감당하기 어려운 짐을 진 것 같은 느낌이었다. 그날 밤 그들은 10시 5분 발 KAL 보잉기를 타고 도쿄로 날아갔다. 여행하는 동안 조 형사는 진통제 과용으로 줄곧 몽롱한 상태 속에 빠져 있었다. 반면 강 형사는 평소 때와는 달리 잔뜩 들떠 있었다.

"고 기집애, 생긴 것하고는 영 다른데요. 겁도 없이 거기까지 가서 쑤시고 다니다니 정말 놀랐습니다."

"음……."

일요일 오전 안개의 사나이는 녹색 시무카 소형을 끌고 인천으로 달려갔다. 인천에 닿은 것은 12시께였다.

담배 두 상자를 사 들고 해안 경비대에 찾아가자 지난번에 보았던 경비대원이 잊지 않고 그를 알아보았다.

"오셨군요. 그렇지 않아도 기다리고 있었습니다."

"감사합니다. 약소합니다만 이거……."

그는 가지고 온 담배를 꺼내 놓았다. 그것은 의심받지 않고 환심을 살 수 있는 작으면서도 매우 적절한 방법 중의 하나였다. 그런 편리를 봐 주고 선물을 받기는 처음이었던지 경비대원은 몹시 고마워했다.

부두에는 50여 명쯤 되는 사람들이 모여 있었다. 청도 관광을 위해서 특별히 선발된 사람들이었다. 대부분이 대동 그룹 사원 가족들인 것 같았다.

안내원이 관광객들이 많으므로 특별히 회장님의 요트를 이용하게 됐다고 알려 주고 있었다. 그리고 그런 의미에서 이번 관광객들은 행운이라고 말했다. 그 말을 들은 관광객들은 손뼉을 치면서 기뻐하였다.

무표정하게 서 있는 사람은 그 혼자뿐이었다. 그는 망원 렌즈가 달린 카메라를 어깨에 걸친 채 묵묵히 담배만 피우고 있었다.

조금 지나자 요트가 나타났다. 백색의 요트는 파도를 가르며 천천히 다가왔다.

배가 닿자 사람들은 그 호화로움에 탄성을 질렀다.

정말 겉으로 보기에도 호화의 극을 달리는 배였다.

그들은 열을 지어 배 위로 올라갔다. 갑판에는 풀장이 갖추어져 있었고 밑에는 댄스파티를 열 수 있는 홀도 있었다. 일류 호텔 방을 무색하게 할 정도로 사치스러운 침실이 다섯 개나 준비되어 있었다.

"회장님은 중요한 일이 있을 때는 이 요트에 손님들을 초대해서 회의를 개최하십니다."

요트 안에서 무슨 일이 벌어지는가는 상상하고도 남음이 있었다.

배가 달리는 동안 내내 감미로운 음악이 흐르고 있었다.

안내원이 계속 요트 내부를 구경시켜 주면서 설명을 늘어놓고 있었지만 그는 갑판의 난간에 기대서서 가까워 오는 섬만 관찰하고 있었다.

10분 후 배는 마침내 청도에 도착했다.

부두에는 카키복 차림의 경비원들이 서성거리고 있었다. 그들은 카빈 소총에다 훈련이 잘 된 개까지 데리고 있었다. 관광객들의 몸까지 수색하지는 않았지만 소지품은 일일이 다 뒤졌고 잠시도 경계의 눈초리를 돌리지 않고 있었다.

관광객들은 그때까지의 즐거움이 일순 싹 가시는지 모두가 잠잠해져 버렸다.

이상하게 세퍼트 한 마리가 그를 보고 맹렬히 짖기 시작했다. 다른 사람들과는 달리 그에게서 무엇인가 심상치 않은 것을 느낀 것 같았다. 경비원들의 사나운 눈초리가 그에게 쏠렸다. 그러나 그의 차림은 아주 단순해 보였다. 카메라 하나만 달랑 가지고 있을 뿐이다.

옅은 선글라스 속에서 그는 눈웃음을 쳤다. 하얀 치아가 햇빛을 받아 번쩍거렸다. 그는 조금도 두려운 빛을 보이지 않고 성큼성큼 다가가 세퍼드의 머리를 쓰다듬어 주었다. 당장 물어뜯을 듯이 으르렁 거리던 개는 갑자기 수그러지면서 다소곳한 태도를 보였다.

사람들이 모두 놀란 눈으로 그의 솜씨를 지켜보았다. 개가 무서워 모두들 질려 있는 판에 그의 행동은 확실히 놀라움을 불러일으키기에 충분한 것이었다.

그는 사람들의 따가운 시선을 묵살한 채 그대로 걸어갔다. 그제서야 사람들도 움직이기 시작했다.

부두에 마이크로 버스가 대기하고 있었다.

섬에는 시멘트로 포장된 차도가 정상까지 곡선을 그리고 있었다.

차도를 따라 전개되는 시야는 한 마디로 절경이었다.

단애 밑에 철석이며 부딪치는 파도의 흰 포말 위로 무지개가 피어 있는 것이 보였다. 그것이 사라지자 꿩들이 파닥이며 날아오르는 것이었다. 토끼 새끼들이 차도에 몰려 나와 있다가 경적에 놀라 이리 뛰고 저리 뛴다. 울창한 숲 사이로 야생 조수와 짐승들이 날고 뛰는 것이 보인다.

"여기는 사냥터입니다."

라고 안내원이 말했다.

"이 섬의 넓이는 얼마나 됩니까?"

관광객 중의 하나가 물었다.

"2백 50만 평 정도 됩니다."

"이런 섬이 무인도였다니……."

"네, 그래서 개발한 겁니다. 자연을 훼손하지 않은 범위 내에서 개발했기 때문에……. 여러분이 보시면 알겠지만 낙원이라고 할 수 있습니다."

차는 원시림을 뚫고 지나갔다.

섬은 드넓었고 정상은 꽤 높았다.

그는 망원경으로 계속 주위를 살피고 있었다. 그리고 기억해 두어야 할 곳이 나타나면 머릿속에 박아 두곤 했다.

"이 곳을 관광지로 개발하면 어떻습니까?"

관광객이 안내원에게 또 물었다. 안내원은 웃었다.

"네, 그런 의견을 자주 듣습니다만 회장님께서 응하시지 않습니다."

"왜요? 한 사람이 즐기기보다는 여러 사람들한테 공개해서 즐기게 하는 것이 좋지 않아요?"

"그렇게 말할 수도 있겠습니다만…… 회장님은 이 섬이 공원화되는 것을 바라지 않으십니다. 사람들이 섬에 몰려드는 것을 싫어하실 뿐 아니라 자연이 사람들의 발길에 짓밟히는 것을 싫어하십니다."

"참, 별나시군요."

"회장님에 대해 모욕적인 말씀은 삼가십시오."

안내원이 불쾌한 듯 말하자 사람들은 잠잠해져 버렸다.

버스는 정상이 멀리 보이는 곳에서 정거했다. 거기서부터 정상까지는 완만한 초원으로 덮여 있었다.

정상에는 현대식 건물이 웅장하게 자리 잡고 있었는데 온통 흰빛이라 멀리서 볼 때 구름 같았다.

건물 주위에는 아름드리 소나무들이 군데군데 서 있었기 때문에 한결 풍치를 더해 주고 있었다.

"저것이 회장님 별장입니다."

"야, 별장 한 번 크다."

사람들이 일시에 탄성을 질렀다.

"아방궁 같네."

"회장님은 주로 저기서 지내십니까?"

킬러는 슬쩍 질문을 던져 보았다.

"네, 주로 거기서 지내십니다. 저기서 모든 지시를 내리고 계십니다. 저 속에 비서들만 50여 명 있습니다."

"여기서 여생을 보내려고 작정하셨나 보군요?"

"네, 그렇습니다."

별장으로 통하는 문은 철책으로 차단되어 있었고 입구 초소에는 경비원 한 명이 서 있었다.

철책 문을 중심으로 양편으로 철조망이 두껍게 쳐져 있어서 허가 없이 안으로 접근하는 것을 막고 있었다. 그것만 보아도 황회장이라는 사람이 얼마나 자신을 보호하는 데 급급하고 있는가를 알 수 있었다.

별장과 가까운 곳에는 헬리콥터 한 대가 대기하고 있었다.

"야, 헬리콥터까지 있네."

관광객들은 계속 탄성을 발하고 있었다. 그러면서도 한편으로는 자신들과 너무도 동떨어진 생활을 하고 있는 섬 주인에 대해 빈정거리기도 했다.

별장의 왼쪽은 이쪽보다 더 경사가 완만해서 평지나 다름없어 보였다. 그 초원 위에서 몇 사람이 골프채를 들고 움직이고 있었다. 파아란 하늘과 바다를 배경으로 드넓은 초원에서 골프를 치고 있는 그들의 모습은 확실히 이국적이었다.

암호명 야마는 망원경으로 그 광경을 바라보았다. 하도 열심히 그쪽만 바라보고 있자 경비원 하나가 말을 걸어 왔다.

"뭘 그렇게 보십니까?"

그는 망원경을 내리고 미소 지었다.

"네, 하도 부러워서 보고 있는 중입니다."

"잘 보입니까?"

"네, 웃는 모습까지 보이는데요. 회장님도 저기 계신가요?"

"글쎄, 어디 좀 볼까요."

망원경을 받아 든 경비원은 골프장 쪽을 관찰하고 나서 고개를 저었다.

"저기에는 안 계십니다."

"그럼, 저분들은 누구신가요?"

"손님들입니다."

"회장님은 밖에 잘 안 나오시나 보지요?"

"날씨가 좋으면 나오시지요. 요즘은 승마를 자주 하십니다."

"승마를 잘 하시나 보지요?"

"글쎄요……."

경비원은 말끝을 흐리면서 저쪽으로 가 버린다.

그들은 1층짜리 나지막한 건물로 들어갔다. 목조로 된 건물이었는데 바로 절벽 위에 세워져 있어서 넓은 창문을 통해 바다가 하나 가득 들어오고 있었다.

"어머나, 멋져! 이런 데서 살면 물만 먹고도 살겠어!"

처녀 두 명이 탄성을 지르는 바람에 모두들 웃었다.

실내는 넓은 홀이었고 탁자와 의자가 가지런히 놓여 있었다. 미리 준비하고 있었던지 곧 점심 식사가 차려지기 시작했다. 에이프런을 두른 깨끗한 모습의 여자들이 잠깐 사이에 식단을 차려

놓았는데 메뉴는 군침이 도는 뷔페 요리였다.

“주로 이 부근 바다에서 잡은 생선으로 식단을 마련했습니다. 정성들여 만들었습니다만 맛이 어떨는지 모르겠습니다. 얼마든지 있으니까 많이들 드십시오.”

주방장으로 보이는 사내가 두 손을 비비며 공손히 말하자 사람들은 잠시 얼이 빠진 듯 앉아 있다가 이윽고 식사를 하기 시작했다.

킬러는 창가에 앉아 바다를 보면서 천천히 식사를 했다. 그는 돈의 위력을 보는 것 같아 기분이 이상했다. 이것은 내가 바라던 생활이야 하고 중얼거렸다.

그곳에서 제공되는 식사는 정말 훌륭했고 맛이 일품이었다. 관광객들은 벌떼처럼 달려들어 요리를 먹어 치웠다. 그릇이 비면 즉시 음식이 채워졌고 그러면 다시 사람들은 몰려들어 그것을 먹어 치우곤 했다.

요리는 무제한으로 나왔다. 먹어도 먹어도 새로운 것이 나오는 바람에 마침내 사람들은 질리기 시작했다.

실컷 배를 채운 사람들은 비로소 물러서서 한숨을 돌렸다.

음식에 별로 손대지 않은 사람은 킬러였다. 그는 반 접시 정도 비우고 나서 포크를 놓고 일어섰다.

식당 밖으로 나온 그는 50미터쯤 걸어가 고목 밑에 놓여 있는 긴 나무 의자에 앉아 망원경으로 다시 골프장 쪽을 바라보기 시작했다.

백마를 탄 사람 하나가 지평선 위로 나타나고 있었다. 순간 그는 긴장했다.

백마 위의 사람은 남자였고 백마만큼이나 흰 머리를 가지고 있었다. 얼굴 모습이 렌즈에 뚜렷이 잡힌다. 금테 안경에 메마른 길쭉한 얼굴, 코밑에 잿빛 수염이 나 있다. 아래위가 온통 흰 옷 차림이다.

백마는 지평선 위에서 옆모습을 보이며 한참 동안 부동자세로 서 있었다. 매우 고독하면서도 멋있는 모습이었다.

이윽고 백마는 아래쪽으로 가볍게 달리기 시작했다. 그렇게 한참 달리다가 돌아서더니 초원을 도로 올라갔다. 그렇게 하기를 두 번 한 다음 백발의 사나이는 말에서 내렸다. 한쪽 다리를 절면서 천천히 걸어간다. 킬러의 입에서 절로 신음이 흘러 나왔다.

"바로 저 자야!"

하고 그는 중얼거렸다.

"망원 렌즈가 달린 라이플만 있으면 이 거리에서 쏘아 맞추기는 안성맞춤이야."

그러나 그것이 불가능하다는 것을 그는 잘 알고 있었다.

표적을 정확히 명중시키려면 좋은 위치를 확보해야 한다. 좋은 위치란 적당한 거리를 유지할 수 있고 시야에 걸리는 것이 없으면 된다. 그러나 킬러에게 있어서 그런 위치란 그림의 떡에 불과하다. 그런 위치에서 암살이란 암살이 아니다. 그것은 마치 길목 좋은 곳에 숨어서 짐승이 나타나기를 기다렸다가 쏘아 죽이는 것이나 다름없다. 킬러에게는 항상 가장 나쁜 위치가 제공된다. 그렇다고 누구에게 불만을 터뜨릴 수도 없다. 그는 일반의 상상을 뒤엎고 가장 나쁜 위치를 이용하여 상대를 쓰러뜨려야 하는 것이다.

황 회장은 골프를 치고 있었다. 지평선 저쪽으로 공을 따라 사라졌다가 나타나곤 했다. 햇빛 때문인지 흰 머리가 유난히 두드러져 보이고 있었다.

관광객들이 몰려 나왔기 때문에 그는 망원경을 거두고 일어났다.

사람들은 선망과 질시를 안고 그 섬을 떠났다. 결국 그들의 가슴 속에 남은 것은 섬 주인에 대한 신비감이었다.

그는 관광객들 앞에 끝내 나타나지 않음으로써 그들의 가슴 속에 신비감만 더해 준 것이다.

킬러 역시 마찬가지 기분이었다.

그러나 그는 섬에 다녀옴으로써 더욱 살의를 굳히게 되었고 마침내 하나의 계획을 실천에 옮기게 되었다.

식사하다 말고 배를 움켜쥐며 일그러지는 조 형사를 보고 후배 형사 강창일은 깜짝 놀랐다.

"아니, 왜 그러십니까?"

"아, 아니야. 배가 갑자기 좀……"

"병원에 가시죠."

부축하려는 것을 뿌리치면서 조 형사는 일어섰다.

"내 걱정은 말고 어서 식사해, 난 못 먹겠어."

"괜찮으시겠어요?"

"괜찮아. 로비에 앉아 있겠어."

그는 진통제를 입 속에 털어 넣고 급히 로비로 나왔다.

뱃속이 뒤틀리면서 격렬한 통증이 밀려오는 바람에 입에서 절로 신음이 터져 나왔다. 그것을 어금니로 깨물면서 구석진 자리에 앉아 눈을 감았다. 얼굴은 온통 식은땀으로 젖어 있었다. 거친 숨을 몰아쉬고 있는데 강 형사가 다가왔다.

"정말 괜찮으시겠어요?"

"음, 좀 나아졌어."

그는 눈을 뜨고 멀거니 허공을 쳐다보았다.

"안색이 너무 안 좋으신데요."

"괜찮아질 거야."

통증이 차츰 가라앉기 시작했으므로 그는 몸을 일으켰다.

그들이 첫 밤을 묵은 곳은 어느 삼류 호텔이었다. 거기서 인터내셔널 호텔까지는 걸어서 10분 거리에 있었다. 강 형사는 이국 풍물에 두리번거리면서 걸어갔다.

15분 후 그들은 인터내셔널 호텔 10층 6호실 앞에 도착했다.

문을 노크하자 한참 후 안에서,

"누구세요?"

하는 여자 목소리가 들려왔다.

"유보화씨, 문 열어요!"

조 형사는 날카롭게 말했다.

"누구세요?"

대단히 경계 의식을 보이며 그녀는 문 저쪽에서 긴장한 목소리로 물었다.

"조 문기입니다!"

"어머나!"

기겁하듯 놀라는 소리에 이어 문이 벌컥 열렸다.

두 사람의 시선이 뜨겁게 부딪쳤다. 그녀는 너무 놀라고 있었고 그는 차갑게 굳어 있었다.

"들어가도 됩니까?"

"네, 들어오세요."

그녀는 이제 막 몸단장을 끝낸 참인 듯했다. 아래위 검정 옷차림이었다. 아버지의 죽음을 잊지 않기 위해 언제나 검정 옷을 입고 있는 것일까?

조 형사와 강 형사는 소파에 앉아 호화스런 방 안을 둘러보았다. 보화는 그들을 상대하고 앉으면서 여전히 놀란 눈으로 그들을 바라보고 있었다.

"어떻게 아셨어요?"

조 형사는 성난 눈길로 그녀를 쏘아보았다.

"남자들은 옆방에 있나요?"

"네……."

"좀 만나 봅시다.

보화는 일어서서 옆방으로 통하는 문을 열었다.

"서울서 손님이 오셨으니까 이쪽으로 좀 와 보세요."

급히 보화의 방으로 들어선 대식과 인식은 어리둥절한 표정을 지었다.

"서울 시경에서 오신 분들이에요, 이쪽은……."

그들은 어색하게 인사를 나누었다.

보화의 일을 거들어 주고 있는 남자들은 시종 당황하고 굳은 표정이었다.

분위기가 정리되자 보화가 먼저 입을 열었다. 그녀 역시 긴장한 모습이었지만 억지로 얼굴에 미소를 띠고 있었다.

"어떻게 여기 있는 줄 아셨어요?"

조 형사는 깊은 눈길로 그녀를 응시했다.

"보화 씨 움직임은 현재 낱낱이 체크되고 있어요."

"어머, 정말이에요?"

세 사람은 펄쩍 뛰었다. 인식은 놀란 표정을 지었다가 나중에 쿡쿡거리고 웃었다.

"우린 손바닥 위에서 놀아난 거 아닌가? 이거 원……."

"그럴 리가 없어요!"

보화는 쏘아붙이며 상체를 도사렸다. 분노의 눈물이 금방 쏟아 질 것만 같았다. 조 형사는 사정을 두지 않고 말했다.

"당신들은 일본 기관원들이 감시를 받고 있어요. 그들은 또 우리한테 연락해 주고 있고 그래서 당신들이 이 호텔에 묵고 있는 걸 알아낸 거요."

"이해할 수 있습니다. 한데 뭐 어떻다는 겁니까?"

대식이 볼멘 목소리로 물었다. 조 형사는 사뭇 건방지기 짝이 없는 청년을 뚫어지게 쏘아보았다.

"당신들이 무슨 짓을 하던 상관하고 싶지 않지만 난 공직에 있기 때문에 상부의 지시를 따르지 않으면 안 돼요."

"어떤 지시를 받으셨는데요?"

"당신들을 끌고 오라는 지시오. 여기서 일본인들의 신경을 자극하게 내버려 두지 말고 당장 끌고 오라는 지시를 받았소."

"무슨 권리로 말인가요?"

"영장은 없소. 그렇지만 당신을 데려갈 수 있는 방법은 얼마든지 있어요. 난 그러고 싶지 않지만 만일 당신들이 자진해서 협조하지 않으면 별수 없이 비상수단을 쓸 수밖에 없어요."

방 안은 갑자기 찬물을 끼얹은 듯 조용해졌다. 그들은 침묵과 긴장으로 한참 동안 대치하고 있었다.

"꼭 그래야 할 무슨 잘못이라도 우리가 저지르고 있나요?"

이것은 보화의 질문이었다. 그녀는 창백한 표정으로 조 형사를 바라보고 있었다.

"아닙니다. 잘못을 저지르고 있다고 생각되진 않습니다. 당연한 일을 하고 있는 거죠."

"그럼 왜 그러죠?"

조 형사는 이마에 번지는 땀을 닦았다. 옆에 앉아 담배만 뻑뻑 빨아대고 있던 강 형사가 불쑥 입을 열었다.

"이유를 말씀드린다면……. 첫째 수사는 수사 기관의 손에 맡겨 달라 이겁니다. 수사 기관보다 앞서서 분탕질하고 돌아다니면 김이 새거든요. 수사에 방해도 되고 말입니다. 그거 좋아할 수사관이 어디 있겠어요? 안 그래요?"

동의를 구하듯 세 사람의 얼굴을 번갈아 본다. "

"네, 그렇다 하고요."

"또 하나는 당신들의 움직임을 일본 정보기관에서 체크하고 있다는 거요. 이유가 무엇이든 우리 민간인들이 그들의 감시 대상에 올라 있다는 건 환영할 일이 못 돼요. 그들은 기분 나쁘게 생각하고 있어요. 신경을 곤두세우고 말입니다."

"왜 일본 정보기관이 신경질적인 반응을 보이나요?"

이번에는 인식이 느릿하게 물었다. 강 형사는 답답한지 넥타이를 느슨하게 풀었다.

"당신들이 현재 흥신소를 통해 알아보고 있는 인물 중 호리 모또오란 이름은 일본 방위청 정보국 간부예요. 그런 인물이 한국인들의 조사를 받고 있으니 신경이 곤두설 만하지요."

"그게 정말인가요?"

"내가 왜 거짓말하겠소."

세 사람은 어리벙벙한 표정들이었다.

그렇게 문제가 엉뚱하게 확산되리라고는 미처 생각지 못했다는 그런 얼굴들이었다.

"그것 참…… 엉뚱한데요. 그런 사람인 줄 몰랐습니다. 그리고 사실 우리가 찾고자 하는 사람은 호리 모또오가 아닙니다. 다만 주소가 일치했기 때문에……."

이번에는 조 형사가 말을 받았다.

"알고 있습니다. 하여튼 당신들의 동태는 현재 일본 정보기관의 감시를 받고 있어요. 이유야 어떻든 당신들은 불리한 상태에 있다는 것을 말씀드립니다. 그리고 그 사람이 관계가 없다면 별

문제겠지만 그렇지 않고 어떤 연관성이 있게 된다면 문제는 커집니다. 그것은 당신들이 터치할 수 없을 정도로 큰 문제일지도 모릅니다. 그렇게 되면 우리 기관에서 손을 뗄 수밖에 없어요. 제 말 아시겠습니까?"

조 형사는 넋이 빠져 있는 세 남녀를 살피듯이 바라보았다. 그들은 대꾸하지 않고 고집스럽게 앉아 있었다.

"또 하나 보다 중요한 문제가 있어요. 이건 우리끼리니까 하는 말인데…… 만일 호리라는 인물이 나쁜 의미로 연관되어 있다면 그는 당신들을 방해하려들 것입니다. 정보기관에 있으니까 그건 어려운 일이 아니죠. 이젠 더 이상 말하지 않아도 당신들이 귀국해야 할 이유를 납득하리라 믿습니다."

"그야 물론……."

인식이 고개를 끄덕거리며 담배를 피워 물었다.

"우리는 위험을 무릅쓰고 여기까지 온 겁니다. 어떠한 위험에도 각오가 되어 있습니다."

"그럴 테죠. 실례지만 두 분은 보화 씨와 어떤 관계인가요?"

"말씀드려도 좋습니까?"

인식이 보화를 쳐다보면 물었다. 보화는 말없이 끄덕이기만 했다.

"그럼 말씀드리죠. 우리는 보화 씨한테 고용된 몸입니다. 부탁을 받고 일을 봐 주는 건데 물론 보수를 받고 있죠. 그리고 우리 남자끼리는 사촌간입니다."

"사람까지 고용하다니 집념이 이만저만 아니군요."

"전 힘이 약하니까요."

보화가 나직이 대꾸했다. 그러나 그 말 한 마디는 형사의 가슴을 흔들어 놓기에 충분한 것이었다.

그가 착잡한 기분으로 침묵 속에 빠져 있는데 인식이 좋은 아이디어를 발견하기라도 한 듯 이렇게 말했다.

"이렇게 하면 어떨까요? 우리가 호리라는 사람에 대해서는 조사를 중단하는 걸로 말입니다. 그렇게 하면 문제될 거 없지 않습니까?"

조 형사는 한쪽이 빈 것 같은 그 선량한 인상의 중년 사내를 난처한 듯 쳐다보았다.

"이미 늦었습니다. 그들은 그들대로 사건 조사를 진행해 나갈 겁니다."

이제 결정은 보화에게 달려 있었다. 모두가 그녀를 바라보고 있었다. 보화는 가만히 입술을 깨물었다. 그녀는 한계를 느끼고 있었다. 질식할 것 같았다. 눈에 보이지 않는 힘에 의해 목이 졸리는 것 같았다.

"갈 수 없어요."

마침내 그녀는 반발하듯 말했다.

"누가 뭐래도 갈 수 없어요."

흥분을 억누르는 떨리는 목소리였지만 그것은 조 형사의 가슴을 해머로 두드리는 것 같은 위력이 있었다.

"알겠습니다. 그렇게 상부에 보고하죠. 순순히 들어 주리라고는 생각지 않았으니까요. 앞으로 결과가 어떻게 되든 나는 상관

않겠습니다."

"바라지도 않아요."

두 사람 사이에 냉랭한 기운이 감돌았다. 조 형사는 그렇게 반발하고 나서 그녀를 되도록 이해해 보려고 애를 썼지만 거기에는 어쩔 수 없는 거리가 있다는 것을 느끼지 않을 수가 없었다.

"서로 협조할 수 없을까요?"

"저도 이러고 싶지는 않아요. 그렇지만 더 이상 기다릴 수가 없었어요! 석 달 가까이 지났는데도 경찰은 아무 성과도 거두지 못했지 않아요? 정말 더 기다릴 수 없었어요!"

그녀는 눈물을 글썽이며 조 형사를 쏘아보다가 얼굴을 다른 쪽으로 돌려 버렸다. 그녀의 감정이 너무 격화되어 있는 것을 보고 남자들은 그녀가 감정을 가라앉힐 때까지 침묵을 지켰다.

보화는 재빨리 눈물을 훔치고 담배를 피워 물었다. 그녀 자신도 감정을 터뜨린다거나 눈물을 보인다는 것이 싫었다. 그래서는 안 된다는 것을 그녀는 잘 알고 있었다.

"죄송해요. 저도 모르게 그만……."

"미안합니다."

팽팽하던 분위기가 다소 누그러지는 것 같았다.

"난 뭐가 뭔지 잘 모르겠지만……."

추남이 눈치를 보면서 조심스럽게 입을 열었다.

"…… 경찰이 성의를 보여야 할 것 같아요."

"경찰이기 때문에 하는 말이 아니라…… 우리 경찰은 열심히 뛰고 있습니다. 그 점만은 믿어 주십시오."

"그럼 왜 경찰에서 일본 쪽은 조사를 하지 않죠? 유 박사님 생전에 수상한 편지를 보낸 시이나 에이사꾸와 나까네 나오꼬에 대해서는 왜 외면을 합니까? 그래서 유보화 씨가 도쿄까지 온 거 아닙니까?"

"외면한 게 아닙니다. 우리 경찰도 그 정도는 알아봤습니다. 그 주소에 그런 인물들이 없다는 것도 알고 있습니다."

"그 다음에는 뭡니까? 없다는 걸로 끝난 겁니까?"

"여긴 우리 국내가 아니기 때문에 아무래도 경찰의 수사에도 한계가 있습니다. 우리는 직접 수사할 수 없고 결국 일본 수사 기관에 모든 것을 위임할 수밖에 없었습니다. 그 점은 이해해 주셔야 합니다."

"일본인들이 자기의 일처럼 움직여 주리라고 생각하십니까?"

"그렇지는 않습니다. 그렇지만 기대할 수밖에 별 도리가 없지 않습니까?"

"그게 최선의 노력이라는 겁니까?"

조 형사는 추남을 쏘아보았다. 빈정거리는 투로 물고 늘어지는 그 못생긴 사나이가 여간 못마땅하지가 않았다. 그렇다고 심하게 혐오감을 주는 것도 아니었다. 보기에는 바탕이 선량한 사람 같은데 세상사를 냉소적으로 보고 있는 것 같았다. 그런 사나이가 보화에게 고용되어 살인 사건을 추적하고 있다니 좀 어이가 없었다.

"협조를 할 수 없다면 하는 수 없죠. 강요할 생각은 없습니다."

조 형사는 심정이 사나워지기 전에 자리에서 일어서야겠다고 생각했다.

그가 상체를 일으키려고 하자 보화가

"협조해 드릴 것도 없어요."

하고 말했다.

"시이나와 나오꼬에 대해 아무 것도 알아내지 못했어요."

"그건 정말입니다."

하고 추남이 맞장구쳤다.

"혹시 우리한테 연락할 일이 있으면 이쪽으로 연락해 주십시오. 언제까지 묵게 될지는 모르겠습니다……."

조 형사는 투숙하고 있는 삼류 호텔의 전화번호와 방 번호를 보화에게 적어 주면서 그녀를 깊은 눈길로 바라보았다. 그 시선을 보화는 슬그머니 피했다.

조 형사가 돌아가고 난 뒤 보화 일행은 대책을 숙의했다. 그 결과 일본 수사기관의 감시에서 벗어나야 한다는 데 의견을 같이 했다. 그리고 지금 계약을 맺고 있는 흥신소와도 거래를 끊기로 했다. 거기에는 일본 수사기관의 손길이 미치고 있을 것이기 때문이었다.

"내가 먼저 나가서 적당히 숨어 있을 데를 찾아본 다음 연락을 취하지."

추남의 말이었다.

"이 방 전화가 도청당하고 있을지도 모르니까 어디서 만나기로 하죠."

인식의 말에 보화도 동의를 표했다.

"그럴까. 그게 좋겠군. 에, 또, 그럼 어디서 만난다?"

"우에노 역 시계탑 있는 데서 만나면 어떨까요?"

보화의 제의에 두 사람은 두말 않고 찬성했다. 오후 2시에 만나기로 하고 추남이 먼저 밖으로 나갔다.

"미행이 있을 테니까 따돌리셔야 합니다."

"아, 염려 마."

그들은 약속대로 2시 정각에 우에노 역 광장의 시계탑 밑에서 만났다.

"미행이 있으면 이것도 말짱 헛수고야."

그들은 택시를 타고 일부러 시내를 빙빙 돌다가 차에서 내려 골목으로 뛰어들었다. 한참 정신없이 쏘다니면서 미행이 없는 것을 확인하고 나서야 새로 얻어 놓은 숙도로 향했다.

추남의 안내를 받고 가보니 도심에서 조금 벗어난 한적한 곳에 자리 잡고 있는 여관이었다. 보화는 그곳이 꺼림칙했지만 일본의 전통적인 정원이며 티 하나 없이 깨끗한 실내를 보고는 기분이 싹 달라졌다. 예약된 방은 구석진 곳에 있는 다다미방 두 개였다.

그날 밤 보화는 늦게까지 잠을 이루지 못하고 있었다. 이부자리는 더없이 깨끗했고 감촉이 부드러웠다. 창문으로는 달빛이 쏟아져 들어오고 있었다. 조 형사의 깊은 눈길이 자꾸만 눈앞에 어른거리는 것 같아 그녀는 몸을 뒤채고 엎드렸다. 그때 달빛이 끊어지면서 검은 그림자가 창문을 가로막았다.

보화는 온 몸에 소름이 쭉 끼쳤다. 너무 놀란 나머지 머리끝이 온통 곤두서고 심장이 멎는 것 같았다.

누굴까? 그녀는 손가락 하나 움직이기가 힘들었다. 혹시 그자가 아닐까?

그러자 몸이 바르르 떨려 왔다.

창문에서 사라지지 않고 어른거리는 것이 틀림없이 방 안을 노리는 것 같았다. 누굴까? 옆방에 연락해야 한다. 그림자로 보아 남자가 분명했다.

옆방과는 미닫이문으로 통할 수가 있었다. 그런데 한 바퀴 몸을 굴리기만 하면 되는데 그 거리가 왜 그렇게 멀게 느껴지는지 알 수가 없었다.

그녀는 포복하기 위해 앞으로 손을 뻗었다. 그때 창문이 덜컹거렸다. 그녀는 숨을 죽이고 납작 엎드렸다. 문이 계속 덜컹거렸다. 그녀는 '아아, 소리쳐야 한다. 몸부림치고 싶다. 아니야. 지금 소리치면 도망가고 말 거야. 기다렸다가 방 안에 들어오면 소리쳐서 붙잡아야 해.' 하고 겁에 질려 벌벌 떨면서도 그녀는 대담한 생각을 했다.

창문이 주먹만 하게 뻥 뚫리는 것이 보였다. 노련한 솜씨였다. 구멍 속으로 손이 쑥 들어왔다. 어마나! 그녀는 자지러질 것 같았다. 기를 쓰고 미닫이 있는 데까지 기어갔다. 이미 창문 고리가 벗겨지고 있었다.

마침내 창문이 삐걱거리면서 슬그머니 열리기 시작했다. 그녀는 어두운 방구석으로 재빨리 기어갔다. 창문이 완전히 열렸다. 범인은 한참 동안 미동도 하지 않고 있었다. 반응을 살피는 것 같았다.

이윽고 창틀 위로 상체를 드민다. 창문이 컸기 때문에 쉽게 들어올 것 같았다. 마치 거미가 줄을 타고 내려오듯 검은 그림자가 방 안으로 슬그머니 내려섰다.

보화는 자기도 모르게 우뚝 서 있었다. 숨을 죽이느라고 가슴이 터질 것 같았다. 소리쳐야 한다고 생각하면서도 그녀는 그때까지도 기회를 노리고 있었다.

범인이 움직였다. 이부자리 쪽으로 움직이고 있었다. 순간 그녀는 옆방 미닫이문을 잡았다. 문을 힘껏 잡아당겼다. 동시에 악을 썼다.

"도둑이얏!"

옆방으로 뛰어든 그녀는 남자들 위로 나동그라졌다. 잠에 떨어져 있던 남자들이 뛰어 일어났고 그녀는 계속 고함쳤다.

"도둑이야! 도둑! 도둑!"

창문이 와장창 깨지는 소리가 들려왔다. 방 안에 불이 켜지고 남자들이 뛰어나갔다.

"도둑이야! 도둑 잡아라!"

밖에서 법석을 떠는 동안 그녀는 이부자리 위에 구겨진 채 떨고 있었다.

한편 대식은 밖에서 맹렬히 범인을 뒤쫓고 있었다. 팬티 바람에 맨발이었지만 기를 쓰고 따라가고 있었다. 추남도 뒤따르긴 했지만 속력이 더딘 그는 100미터도 못 가서 숨이 턱에 차서 서 버리고 말았다. 이미 두 사람의 모습은 어둠 속으로 사라져 버리고 없었다.

대식은 몽둥이를 들고 있었다. 범인은 꽤나 빨랐다. 운동으로 단련된 몸인 듯했다.

"서라!"

대식은 소리치면서 따라갔다. 탄탄한 육체의 그는 달리는 데 자신이 있었다. 두 사람 사이가 점점 가까워지고 있었다. 광장으로 나왔을 때 범인이 오토바이에 올라타는 것이 보였다.

"부르릉."

오토바이에 발동 거는 소리가 들려왔다. 오토바이가 움직이기 시작했다. 방향을 홱 꺾으려는 순간 대식은 몽둥이를 휘두르며 범인에게 달려들었다.

몽둥이는 상대의 어깨 위에 세차게 떨어졌다. 막 출발하려던 범인은 신음하면서 오토바이와 함께 나뒹굴었다. 대식은 틈을 주지 않고 돌진했다. 그러나 상대도 빨랐다. 재빨리 일어서더니 오른손에 잭나이프를 빼들고 방어 태세를 취한다. 두 사람은 맹수로 돌변한 채 무섭게 서로를 노려보았다.

어깨에 심한 충격을 받은 탓인지 범인은 다리가 풀려 흔들리고 있었다.

칼을 들고 대치하고 있기는 했지만 초조하고 불안해하는 빛이 역력했다.

"칼을 던져!"

일본말을 모르는 대식은 한국말로 소리쳤다.

"칼을 버리라구!"

그러나 범인은 항복할 눈치를 보이지 않았다.

대식은 상대방의 머리통을 향해 몽둥이를 내리쳤다. 몽둥이는 곧장 상대의 이마에 딱 하고 부딪쳤다. 상대가 비틀거렸다. 이마에서 검붉은 피가 줄줄 흘러내리더니 얼굴이 온통 피로 뒤범벅되었다.

"칼을 버려! 나이프! 나이프!"

대식은 소리쳤다. 그러나 상대는 악착스럽게 버티고 있었다.

"에잇!"

처음 후려쳤던 어깨를 다시 한 번 후려갈기자 마침내 상대방은 쿵 하고 뒤로 나가떨어졌다. 그러나 순간이었다. 놈은 갑자기 벌떡 일어서더니,

"야하!"

하고 마치 돌격대원처럼 악을 쓰면서 달려들었다. 마지막 혼신의 힘을 다한 것 같았다.

대식은 눈을 질끈 감고 마치 야구 방망이를 휘두르듯 몽둥이를 휘둘렀다.

한참 그렇게 정신없이 휘두르다 보니 놈은 이미 땅바닥에 벌렁 드러누워 있었다. 잭나이프도 손에서 떨어져 따로 뒹굴고 있었다. 그것을 발로 차려고 하는데,

"어, 잠깐!"

하는 소리가 들려왔다.

어느 새 왔는지 추남과 보화가 거기 서 있었다.

"증거가 될 텐데 그걸 버리면 되나."

추남이 칼을 집어 들었고 보화는 외면한 채 대식에게 옷가지를 내주었다. 그제서야 대식은 자신이 팬티 바람인 것을 알고는 매우 당황했다. 그는 돌아서서 부산하게 옷을 입었다.

"묵사발이 됐군."

추남이 길바닥에 길게 누워 있는 범인을 내려다보면서 중얼거렸다.

보화는 창백하게 질린 모습이었다.

"솜씨가 아주 좋아. 칼을 든 놈을 해치우다니 보통이 아니야. 야구선수처럼 휘두르더군. 난 따르다가 놓쳤지."

대식은 비로소 땀에 젖은 몸이 떨리는 것을 느꼈다.

"다친 데는 없으세요?"

보화가 근심어린 표정으로 물었다.

"없습니다."

"천만다행이에요. 이 사람 피가 많이 나는데 혹시 죽은 거 아니에요?"

"죽지는 않았을 겁니다."

범인은 신음하면서 몸을 뒤틀었다.

"어머, 살았어요! 병원에 빨리 데려가요!"

보화가 발을 구르며 소리치자 대식은 급히 범인을 들쳐 업고 뛰었다.

범인은 몸집이 커서 매우 무거웠다. 한참 달려가자 병원 간판이 하나 눈에 들어왔다.

문을 두드리자 한참 만에 간호사가 얼굴을 내밀었는데 몹시 짜증스런 투로 대하는 것이었다.

범인은 출혈이 심해서 상당히 위태로운 상태에 놓여 있었지만 병원 측은 처음부터 매우 느리게 나왔다. 특히 늙은 의사는 거의 한 시간쯤 지나서야 하품을 하며 나타나서는 귀찮은 표정으로 환자를 들여다보았다. 그리고는

"입원 수속을 하시죠."

하고 말했다.

"위험한가요?"

추남이 일어로 물었다.

"상처가 심해요."

의사는 간호사에게 몇 가지 이르고는 나가 버렸다.

그들은 병실을 떠나지 않고 지켰다. 환자를 간호하기 위해서가 아니라 그로부터 무슨 정보라도 얻어낼까 해서였다.

환자의 머리는 얼굴을 알아볼 수 없을 정도로 온통 붕대로 감겼다.

눈과 코와 입만 남겨 놓고 붕대로 감았기 때문에 괴기스러워 보이기까지 했다.

그들은 환자의 소지품을 자세히 검사해 보았지만 이렇다 하게 참고 될 만한 것이 없었다. 도쿄 은행 보통 예금 통장하나 있었고 거기에 다이몽 시로(大門西郎)라는 이름이 적혀 있기는 했지만 그것만 가지고는 어떤 기대도 걸 수가 없었다.

"이 자 이름이 다이몽 시로인 모양이지?"

"네, 그렇긴 한데……."

"예금이 얼마야?"

"자그마치 1천 1백만 엔이나 됩니다."

남자들의 대화를 들으며 보화는 성냥갑을 집어 들었다. 그것은 어느 나이트클럽에서 만들어낸 선전용 성냥갑이었는데 주소와 전화번호가 적혀 있었다. 보화는 그것을 추남에게 넘겼다.

"이거 한 번 보세요. 주소가 은행 지점과 같은 지역인 것 같은데……."

성냥갑을 받아 든 추남은 깜짝 놀라는 표정이었다.

"음, 그런데…… 이건 긴자에 있는 힐튼 호텔 나이트클럽이고…… 이 통장도 긴자 지점에서 발행한 거야. 정말로 놀랍군요. 관찰력이 대단하십니다."

"그렇지 않아요. 우연히 눈에 띈 것뿐이에요."

"이 놈은 긴자 바닥에서 노는 놈인가 보지요?"

대식이 두 사람을 번갈아 보면서 물었다.

"음, 그런 것 같아. 그 바닥을 뒤지면 이놈에 관한 것이 나올 것 같아."

다이몽은 혼수상태에서 좀처럼 깨어나지 않고 있었다. 그것이 그들을 더욱 안타깝게 해 주고 있었다.

"이 놈이 깨어나서 입을 열지 않으면 하는 수 없이 긴자 바닥을 뒤질 수밖에 없어."

"그리 쉽게 입을 열지는 않겠죠."

다이몽에게는 2개월의 치료를 요한다는 진단이 나왔다. 대단한 증상이었지만 생명에는 지장이 없는 것 같았다.

"살인자가 되는 줄 알고 혼이 다 빠졌었는데……."

대식이 안도의 한숨을 내쉬며 말했다.

"이러다가 살인을 하게 될지도 몰라. 그건 아무도 예측할 수 없는 일이야."

추남이 사촌동생에게 슬며시 말했다. 대식은 고개를 저었다.

"어떤 일이 있어도 그것만은 반댑니다."

"상대가 너를 죽이려고 들면 어떡하지?"

"피해야죠."

"피할 수 없을 경우는?"

"……."

대식은 얼굴을 붉히면서 보화를 힐끗 쳐다보았다. 보화도 놓치지 않겠다는 듯 그를 쳐다보고 있었다.

"정당방위는 죄가 아니야."

"알고 있습니다. 하지만……."

"각오하고 있어야 해. 이번 일로 위험이 다가온 것이 확실해졌어."

"그건 사실이에요. 우리는 위험에 직면해 있어요."

보화가 단정을 내리듯 말했다.

"저는 두 분이 위험에 빠지는 걸 원치 않아요. 부담 갖지 마시고 자유롭게 결정하세요."

잠시 긴장과 침묵이 흘렀다.

"만일 우리가 돌아간다면 보화 씨는 어떡하겠소?"

"전 혼자서라도 찾아 나설 거예요."

"그럴 줄 알았습니다. 우리도 같은 생각입니다. 위험하다고 해서 물러난다면 말이 아니죠."

"고마워요."

그녀는 조그맣게 말했다. 세 사람은 그 순간부터 더 한층 새로운 결의로 결속되는 것 같았다.

다이몽이 의식을 회복한 것은 거의 10시간이나 지난 정오께였다. 그때쯤에는 보화 일행도 자칠 대로 지쳐 있었다.

특실에 입원시켰기 때문에 그들은 남의 눈에 띄지 않게 비교적 자유스럽게 다이몽과 접촉할 수가 있었다. 간호사한테도 팁을 후하게 주어 놓았기 때문에 별 염려가 없었다.

의식을 회복한 다이몽은 물부터 찾았다. 추남이 머리맡에 다가서서 일본말로 물었다.

"다이몽 시로, 다이몽 시로, 내 말 들려?"

"……."

대답 대신 다이몽은 고개를 보일 듯 말 듯 끄덕였다.

"당신 정체가 뭐요? 왜 우리를 해치려고 했지?"

"……."

"묵비권을 행사하겠다 이건가? 음, 그렇다면 좋아. 그럼 물을 주지 않겠어."

"물물……."

"말해. 순순히 말해."

추남은 주전자 꼭지를 입에 대고 물을 벌컥벌컥 들이켰다.

"물…… 물……."

다이몽이 손을 뻗어 왔다. 마른 침을 삼키는지 목줄기가 꿈틀거리고 있었다.

"경찰에 넘길까? 아니면 우리가 죽여 버릴 수도 있어. 어느 쪽이 좋겠어?"

"몰라. 난 몰라."

그는 몸을 일으키려다가 고통에 이지러진 신음을 흘리며 도로 쓰러졌다.

"머리가 터지려고 할 걸. 장기 치료를 받아야 해. 살고 싶으면 잠자코 있어. 자, 말해 봐. 네 정체가 뭐야?"

"물…… 물 좀…… 제발……."

"바보 같은 자식, 말하기 전에는 물을 줄 수 없어."

"도, 도둑질하러 간 거야."

"도둑질하려고 했다구? 거짓말하지 마! 다 알고 있어! 정말 도둑놈이라면 경찰에 넘겨야겠군. 정말 도둑인가?"

경찰에 넘긴다는 말에 다이몽은 입을 다물어 버렸다. 그는 더 이상 도둑질하려고 했다는 말을 꺼내지 않았다.

"이제 바른 대로 말해! 왜, 무슨 일로 침입한 거자? 이유가 뭐야? 무얼 노린 거야. 아가씨를 죽이려고 그런 거지?"

"아, 아닙니다."

다이몽은 숨이 차는지 헐떡거렸다.

"아니라구? 넌 살인하려고 했어. 살인 미수범이란 말이야! 순순히 털어 놓으면 경찰에 안 넘기겠지만, 그렇지 않고 계속 고집을 부리면 경찰에 넘길 수밖에 없어. 우리는 언제까지고 너를 붙들고 있을 수도 없으니까 말이야. 잘 알아서 해. 경고해 두겠는데 병원 측에 도움을 청하지 마. 그렇게 되면 넌 자동적으로 경찰에 넘어가니까. 아니면 다른 데로 너를 데려갈 수도 있어."

경고를 받은 뒤라 다이몽은 간호사가 들어왔을 때도 아무 도움을 청할 수가 없었다. 자기가 범한 죄가 있기 때문에 울며 겨자 먹기로 조용히 병실에 누워 있을 수밖에 없었다.

그는 생각했던 대로 좀처럼 자백하려들지 않았다. 추남이 갖은 위협을 다 했지만 그의 입을 열게 할 수는 없었다.

"안 되겠는데…… 다른 방법을 강구해야지 안 되겠어."

추남은 화가 나는지 주먹을 쥐었다 폈다 했다.

다이몽은 탈출을 노리고 있는 것 같았다. 그러나 몸이 말을 듣지 않아 몹시 안타까워하는 눈치였다. 그것을 알고 추남은 다시 한 번 단단히 경고를 해 두었다.

"여기서 도망칠 수 있을 거라고 생각하지 마. 그야 몸이라도 성하면 생각해 봄직도 하겠지. 그렇지만 네가 두 발로 서서 어느 정도 움직이려면 적어도 1개월 이상은 걸려. 완치되려면 2개월이 걸리고. 이건 의사의 진단이야. 그때까지는 우리가 감시하고 있을 거야. 너는 우리 손에서 잠시도 벗어날 수 없어. 누가 질기나 어디 한 번 해 보자."

그렇다고 추남이나 대식이 자백을 받아 내기 위해 고문 같은 것을 자행하려고 생각한 것은 아니었다. 그들은 그런 짓에는 전혀 무뢰한들이었고 너무 인간적인 남자들이었다.

그런데 그런 비인간적인 행동이 생각지도 않은 전혀 엉뚱한 곳에서 시작되었다. 놀랍게도 보화가 그것을 들고 나온 것이다. 그것은 실로 충격적인 일이었기 때문에 남자들은 어리벙벙한 표정을 지었다.

보화는 추남이 다이몽을 심문하는 동안 줄곧 침묵을 지키면서 곁에 바싹 붙어 있었다. 그녀는 일본말을 몰라 한 마디도 알아들을 수 없었지만 추남이 말해 주지 않아도 짐작으로 일이 여의치 않게 돌아가고 있다는 것을 알아차릴 수 있었다. 그리하여 또 하루가 아무 소득도 없이 지나가자 그녀는 갑자기 밖으로 뛰어나가 접착성이 강한 테이프를 사 가지고 와서는 그것으로 다이몽의 입을 봉해 버렸다.

"이 자가 저를 죽이려고 했어요! 더 이상 기다릴 수 없어요!"

그녀의 손에는 새로 구입한 커피포트가 들려 있었다. 거기에다 물을 채운 그녀는 줄 끝에 달려 있는 전기 플러그를 벽에 장치되어 있는 콘센트에 꽂았다.

조금 지나자 포트 속의 물이 김을 뿜으며 펄펄 끓기 시작했다. 두 남자들이 눈을 크게 뜨고 보고 있는 가운데 그녀는 포트를 집어 들고 환자에게 다가왔다. 포트의 뚜껑이 열기에 들썩거리고 있었다.

그것을 본 환자는 눈을 부릅뜨면서 상체를 비틀어댔다. 그러나 미약한 움직임에 불과했다.

보화의 얼굴은 차갑게 굳어 있었다. 그녀는 그 나름대로의 결의를 가지고 행동에 옮기고 있는 듯이 보였다. 두 남자들은 심하다는 생각이 들긴 했지만 그녀의 행동이 워낙 직선적이고 단호했기 때문에 말릴 엄두가 나지 않았다.

그녀는 환자의 몸을 덮고 있는 시트를 벗겨 내더니 환자의 가슴 위에다 커피포트의 물을 주르르 부었다. 뜨거운 물이 환자복을 적시면서 가슴에 닿는 순간 환자는 사지를 비틀면서,

"으으으……"

하고 신음했다.

"빨리 심문하세요! 저는 물을 부을 테니까."

그녀가 추남을 보고 냉담하게 지시하자 추남은 어쩔 수 없다는 듯 환자를 다그치기 시작했다.

"자, 자백해! 자백하지 않으면 물에 데워서 죽일 테야! 여자라고 얕보면 안 돼!"

다이몽은 거칠게 숨을 몰아쉬기만 했다. 보화는 다시 물을 부었는데, 이번에는 복부에다 부었다. 다이몽은 펄쩍 뛰었다. 입에 붙은 테이프를 떼려고 손을 쳐드는 것을 대식이 후려쳤다.

"대답하지 않으면 뜨거운 물이 점점 밑으로 내려간다고 말하세요. 중요한 곳에다 모두 쏟아 붇는다고 말하세요."

보화의 말에 추남은 거기에다 구색을 붙여 통역을 해 주었다.

"만일 자백하지 않으면 다음에는 사타구니에다 쏟아 부을 테다! 그러면 어떻게 되는 줄 알지? 물건이 익어서 못 쓰게 될 걸. 이 여자는 보기 보다는 무서운 여자야. 한다면 한다! 알았어?"

다이몽의 눈에서는 어느 새 뜨거운 눈물이 솟아나오고 있었다. 콧구멍은 벌름거리고 있었고 입에서는 신음이 흘러나오고 있

었다. 그러나 테이프에 막혀 소리 지를 수 없는 것이 몹시 안타까운 모양이었다. 그러면서도 그는 끝까지 버텨 보려고 기를 쓰고 있었다.

마침내 포트 속의 뜨거운 물이 사타구니 위로 흘러내렸다. 다이몽은 두 다리를 오므리면서 격렬하게 몸부림쳤다. 침대 밖으로 굴러 떨어지려는 것을 대식이 벽 쪽으로 밀어붙였다.

"이건 약과야! 아직 물이 많이 남아 있어! 전부 부어 버리면 어떻게 되는지 알지! 응! 그래도 자백하지 않겠어!"

추남의 위협이 끝나자 보화는 다시 포트를 쳐들었다. 그러한 그녀의 모습은 조금도 흐트러지지 않고 차가운 그대로였다. 그녀는 땀 하나 흘리지 않고 있었다.

포트 꼭대기에서 뜨거운 물이 김을 뿜으며 다시 쏟아져 나오려고 하자 다이몽은 마침내 두 손을 들어 그것을 막았다. 추남이 입에 붙은 테이프를 떼어 주자 그는

"그, 그만…… 마, 말하겠습니다."

하고 말했다.

그제서야 보화는 포트를 치우고 한숨을 내쉬었다.

조문기 형사는 강창일 형사와 함께 도쿄 경시청의 사또 형사를 만난 것은 일본에 온 지 이틀이 지나서였다. 사또 형사는 몹시 반가워했다. 적어도 겉으로는 그런 것 같았다.

그들은 저녁에 긴자에 있는 어느 바에서 만났는데 겉치레 인사를 나눈 다음 곧장 사건에 대해 이야기하기 시작했다. 그 이야

기를 시작하자 사또 형사는 자못 심각한 표정을 지었다.

"사실 난 이렇게 확대될 줄 몰랐습니다. 현재 우리 경찰은 거의 손을 못 대고 있는 형편입니다. 방위청 정보국에서 내사하고 있거든요."

"별 것 아니지 않습니까? 괜히 신경과민 아닌가요?"

조 형사는 글라스를 흔들었다. 잔 속의 얼음이 달그락달그락 소리를 냈다. 사또 형사는 안경을 벗어서 손수건으로 닦은 다음 다시 끼었다.

"신경과민이 아니라…… 뭔가 있는 것 같아요. 공기가 심상치가 않아요."

"심상치가 않다니, 뭐가 있습니까?"

"네, 그런 것 같아요."

기다려 보았지만 사또는 더 이상 깊이 이야기하려고 들지 않았다. 조 형사는 몹시 궁금했지만 굳이 캐묻지 않았다. 일본말을 모르는 강 형사는 옆에서 술만 마시고 있었다. 하품을 하면서 주위를 흘끔거리는 것이 몹시 무료해 하는 것 같았다.

"이걸 가져왔는데……."

조 형사는 품속에서 수사 자료가 든 봉투를 꺼냈다.

"이게 뭐죠?"

봉투를 열어 본 사또는

"아, 바로 그거군요."

하고 말했다.

"이거 정보국에도 줬나요?"

"그쪽에는 주지 않았습니다. 그렇지만 우리 쪽 정보기관에서 이미 보냈을 겁니다."

"좀 실례하겠습니다."

사또 형사는 양해를 구한 다음 전등 밑으로 자리를 옮겨 자료를 훑어보기 시작했다.

"저 친구 되게 성급한데……."

"네? 뭐라고 하셨습니까?"

"아, 아무 것도 아니야. 술이나 마시게."

사또의 행동은 매우 실례되는 짓이었지만 같은 수사관으로서 그럴 수도 있는 일이라고 생각하고 조 형사는 한참 동안 조용히 기다렸다.

바에는 손님들이 많았다. 하루 일을 끝낸 샐러리맨들이 가볍게 한 잔씩 하면서 열심히 지껄이고 있었다.

사또는 15분쯤 지나서 자리로 돌아왔다. 아까보다 표정이 굳어있었다. 몽타주를 내보이면서,

"이 자를 찾고 계십니까?"

라고 묻는다.

"네, 바로 그 잡니다."

조 형사는 팝콘을 입 속에 집어넣었다.

"실물과 아주 유사합니다. 피살자 유족이 화가인데 신이 들린 듯이 그린 겁니다."

"아주 미남인데요."

"네, 킬러치고는 미남입니다."

"호기심이 가는 인물입니다. 한 번 알아보겠습니다."

"부탁합니다."

"저녁 식사나 하러 가시죠. 제가 저녁을 사겠습니다."

"아니, 괜찮습니다."

조 형사는 신세지고 싶지 않아서 한사코 사양했지만 사또는 마치 빚이라도 진 것처럼 한국인 형사들을 데리고 유라꾸 거리의 작은 요릿집으로 갔다.

조 형사는 진통제로 버티고 있었다. 술이나 음식을 제대로 받아들일 수 없는 몸이었지만 진통제로 통증을 누르면서 사양하지 않고 술과 음식을 들었다.

작은 요릿집 2층 다다미방은 별실처럼 아늑하고 조용했다.

"요즘은 국제성을 띤 범죄가 많아서 정말 골치 아픕니다."

사또 형사가 눈치를 살피듯 이쪽을 보면서 말했다.

"네, 일본은 경제 대국이라 더욱 많겠죠."

조 형사는 생선회를 입 속에 집어넣고 천천히 씹었다.

"한국에는 수사 리스트에 오른 전문적인 킬러가 몇 명이나 있습니까?"

"아직 그런 인물은 없습니다."

"없는 게 아니라 리스트에 오르지 않았겠죠."

"글쎄, 그럴지도 모르겠습니다만…… 제가 아는 바로는 없습니다. 일본에는 몇 명이나 있습니까?"

"우리 국내에는 리스트에 오른 킬러만도 10여 명이나 됩니다. 그들을 체포하려고 총력을 기울이고 있지만 여의치가 않아요. 여기는 범죄 조직들이 거미줄같이 서로 얽혀 있기 때문에 정보가 매우 빨라요. 우리 일선 수사관들이 모르고 있는 경찰 내부 일을 놈들이 캐치하는 수도 있을 정도니까요."

"골치겠군요."

"하는 수 없는 일이죠. 인정하고 들어갈 수밖에 별수 없죠. 미국처럼 말입니다. 그건 그렇고…… 닥터 유는 무슨 일로 생전에 일본을 자주 방문했나요?"

안경 너머로 조심스럽게 이쪽을 살핀다. 조 형사는 수저를 놓고 상체를 바로 했다.

"그게 아직 밝혀지지 않았습니다. 그 관계도 좀 중점적으로 조사해 주십시오."

"개인적인 부탁입니까?"

"아닙니다. 공식적인 겁니다. 모두 다 알게 됐으니까요."

"이런 일들은 양측이 서로 협조하지 않고는 성과를 거둘 수가 없습니다."

"물론이죠."

사또의 시선이 조 형사의 시선을 놓치지 않고 붙들었다. 무엇인가 캐려는 듯 눈매가 날카로워져 있었다.

"그 한국인들은 지금 어디에 있나요?"

"유보화 일행 말인가요?"

"네, 그 사람들 말입니다."

사또는 냉담하게 대꾸했다. 조 형사는 갸우뚱했다.

"아, 모르셨던가요? 알고 계실 줄 알았는데…… 인터내셔널 호텔에 묵고 있습니다."

"거기에 묵은 건 알고 있습니다. 그 다음 말입니다."

"그 다음이라뇨?"

조 형사는 눈을 크게 떴다. 사또는 의심쩍은 눈으로 그를 바라보았다.

"감쪽같이 사라졌습니다. 미행을 따돌리고 말입니다."

"그래요?"

"너무 말썽을 부리고 있어요. 정말 모르십니까?"

"금시초문입니다. 혹시 출국한 게 아닙니까?"

"아니에요. 그런 흔적은 없어요. 제발 손을 떼고 돌아가 주셨으면 좋겠는데……. 정보국에서도 지금 그들을 찾아다니고 있지만 그런 일은 우리가 전문 아닙니까? 골치 아파요."

"미안합니다."

조 형사는 무슨 큰 죄나 지은 듯 고개를 숙이면서 한숨을 쉬었다.

2권에 계속

◉ 김성종 추리소설

『최후의 증인』-상 · 하 | 김성종 장편추리소설

한국일보 창간 20주년 기념 공모 당선작! 살인 혐의로 20년간 억울하게 옥살이를 한 황바우의 출옥과 동시에 일어나는 살인 사건! 사건을 뒤쫓는 오병호 형사의 집념으로 20년 동안 뒤엉킨 사건의 전모가 백일하에 드러난다.

『제 5 열』-상 · 중 · 하 | 김성종 장편추리소설

일간스포츠에 연재한 최고의 인기소설! 대통령선거를 기화로 국제 킬러를 고용, 국가를 송두리째 삼키려는 범죄 집단의 음모를 적나라하게 파헤친 수사진! 종래의 추리물과는 그 궤를 달리한 한국 최초의 하드보일드 추리소설!

『부랑의 강』- | 김성종 추리소설

여대생과 중년 신사가 벌인 불륜의 사랑이 몰고 온 엽기적 살인 사건! 살인범으로 몰린 아버지의 무죄를 확신하고 사건에 뛰어든 딸! 집요한 추적을 벌이는 정통 추리극! 사건의 종점에서 부딪치게 되는 악마의 얼굴은 과연?

『일곱개의 장미송이』- | 김성종 추리소설

임신 3개월 된 아내가 일곱 명의 악당에게 유린당하자 평범하고 왜소하고 얌전하던 남편이 복수의 집념을 불태운다. 아내의 유언에 따라 범인을 하나씩 찾아내어 잔인하게 죽이고 영전에 장미꽃을 한 송이씩 바치는 처절한 복수극!

『백색인간』-상 · 하 | 김성종 장편추리소설

허영의 노예가 되어 신데렐라의 꿈을 좇는 미녀의 끈질긴 집념과 방탕! 그녀를 죽도록 사랑하는 나머지 그녀를 혼자 독차지하려는 이상 성격을 가진 청년의 단말마적인 광란! 그리고 명수사관이 벌이는 사각의 심리 추리극!

『제5의 사나이』-상 · 중 · 하 | 김성종 장편추리소설

국제 마약조직이 분실한 2천만 달러의 헤로인 6kg! 배신자들을 처치하고 헤로인을 찾기 위해 홍콩으로부터 날아온 국제킬러 '제5의 사나이'! 킬러가 자행하는 냉혹한 살인극과 경찰이 벌이는 숨가쁜 추적의 하드보일드 추리극!

『반역의 벽』-상 · 하 | 김성종 장편추리소설

한국이 개발한 신무기 '레이저-X', —핵무기를 순식간에 녹여버릴 수 있는 레이저-X의 가공할 위력! 이를 빼내려는 국제 스파이의 음모와 배신, 이들의 음모를 저지하는 수사관의 눈부신 활약. 국내 최초의 산업스파이 소설!

『아름다운 밀회』-상 · 하 | 김성종 장편추리소설

신혼여행 도중 실종된 미모의 신부로 인해 갑자기 살인 용의자가 되어버린 신랑! 그가 벌이는 도피와 추적! 미녀의 뒤에 가려 있던 치정과 재산을 둘러싼 악마들의 모습을 밝혀낸 추리극의 결정판! 김성종 추리소설의 새로운 지평!

『경부선 특급 살인사건』-상 · (중 · 하 집필중) | 김성종 장편추리소설

그들은 연휴를 맞아 경부선 특급 열차에 오른다. 밤열차에서 시작되는 불륜의 여로는 남자의 실종으로 일순간에 무너져 버린다. 실종 사건이 몰고 온 그 모호하고 안타까운 미스테리는 '열차 속에서의 연속 살인' 으로 이어지는데……

『라인 -X』-상 · 중 · 하 | 김성종 장편추리소설

교황을 살해하려는 KGB의 지령에 따라 잠입한 스파이 '라인-X'! 킬러의 총부리가 교황을 위협하는 절대 절명의 순간, 신출귀몰하는 라인-X와 이를 제압하는 한국 경찰의 생사를 건 한판 승부를 치밀하게 묘사한 국제적 추리소설!

『어느 창녀의 죽음』- | 김성종 단편집

작가 김성종의 탄탄한 필력을 유감 없이 보여 주는 주옥같은 단편집! 신춘문예 당선작 「경찰관」및 「김교수 님의 죽음」, 「소년의 꿈」, 「사형집행」 등을 수록. 순수 문학과 추리기법의 접목으로 독자를 매료하는 김성종 추리소설의 백미!

『죽음의 도시』- | 김성종 SF단편집

김성종 SF단편소설집! 김성종이 예견한 기상천외한 미래사회의 청사진! 「마지막 전화」, 「회전목마」, 「돌아온 사자」, 「이상한 죽음」, 「소년의 고향」 등 SF 걸작들! 새로운 문학장르를 개척하려는 김성종의 끊임없는 실험정신!

『여자는 죽어야 한다』-상 · 하 | 김성종 장편추리소설

김성종이 시도한 실험적 추리소설! 첫 장에서 독자는 예고살인 속으로 여행을 시작한다. "오늘 밤 여자 한 명을 죽이겠다. 여자는 한쪽 귀가 없을 것이다. 잘해 봐!" 살인 예고장을 보는 순간 독자들은 숨가쁜 긴장 속으로 빠져든다.

『한국 국민에게 고함』-상 · 중 · 하 | 김성종 장편추리소설

추악한 한국 국민들에게 보내는 對 국민 경고장! "한국 국민에게 고함!— 이 경고를 받아들이지 않으면 테러를 감행할 수밖에 없다"! 테러조직의 가공할 폭탄테러에 전율하는 시민들과 이를 추적하는 수사진의 필사적인 노력!

김성종

1941년 중국 제남시 출생. 전남 구례에서 성장기를 보냈다.
구례 농고와 연세대학교 정외과 졸업한 후 언론매체에 종사하다가
전업 작가로 전업.
1969년 조선일보 신춘문예 단편소설 당선
1971년 현대문학 소설추천 완료
1974년 한국일보 장편소설 공모에 「최후의 증인」 당선
장편 대하소설 「여명의 눈동자」 (전10권)는 TV드라마로 방영
장편 추리소설 「제5열」, 「부랑의 강」 등 50여 편의 작품을 발표하였다.

안개 속에 지다 · 1

김성종 장편추리소설

초판발행 ——2011년 7월 15일
초판 1쇄 ——2011년 7월 15일
저자 ————金聖鍾
발행인 ———金仁鍾

발행처 ———도서출판 남도
등록일자 ——서기 1978년 6월 26일 (제2009-000039호)

주소 ————경기도 성남시 중원구 상대원동 513-22
중일아인스플라츠 507호
전화 ————031-746-7761 서울 02-488-2923.
팩스 ————031-746-7762 서울 02-473-0481
E.mail ———ndbook@naver.com

ISBN 978-89-7265-570 -1 04810
ISBN 978-89-7265-569 -5 세트
파본이나 잘못된 책은 교환하여 드립니다.

정가: 12,000원

이 책은 1983년 도서출판 明知社에서 최초 발행되었습니다

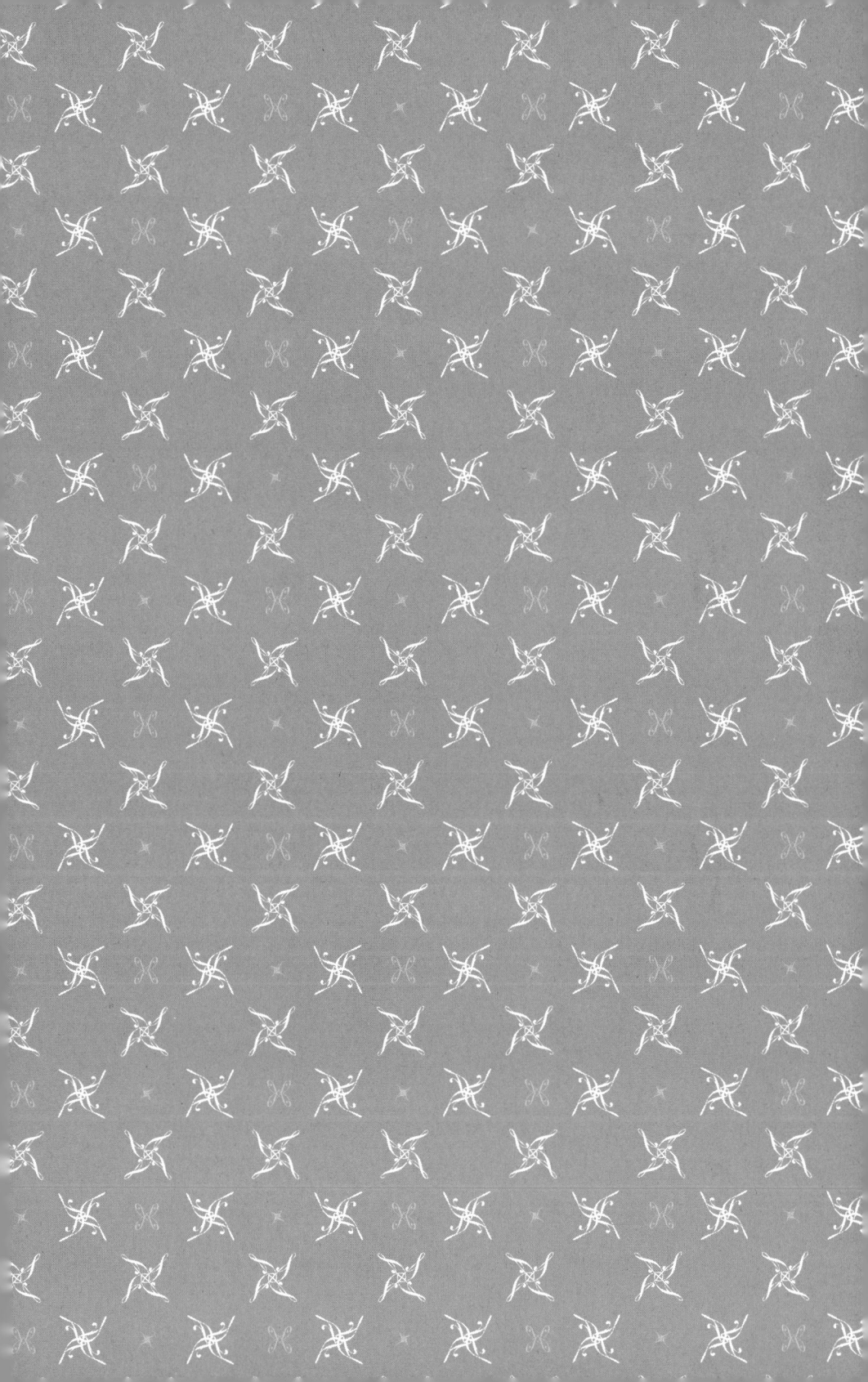

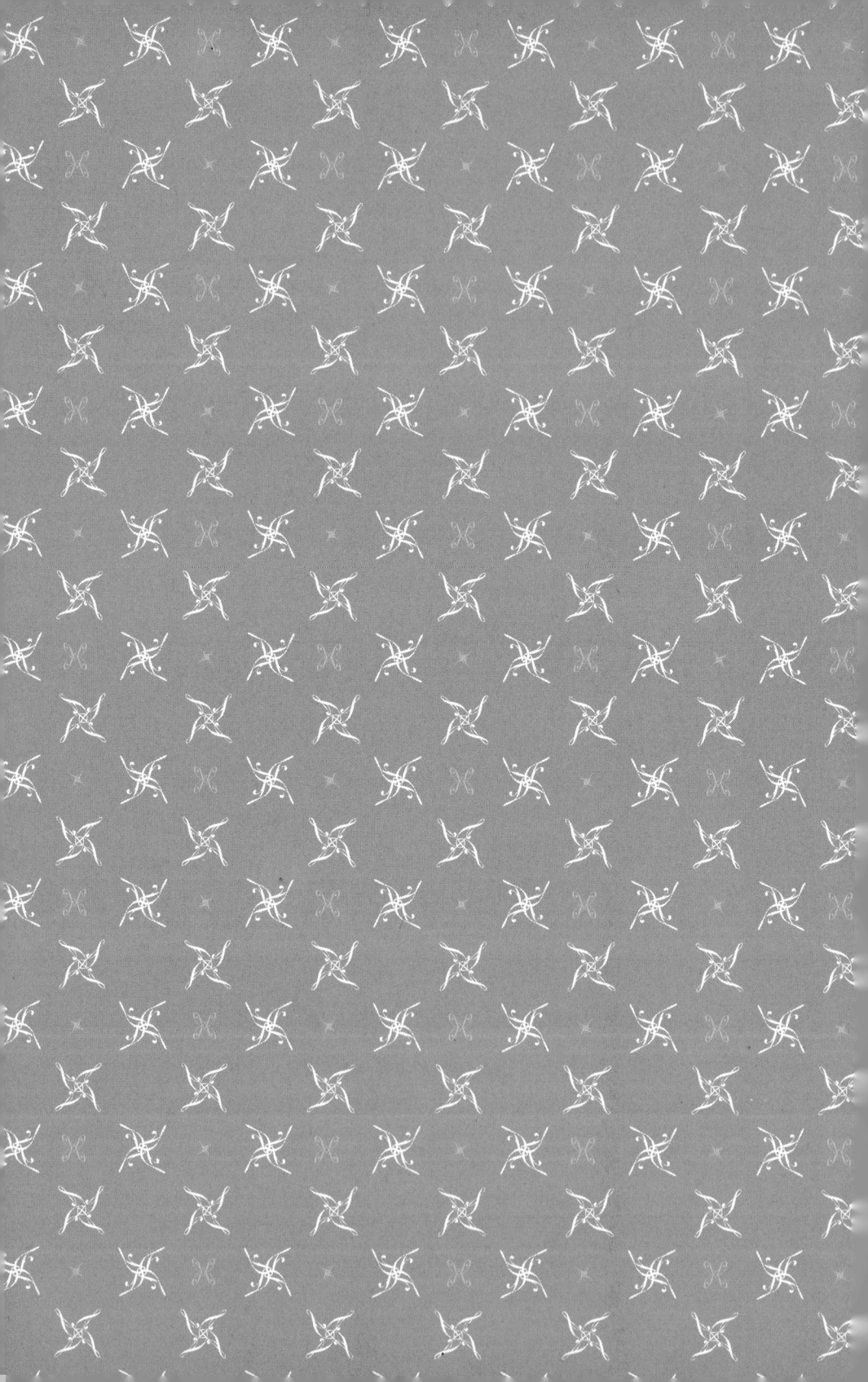